D1726403

Jack London

Die Jagd nach dem Gold

Universitas
Berlin

Einzig berechtigte deutsche Übersetzung
von Erwin Magnus

© Universitas Verlag Berlin
Alle Rechte vorbehalten
Schutzumschlag: Renate Weber-Rapp
Gesamtherstellung: Welsermühl, Wels
Printed in Austria 1974

ISBN 3-8004-0803-1

Inhalt

Die Jagd nach dem Gold

Zwei Monate nachdem Alaska-Kid und Kurz auf die Elchjagd gegangen waren, um sich Proviant zu verschaffen, saßen sie wieder in der Kneipe »Zum Elch« in Dawson. Die Jagd war glücklich beendet, das Fleisch hergeschafft und für zwei und einen halben Dollar das Pfund verkauft worden.

Gemeinsam verfügten sie jetzt über dreitausend Dollar in Goldstaub und über ein gutes Hundegespann. Sie hatten entschieden Glück gehabt. Obgleich der Zustrom von Goldsuchern das Wild hundert Meilen oder mehr in die Berge hineingetrieben hatte, war es ihnen doch schon, als sie die halbe Entfernung zurückgelegt hatten, gelungen, in einer engen Schlucht vier Elche zu erlegen.

Das Geheimnis, wie diese Tiere sich gerade dorthin verirrt hatten, war jedenfalls nicht größer als das Glück, das die beiden Jäger verfolgte. Denn noch ehe der erfolgreiche Tag zu Ende gegangen war, stießen sie auf ein Lager mit einigen ausgehungerten Indianerfamilien, die ihnen berichteten, daß sie seit drei Tagen kein Wild gesehen hätten. Kid und Kurz gaben ihnen Fleisch im Tausch gegen einige halbverhungerte Hunde. Nachdem sie die Tiere dann eine Woche lang tüchtig aufgefüttert hatten, spannten sie sie vor den Schlitten und fuhren das Fleisch nach dem sehr aufnahmefähigen Dawsoner Markt.

Jetzt handelte es sich für die beiden Männer darum, ihren Goldstaub in Lebensmittel zu verwandeln.

Der augenblickliche Preis für Mehl und Bohnen betrug anderthalb Dollar das Pfund, aber die Schwierigkeit bestand darin, daß niemand verkaufen wollte. Dawson lag eben in den ersten Wehen einer Hungersnot.

Hunderte von Männern, die Geld, aber keine Lebensmittel besaßen, hatten das Land verlassen müssen. Viele von ihnen waren, solange das Wasser noch offen war, den Fluß hinabgezogen, und noch mehr waren die sechshundert Meilen über das Eis nach Dyea gewandert, obgleich sie kaum Lebensmittel genug für die Wanderung bei sich hatten.

Kid und Kurz trafen sich in der warmen Kneipe. Kid bemerkte gleich, daß sein Kamerad blendender Laune war.

»Das Leben ist wahrhaftig kein Festessen, wenn man nicht wenigstens Whisky und etwas Süßes dazu hat«, lautete Kurz' Gruß, während er ganze Eisklumpen aus seinem Schnurrbart zog, der langsam aufzutauen begann. Man hörte die Eisklumpen auf den Boden prasseln, wenn er sie wegschleuderte.

»Ich habe eben in diesem heiligen Augenblick achtzehn Pfund Zucker gekauft! Der Esel verlangte nur drei Dollar das Pfund. Und wie ist es dir ergangen?«

»Ich war auch nicht faul«, antwortete Kid stolz. »Ich habe fünfzig Pfund Mehl bekommen. Und am Adams-Bach wohnt ein Mann, der hat mir versprochen, mir morgen noch fünfzig Pfund zu geben.«

»Großartig! Wir werden schon durchhalten, bis die Flüsse wieder eisfrei werden. Sag mal, Kid, die Hunde, die wir da gekriegt haben, sind nicht ohne, weißt du! Ein Hundehändler hat mir schon zweihundert Dollar das Stück geboten – er wollte fünf haben. Aber ich habe flott abgelehnt. Sie haben sich ja auch fein herausgemacht, als wir sie mit dem Elchfleisch fütterten. Es ist freilich schon eine tolle Sache, Hunde mit Lebensmitteln zu füttern, die zweieinhalb Dollar das Pfund kosten. Komm, nimm noch ein Glas! Wir müssen wirklich unsere achtzehn Pfund Zucker feiern und einen heben!«

Als er einige Minuten später Goldstaub für die Getränke abwog, fiel ihm etwas ein.

»Donnerwetter, da hatte ich fast vergessen, daß ich noch einen Mann im ›Tivoli‹ treffen soll. Er hat etwas verdorbenen Speck, den er uns für anderthalb Dollar das Pfund ablassen will. Den können wir den Hunden zu fressen geben und damit einen ganzen Dollar pro Tag und Stück sparen.«

»Auf Wiedersehen also«, sagte Kid. »Ich geh' nach Haus und leg' mich schlafen.«

Kaum hatte Kurz das Zimmer verlassen, als ein pelzgekleideter Mann durch die doppelte Tür und den Windschutz hereinschlüpfte. Sein Gesicht erhellte sich sichtlich, als er Kid sah. Der erkannte sofort Breck, den Mann, dessen Boot er und Kurz durch den Büchsen-Cañon und das »Weiße Roß« gefahren hatten.

»Ich hab' gehört, daß Sie in der Stadt sind«, sagte Breck hastig, während sie sich die Hände schüttelten. »Ich suche Sie schon eine halbe Stunde. Kommen Sie mit hinaus. Ich möchte gern mit Ihnen sprechen.«

Kid warf dem summenden, rotglühenden Ofen einen sehnsüchtigen Blick zu.

»Geht's nicht hier?«

»Unmöglich. Ist viel zu wichtig. Kommen Sie mit hinaus.«

Draußen zog Kid sich einen Handschuh aus, zündete ein Streichholz an und sah nach dem Thermometer, das neben der Tür hing. Die Hand schmerzte in der schneidenden Kälte, und er zog den Handschuh schnell wieder an. Über ihren Häuptern stand der flammende Bogen des Nordlichts. Ganz Dawson hallte wider von dem melancholischen Geheul der vielen Tausende von Wolfshunden.

»Wie stand es?« fragte Breck.

»Unter sechzig.« Kid spie versuchsweise aus, und der Speichel knisterte in der eisigen Luft. »Und ich glaube, es wird noch mehr fallen ... es fällt ja unaufhörlich. Vor einer Stunde stand es erst auf zweiundfünzig. Jetzt dürfen Sie mir aber nichts von einem neuen Goldfund erzählen.«

»Aber das ist es ja eben«, flüsterte Breck vorsichtig. Er warf ängstliche Blicke nach allen Seiten, aus Furcht, daß jemand in der Nähe war und lauschte. »Sie kennen doch den Squaw-Bach, nicht wahr? Er mündet drüben in den Yukon ... dreißig Meilen weiter aufwärts.«

»Da ist nichts zu machen«, sagte Kid. »Den hat man schon vor vielen Jahren untersucht.«

»Das hat man auch mit all den andern reichen Bächen gemacht. Hören Sie jetzt mal her! Es ist eine Menge Gold da. Und es sind nur zweiundzwanzig Fuß bis zum Felsgrund. Es wird kein Claim geben, das nicht mindestens eine halbe Million wert ist. Es ist noch ein großes Geheimnis. Zwei oder drei von meinen intimsten Freunden haben mich eingeweiht. Ich sagte gleich zu meiner Frau, daß ich Sie aufsuchen wollte, bevor ich losging. Also, bis auf dahin ... Mein Gepäck liegt am Ufer versteckt. Die es mir erzählt haben, nahmen mir das Versprechen ab, erst gegen Abend loszugehen, wenn ganz Dawson schläft. Sie wissen ja selbst, was es heißt, wenn man Sie mit der ganzen Goldgräberausrüstung unterwegs sieht. Holen Sie jetzt Ihren Kameraden und kommen Sie mir nach! Sie werden sicher das vierte oder fünfte Claim neben dem des Finders kriegen können. Vergessen Sie nicht: am Squaw-Bach! Er ist der dritte, wenn Sie am Schwedenbach vorbei sind.«

Als Kid die kleine Hütte auf der Anhöhe hinter Dawson betrat, hörte er das vertraute Schnarchen seines Kameraden.

»Ach, geh zu Bett«, murmelte Kurz, als Kid ihn an der Schulter rüttelte. »Ich habe keine Nachtwache heute«, knurrte er weiter, als die Hand ihn immer kräftiger schüttelte. »Vertrau deine Sorgen dem Barmixer an.«

»Zieh dich schnell an«, sagte Kid, »wir müssen ein paar Claims abstecken.«

Kurz setzte sich im Bett auf und wollte einige energische Ausdrücke vom Stapel lassen, als Kid ihm die Hand vor den Mund hielt.

»Pst«, warnte Kid. »Es ist eine ganz große Sache. Weck nicht die Nachbarschaft. Dawson schläft noch.«

»Nanu . . . das wirst du mir erst beweisen müssen. Selbstverständlich erzählt keiner einem was von einem großen Goldfund! Oh, sie machen immer alle ein furchtbares Geheimnis daraus, aber ebendeshalb ist es verblüffend, daß sie alle hinlaufen.«

»Es handelt sich um den Squaw-Bach«, flüsterte Kid. »Es ist alles in Ordnung: Breck hat mir den Tip gegeben. Der Bach ist ganz seicht. Von den Graswurzeln abwärts ist alles Gold. Komm jetzt. Wir machen uns ein paar ganz leichte Pakete und türmen dann sofort.«

Kurz schloß wieder die Augen und legte sich ruhig ins Bett zurück. Im nächsten Augenblick hatte Kid ihm die Decken weggerissen.

»Wenn du das Gold nicht haben willst, dann will ich es«, erklärte Kid entrüstet.

Kurz stand auf und begann sich anzuziehen.

»Wollen wir die Hunde mitnehmen?« fragte er.

»Nein, am Bach gibt es sicher keinen festgetretenen Weg, und wir kommen deshalb schneller ohne sie hin.«

»Dann will ich ihnen was zu fressen geben, damit sie

nicht hungern, während wir weg sind ... vergiß nicht, etwas Birkenrinde und ein Licht mitzunehmen.«

Kurz öffnete die Tür, spürte die beißende Kälte und zog sich schnell wieder zurück, um die Ohrenklappen festzubinden und die Fäustlinge anzuziehen.

Fünf Minuten später kam er wieder. Er rieb sich mit großer Energie die Nase.

»Du, Kid, ich bin sehr gegen dies Wettrennen. Es ist kälter heute als die Türangeln der Hölle vor tausend Jahren, ehe das erste Feuer angezündet wurde. Außerdem ist heute Freitag, der Dreizehnte, und wir werden nur Pech haben, so sicher wie Funken nach oben fliegen.«

Mit kleinen Goldgräberbündeln auf dem Rücken schlossen sie die Tür hinter sich und rutschten den Hügel hinab. Die strahlende Pracht des Nordlichts war schon erloschen – nur die Sterne zitterten in der eisigen Kälte am Himmel, und ihr unsicherer Schein stellte den Füßen der Wanderer Fallen. Bei einer Wegbiegung strauchelte Kurz in dem tiefen Schnee, und das gab ihm Anlaß, seine Stimme zu erheben und den Tag samt Woche, Monat und Jahr in gut gewählten Worten zu segnen.

»Kannst du denn nicht den Mund halten?« zischelte Kid. »Laß doch den Kalender in Ruhe. Du weckst ja ganz Dawson, so daß sie alle hinter uns herkommen.«

»So, das meinst du? Siehst du das Licht in der Hütte dort? Und in der andern da drüben? Und hörst du die Tür dort knallen? Oh, ganz Dawson schläft, da ist gar kein Zweifel möglich! Die Lichter da? Alles natürlich nur Leute, die ihre toten Tanten begraben! Nichts liegt ihnen ferner, als auf die Goldsuche zu gehen ... Ich wette mein Leben, daß sie gar nicht daran denken.«

Als sie den Fuß des Hügels erreichten und mitten in Dawson waren, blitzte Licht in allen Hütten auf, Türen wurden zugeworfen, und hinter sich hörten sie das schlurfende Geräusch vieler Mokassins auf dem hartgetretenen Schnee.

Kurz gab gleich seine Meinung zum besten.

»Aber der Teufel mag wissen, wo plötzlich all die trauernden Verwandten herkommen!«

Sie gingen an einem Mann vorbei, der am Wege stand und mit leiser Stimme vorsichtig rief: »Charley, Charley, mach ein bißchen dalli.«

»Siehst du das Bündel auf seinem Rücken, Kid? Der Friedhof muß verflucht weit weg liegen, daß die Trauernden ihre Bettdecken mitschleppen müssen.«

Als sie die Hauptstraße erreichten, waren mindestens hundert Mann in einer langen Reihe hinter ihnen her, und als sie in dem trügerischen Sternenlicht den Weg zum Fluß hinab suchten, hörten sie, daß noch mehr Leute sich hinten anschlossen. Kurz glitt aus und rutschte den dreißig Fuß hohen Abhang durch den tiefen Schnee hinunter. Kid folgte ihm freiwillig und warf ihn um, als er gerade wieder aufstand.

»Ich habe den Weg zuerst gefunden«, lachte Kurz und zog die Handschuhe aus, um den Schnee aus den Stulpen zu schütteln.

Im nächsten Augenblick mußten sie wie die Wilden durch den Schnee kriechen, um nicht mit den vielen, die ihnen folgten, zusammenzustoßen.

Als der Fluß seinerzeit zugefroren war, hatte sich hier Packeis angesammelt, und überall lagen in wilder Verwirrung Eisschollen, die der frische Schnee verbarg.

Als beide mehrmals gestürzt waren und sich tüchtig geschlagen hatten, zog Kid sein Licht hervor und zündete es an. Die Leute hinter ihnen gaben ihren Beifall durch laute Zurufe kund. In der windstillen Luft brannte die Kerze ganz klar, und es war jetzt tatsächlich leichter, den Weg zu finden.

»Es ist wahrhaftig das reine Wettrennen«, stellte Kurz fest. »Oder meinst du vielleicht, daß es lauter Schlafwandler sind?«

»Wir befinden uns jedenfalls an der Spitze der ganzen Kolonne«, antwortete Kid.

»Da bin ich nun nicht ganz so sicher. Vielleicht ist es nur eine Feuerfliege da vorn. Vielleicht sind es lauter Feuerfliegen, die da ... und die dort ... Guck sie dir nur an! Glaub mir, es ist eine ganze Reihe da vorn.«

Der Weg nach der andern Seite des Yukon führte eine ganze Meile weit über das Packeis, und überall auf dieser ganzen weiten gewundenen Strecke flammten Kerzen auf. Und hinter ihnen flammten noch mehr Lichter den Fluß entlang bis zu den Uferhängen.

»Weißt du, Kid, das ist schon kein Wettrennen mehr, das ist ja wie der Auszug aus Ägypten. Es müssen mindestens tausend vor uns und tausend hinter uns sein. Jetzt solltest du auch mal den guten Rat deines alten Onkels hören! Meine Medizin ist gut ... Wenn ich eine Vorahnung bekomme, dann stimmt sie immer. Und meine Vorahnung sagt mir, daß wir bei diesem Wettrennen Pech haben werden. Laß uns ruhig umkehren und weiterpennen.«

»Spar dir lieber deine Puste, wenn du durchhalten willst«, knurrte Kid mürrisch.

»Uha, uha! Meine Beine sind freilich etwas kurz geraten, aber ich schleiche so besonnen mit schlappen Knien, ohne meine Muskeln zu überanstrengen, und ich bin todsicher, daß ich noch jeden Schnelläufer hier überholen kann.«

Und Kid wußte, daß Kurz recht hatte, denn er hatte schon längst die einzig dastehenden Fähigkeiten seines Kameraden im Marschieren kennengelernt.

»Ich habe mich ja auch nur zurückgehalten, um dir eine Chance zu geben«, neckte ihn Kid.

»Und ich laufe hier und trete dir auf die Hacken. Wenn

du es nicht besser kannst, mußt du mich lieber vorangehen und das Tempo angeben lassen.«

Kid erhöhte die Schnelligkeit und hatte bald den nächsten Haufen der Wettläufer eingeholt.

»Mach jetzt ein bißchen schnell, Kid«, drängte sein Kamerad. »Laß die Toten liegen. Es ist ja kein Leichenbegängnis. Hau die Füße tüchtig in den Schnee, als wären es Pflastersteine.«

Kid zählte acht Männer und zwei Frauen in dieser Gruppe, aber noch ehe sie das Packeis hinter sich hatten, überholten sie schon die zweite Gruppe, die aus zwanzig Männern bestand. Wenige Fuß von dem Westufer schwenkte der Weg nach Süden ab, und das Packeis wurde durch ein glattes Eisfeld ersetzt, das jedoch von frischem, mehrere Fuß hohem Schnee bedeckt war. Durch diesen Schnee lief die Schlittenbahn, ein schmales Band, knapp zwei Fuß breit, wo der Schnee von den vielen Füßen festgestampft war. Zu beiden Seiten dieses Pfades sank man bis zu den Knien oder noch tiefer ein. Die Wettläufer, die von ihnen überholt wurden, waren nicht sehr geneigt, ihnen Platz zu machen, und Kid und Kurz mußten deshalb stets in den tiefen Schnee hinauswaten und konnten nur unter ungeheuren Anstrengungen vorbeigelangen.

Kurz war ebenso unüberwindlich wie pessimistisch. Wenn die Goldsucher schimpften, weil sie überholt wurden, antwartete er ihnen in derselben Tonart.

»Warum habt ihr es denn so eilig?« fragte einer.

»Warum ihr?« gab er zurück. »Gestern nachmittag ist eine ganze Bande von Goldsuchern vom Indianerfluß gekommen und hat euch den Rahm abgeschöpft. Es gibt keine Claims mehr.«

»Wenn das wahr ist, dann möchte ich wissen, warum ihr es so eilig habt?«

»Wer, wir? Ich suche gar kein Gold. Ich stehe im Dienst

der Regierung. Ich bin in amtlichem Auftrag hier. Ich soll am Squaw-Fluß Volkszählung abhalten.«

Und als ein anderer ihn mit den Worten begrüßte: »Wo willst du denn hin, Kleiner? Glaubst du wirklich, daß noch Platz für dich im Wagen ist?«, antwortete er: »Für mich? Ich bin doch der Entdecker der Goldminen am Squaw-Bach. Ich habe eben in Dawson meine Mutung eintragen lassen, damit mir kein Chechaquo die Claims wegnimmt.«

Die durchschnittliche Schnelligkeit, die die Wettläufer auf dem glatten Boden erreichten, betrug drei und eine halbe Meile stündlich. Kurz und Kid machten vier und eine halbe, aber sie liefen auch hin und wieder eine kurze Strecke und kamen dann noch schneller vorwärts.

»Ich werde dir schon die Beine ablaufen«, rief Kid herausfordernd.

»Hoho, ich laufe auf den Stummeln weiter und trete dir die Hacken von den Mokassins. Übrigens ist es gar nicht nötig! Ich habe die Sache im Kopf nachgerechnet. Die Claims am Bach messen je fünfhundert Fuß – es kommen also, sagen wir, zehn Stück auf die Meile. Und es sind noch tausend Wettläufer vor uns, und der ganze Bach ist keine hundert Meilen lang. Irgend jemand muß also verlieren, und ich habe eine Ahnung, als ob wir das wären.«

Bevor Kid antwortete, machte er eine große Kraftanstrengung und ließ Kurz ein halbes Dutzend Fuß zurück.

»Wenn du dir deine Puste ein bißchen sparen würdest, könnten wir schon ein paar von den tausend einholen!« schimpfte er.

»Wer? Ich? Wenn du ein bißchen aus dem Wege gehst, werde ich dir zeigen, was Schnelligkeit heißt«, schnauzte Kurz zurück.

Kid lachte und legte sich wieder ins Geschirr. Die ganze Geschichte hatte natürlich ein anderes Aussehen bekommen. Durch den Kopf schoß ihm ein Ausdruck des sonderbaren deutschen Philosophen: »Die Umwertung der Werte« ... Eigentlich machte es ihm viel weniger Spaß, ein Vermögen zu gewinnen, als Kurz zu besiegen. Und alles in allem, überlegte er, kam es ja gar nicht auf den Gewinn an, sondern auf das Spiel selbst. Wille und Muskeln, Seele und Säfte mußten in diesem Wettstreit mit Kurz bis zum äußersten angespannt werden, obgleich Kurz ein Mann war, der nie ein Buch geöffnet hatte und eine große Oper nicht von einer Tanzmelodie, ein Epos nicht von einer Frostbeule unterscheiden konnte.

»Kurz, ich werde dir schon geben, was du brauchst! Ich habe seit dem Tage, an dem ich in Dyea ankam, jede einzige Zelle in meinem Körper neu aufgebaut. Meine Muskeln sind jetzt so zäh wie Peitschenschnüre und so bitter und böse wie der Biß einer Klapperschlange. Vor einigen Monaten hätte ich mich selbst angejauchzt, wenn ich etwas hätte schreiben können, aber damals konnte ich es einfach nicht. Ich mußte es erst erlebt haben, und jetzt, da ich es erlebe, habe ich gar keine Lust, es niederzuschreiben. Ich bin wirklich in jeder Beziehung hart und erprobt. Kein dreckiger Wicht von Gebirgler kann mir etwas bieten, ohne es hundertfach bezahlen zu müssen. Jetzt kannst du ja in Führung gehen, und wenn du genug hast, übernehme ich sie und werde dir eine halbe Stunde lang mehr als genug zu schaffen machen.«

»Donnerwetter!« grinste Kurz lustig. »Und dabei ist er noch nicht einmal trocken hinter den Ohren. Geh mir jetzt aus dem Wege und laß Papa seinem kleinen Jungen zeigen, wie man's macht.«

Dann lösten sie sich jede halbe Stunde in der Führung ab.

Sie sprachen nicht mehr viel. Die Anstrengung hielt sie warm, obgleich der Atem auf ihren Gesichtern von den Lippen bis zum Kinn zu Eis wurde. So stark war die Kälte, daß sie unaufhörlich ihre Nasen und Wangen mit den Handschuhen reiben mußten. Sobald sie nur für kurze Zeit damit aufhörten, wurde das Fleisch sofort unempfindlich und mußte in der allerenergischsten Weise gerieben werden, damit sie wieder das brennende Prickeln empfanden, das die Rückkehr der normalen Durchblutung kennzeichnete.

Oft glaubten sie bereits die Spitze der Prozession erreicht zu haben, aber immer wieder überholten sie neue Goldsucher, die vor ihnen aufgebrochen waren.

Hin und wieder versuchten Gruppen von Männern, sich hinter ihnen zu halten. Sie verloren aber immer wieder den Mut, wenn sie eine oder zwei Meilen gefolgt waren, und verschwanden in der Dunkelheit hinter den beiden.

»Wir sind ja den ganzen Winter unterwegs gewesen«, erklärte Kurz, »und da bilden all diese Esel, die von dem ewigen Herumlungern in ihren Hütten ganz schlapp geworden sind, sich ein, es mit uns aufnehmen zu können. Na, wenn sie von dem richtigen guten alten Sauerteig wären, würde die Sache schon anders aussehen. Denn wenn einer vom alten Sauerteig etwas kann und versteht, dann ist es das Laufen.«

Einmal strich Kid ein Zündholz an und sah nach, wie spät es war. Aber er wiederholte den Versuch nicht, denn der Frost biß seine Hände so niederträchtig, daß es eine halbe Stunde dauerte, bis sie wieder brauchbar waren.

»Es ist jetzt vier Uhr«, sagte er, als er sich den Handschuh wieder anzog, »und wir haben schon an dreihundert überholt.«

»Dreihundertachtunddreißig«, verbesserte Kurz. »Ich habe sie genau gezählt. Geh aus dem Weg, Fremder. Laß Leute an die Spitze, die laufen können.«

Diese Aufforderung richtete er an einen Mann, der nur noch dahintaumelte und ihnen deshalb den Weg versperrte. Dieser und noch einer waren die einzigen völlig ausgepumpten Männer, die sie trafen. Jetzt waren sie fast an der Spitze des Zuges. Sie hörten übrigens erst später von all den Greueln, die sich in dieser Nacht abgespielt hatten. Erschöpfte Männer hatten sich am Rande des Weges zur Ruhe gesetzt, um nie wieder aufzustehen. Sieben starben vor Kälte, während unzählige von den Überlebenden dieses Wettrennens sich nachher in den Hospitälern von Dawson Zehen, Füße und Finger abschneiden lassen mußten. Zufällig war die Nacht, in der das Wettrennen stattfand, die kälteste des ganzen Jahres. Vor Tagesanbruch zeigten die Alkoholthermometer in Dawson eine Temperatur von siebzig Grad Fahrenheit unter Null. Und die Männer, die an dem Rennen teilnahmen, waren mit wenigen Ausnahmen Leute, die erst kürzlich ins Land gekommen waren und deshalb gar nicht wußten, wie man sich in solcher Kälte verhalten sollte.

Den nächsten, der das Rennen aufgegeben hatte, fanden sie einige Minuten später, als ein Streifen des Nordlichts vom Horizont bis zum Zenit wie der Lichtstrahl eines Scheinwerfers aufblitzte. Der Mann saß auf einem Eisblock am Wege.

»Nur immer los, Schwester Mary«, begrüßte Kurz ihn heiter. »Lauf weiter. Wenn du da sitzen bleibst, bist du bald steif wie ein Kirchturm.«

Der Mann gab keine Antwort, und sie blieben stehen, um ihn zu untersuchen.

»Steif wie ein Schürhaken«, lautete Kurz' Urteil. »Wenn du ihn umstülpst, bricht er mittendurch.«

»Sieh mal nach, ob er noch atmet«, sagte Kid, während er

mit entblößten Händen durch den Pelz und die wollene Jacke das Herz suchte.

Kurz schob seine rechte Ohrklappe hoch und legte das Ohr an die vereisten Lippen.

»Keine Spur«, berichtete er.

»Das Herz schlägt auch nicht mehr«, sagte Kid.

Er zog sich wieder die Handschuhe an und schlug die Hand einige Minuten mit der anderen energisch, ehe er sie wieder der Kälte aussetzte, um ein Streichholz anzuzünden. Es war ein alter Mann, und es bestand kein Zweifel, daß er schon tot war. In der Minute, in der ihn das Licht des Zündholzes beleuchtete, sahen sie einen langen grauen, bis zur Nase von Eis überkrusteten Bart. Die Wangen waren weiß wie der Schnee, und die Augen, deren Wimpern voller Eisklumpen hingen, waren zugefroren. Dann erlosch das Streichholz.

»Komm«, sagte Kurz und rieb sich das Ohr. »Wir können dem alten Esel ja doch nicht mehr helfen. Und ich bin überzeugt, daß mein Ohr erfroren ist. Jetzt wird sich die verfluchte Haut abschälen, und es wird eine ganze Woche weh tun.«

Als einige Minuten später wieder ein Lichtstreifen sein zitterndes Feuer über den Himmel warf, erblickten sie zwei Gestalten vielleicht eine Viertelmeile vor sich auf dem Eise.

Sonst war auf eine Meile im Umkreis nichts zu sehen, das sich regte.

»Das sind die Anführer der ganzen Kolonne«, sagte Kid, als es wieder dunkel wurde. »Los, daß wir sie kriegen!«

Als sie noch eine halbe Stunde gegangen waren, ohne sie einzuholen, begann Kurz zu laufen.

»Wenn wir sie auch erreichen, werden wir sie doch nie überholen«, erklärte er. »Donnerwetter, was für ein Tempo! Ich halte Dollars gegen Pfeffernüsse, daß das keine

Chechaquos sind. Die sind vom richtigen alten Sauerteig ... darauf kannst du dich in die Nase beißen.«

Als sie endlich die beiden erreichten, hatte Kid die Führung, und er freute sich aufrichtig, als er etwas langsamer gehen konnte, um Schritt mit ihnen zu halten. Er hatte gleich den Eindruck, daß die Person, die ihm am nächsten schritt, eine Frau war. Wie er zu dieser Überzeugung kam, konnte er freilich nicht sagen. Eingehüllt in Kopftuch und Pelzwerk, sah die Gestalt aus wie jede andere, aber es war etwas an ihr, das ihm bekannt vorkam, und er konnte dieses Gefühl nicht abschütteln. Er wartete den nächsten Lichtstreifen des Nordlichts ab, und bei diesem Schein sah er, wie klein die Füße waren. Aber er sah noch mehr – nämlich den Gang. Und er war sich gleich darüber klar, daß es der unverkennbare Gang war, von dem er einst festgestellt hatte, daß er ihn nie vergessen würde.

»Die marschiert aber gut«, vertraute Kurz ihm mit heiserem Flüstern an. »Ich wette, sie ist eine Indianerin.«

»Wie geht es Ihnen, Fräulein Gastell?« begrüßte Kid sie.

»Danke, und Ihnen?« antwortete sie und wandte schnell den Kopf, um ihn zu sehen. »Es ist leider noch zu dunkel, um richtig sehen zu können. Wer sind Sie?«

»Alaska-Kid.«

Sie lachte in die kalte Luft hinaus, und ihm schien, daß er noch nie in seinem Leben ein so herrliches Lachen gehört hätte.

»Und sind Sie schon verheiratet und haben all die Kinder bekommen, von denen Sie mir so Interessantes erzählten?« Bevor er antworten konnte, fuhr sie fort: »Wie viele Chechaquos sind noch hinter Ihnen her?«

»Einige tausend, glaube ich. Wir haben über dreihundert überholt. Und sie verlieren keine Zeit unterwegs«, erwiderte Kid.

»Es ist die alte Geschichte«, sagte sie bitter. »Die Neuankömmlinge belegen die reichen Claims an den Bächen, und die Alten, die gedarbt und gelitten und das ganze Land zu dem gemacht haben, was es ist, bekommen nichts. Die Alten sind es, die diese Goldlager am Squaw-Bach gefunden haben ... es ist mir unbegreiflich, wie es durchgesickert ist ... und sie hatten den alten Leuten am Löwensee Bescheid gegeben. Aber der liegt zehn Meilen hinter Dawson, und wenn sie kommen, werden sie entdecken, daß der Bach bis zu den Wolken voller Pfähle ist ... und alles von diesen Chechaquos. Es ist nicht recht, und es ist nicht schön, daß das Glück so verrückt handelt.«

»Es ist sehr traurig«, sagte Kid, »aber ich will mich hängen lassen, wenn ich ausrechnen kann, was dagegen zu machen ist. Wer zuerst kommt, mahlt zuerst.«

»Ich möchte gern etwas dagegen machen«, rief sie mit flammenden Augen. »Ich sähe am liebsten, wenn sie alle unterwegs erfrören oder ihnen sonst etwas Schreckliches geschähe, jedenfalls bis die Leute vom Löwensee da sind.«

»Sie meinen es offenbar sehr gut mit uns«, lachte Kid.

»So ist es nicht gemeint«, sagte sie schnell. »Aber von den Leuten vom Löwensee kenne ich jeden einzelnen, und ich weiß, daß es Männer sind. Sie haben in den guten alten Tagen in diesem Lande gehungert und haben wie die Titanen geschuftet, um etwas daraus zu machen. Ich habe selbst damals die schweren Tage mit ihnen am Koyokuk erlebt, als ich noch ein kleines Mädchen war. Und habe mit ihnen die Hungersnot am Birkenbach durchgemacht und die andere Hungersnot bei den ›Vierzig Meilen‹. Sie sind Helden, die eine Belohnung verdienen, und doch kommen Tausende von Grünschnäbeln hierher, die gar nicht das Recht auf die Felder haben, und sind den alten um viele Meilen voraus. Und jetzt müssen Sie mir meine lange Tirade verzeihen. Ich will lieber meine Lunge schonen, denn ich weiß ja nicht, ob nicht Sie oder die andern versuchen wollen, Papa und mich zu überholen.«

Für eine Stunde wurden keine Worte mehr zwischen Joy und Kid gewechselt, aber er bemerkte, daß sie und ihr Vater eine Zeitlang leise miteinander sprachen.

»Ich weiß jetzt, wer das ist«, erzählte Kurz Kid. »Es ist der alte Louis Gastell, einer von den Besten unter den ›Alten‹. Das Mädel muß sein Fohlen sein. Es ist so lange her, daß er ins Land kam, daß keiner sich mehr erinnert . . . und er brachte das Töchterchen als Wickelkind mit. Er und Bettles sind Kompagnons gewesen; sie hatten den ersten lausig kleinen Dampfer, der bis zum Koyokuk fuhr.«

»Wir wollen doch lieber nicht versuchen, sie zu überholen«, sagte Kid. »Wir sind ja doch an der Spitze der ganzen Prozession; es sind nur noch vier vor uns.«

Kurz erklärte sich einverstanden, und es folgte wieder eine Stunde tiefen Schweigens, während sie unermüdlich weiterliefen.

Gegen sieben wurde die Dunkelheit von einem letzten Aufflackern des Nordlichts erhellt, und sie sahen im Westen eine breite Öffnung in den schneebedeckten Bergen.

»Der Squaw-Bach!« rief Joy aus.

»Wir sind auch tüchtig gelaufen«, antwortete Kurz begeistert. »Meiner Berechnung nach hätten wir erst in einer halben Stunde da sein sollen. Ich muß meine Beine gründlich gebraucht haben.«

An dieser Stelle bog der Weg von Dyea, der an vielen Stellen vom Packeis versperrt wurde, scharf über den Yukon nach dem östlichen Ufer ab. Und hier mußten sie den festgetretenen, allgemein benutzten Weg verlassen, über das Packeis klettern und einer schmalen Fährte folgen, die nur wenig gebraucht war und nach dem Westufer hinüberführte.

Louis Gastell, der an der Spitze ging, strauchelte im Dunkel auf dem glatten Eis. Er setzte sich und hielt seinen Fuß mit beiden Händen. Dann gelang es ihm, wieder auf die Beine zu kommen, aber er blieb zurück, und man sah deutlich, daß er hinkte. Nach einigen Minuten blieb er stehen.

»Es hat keinen Zweck«, sagte er zu seiner Tochter. »Ich habe mir den Fuß verstaucht. Du mußt vorausgehen und für mich und dich je ein Claim abstecken.«

»Können wir nichts dabei machen?« fragte Kid.

Louis Gastell schüttelte den Kopf.

»Sie kann ebensogut zwei Claims abstecken wie eines. Ich werde langsam ans Ufer kriechen, mir dort ein Feuer machen und einen Verband um den Fuß legen. Es wird schon wieder in Ordnung kommen. Nur los, Joy, nimm für uns die Claims oberhalb des Finderclaims. Es wird reicher nach oben.«

»Hier ist etwas Birkenrinde«, sagte Kid und teilte seinen Vorrat. »Wir werden uns Ihrer Tochter annehmen.«

Louis Gastell lachte barsch.

»Schönen Dank«, sagte er. »Aber sie kann selbst für sich sorgen. Folgen Sie ihr nur und achten Sie darauf, was sie tut . . .«

»Haben Sie etwas dagegen, daß ich die Führung übernehme?« fragte sie und begab sich an die Spitze. »Ich kenne dieses Land besser als Sie.«

»Übernehmen Sie nur die Führung«, antwortete Kid galant. »Ich bin auch ganz mit Ihnen einig. Es ist eine Schande, daß wir Chechaquos den Alten vom Löwensee zuvorkommen sollen.«

Sie schüttelte den Kopf. »Wir können unsere Fährte nicht verlöschen. Sie werden uns nachlaufen wie die Schafe.«

Eine Viertelstunde später bog sie in einem scharfen Winkel nach Westen ab. Kid bemerkte, daß sie jetzt über Schnee liefen, den bisher keiner betreten hatte; aber weder er noch Kurz bemerkten, daß die undeutliche Fährte, der sie bisher gefolgt waren, weiter nach Süden führte. Wenn sie gesehen hätten, was Louis Gastell tat, nachdem sie ihn verlassen hatten, würde sich die Geschichte Klondikes anders gestaltet haben. Denn dann hätten sie festgestellt, daß dieser erfahrene Mann der alten Tage nicht länger sitzen blieb, sondern ihnen, wie ein Spürhund, mit der Nase auf der Fährte, nachging. Dann hätten sie auch gesehen, wie er den Weg, der sie nach Westen geführt hatte, deutlicher und breiter stampfte. Und endlich hätten sie auch bemerkt, daß er die alte undeutliche Fährte, die nach Süden ging, verwischte.

Eine Fährte führte den Bach hinauf, aber sie war so undeutlich, daß sie sie in der Dunkelheit immer wieder aus ihrer Sicht verloren. Nach einer Viertelstunde überließ Joy den Männern abwechselnd die Führung und das Bahnen des Weges durch den Schnee. Da sie aber nur langsam vorwärts kommen konnten, gelang es der ganzen Prozession von Läufern, sie einzuholen, und als es gegen neun Uhr hell wurde, sahen sie, soweit das Auge reichte, eine ununterbrochene Reihe von Männern. Joys dunkle Augen leuchteten bei diesem Anblick.

»Wie lange ist es her, seit wir den Bach hinaufzugehen begannen?« fragte sie.

»Zwei Stunden«, antwortete Kid.

»Und zwei Stunden zurück machen vier Stunden«, lachte sie. »Die Alten vom Löwensee sind gerettet.«

Ein leiser Verdacht schoß Kid durch den Kopf. Er blieb stehen und blickte sie an.

»Ich verstehe nicht«, sagte er.

»Natürlich nicht. Aber ich will es Ihnen erzählen. Hier ist

der Norwegenbach. Der Squaw-Bach ist der nächste südlich von ihm«

Kid war einen Augenblick sprachlos.

»Das haben Sie absichtlich getan?« fragte Kurz.

»Ich tat es, um den Alten eine Chance zu geben.« Sie
lachte spöttisch.

Die beiden Männer grinsten sich zu und stimmten ihr
schließlich bei.

»Ich würde Sie über mein Knie legen und Ihnen anstän-
dige Dresche geben, wenn die Frauen hierzulande nicht so
selten wären«, versicherte Kurz.

»Ihr Vater hat sich also nicht den Fuß verstaucht, sondern nur gewartet, bis wir weg waren, um allein weiterzugehen?« fragte Kid.

Sie nickte.

»Und Sie waren sein Lockvogel?«

Wieder nickte sie. Und diesmal klang Kids Lachen frei
und echt. Es war das unwillkürliche Lachen eines Mannes, der seine Niederlage freimütig einräumt.

»Warum sind Sie uns nicht böse?« fragte sie reumütig.

»Oder warum verdreschen Sie mich nicht?«

»Weißt du, Kid ... wir können ja ebensogut umkehren«,
schlug Kurz vor. »Ich fange an, kalte Füße zu bekommen.«

Kid schüttelte den Kopf.

»Das würde eine Verspätung von vier Stunden bedeuten.
Wir sind jetzt, glaube ich, den Bach acht Meilen hinauf-
gegangen, und soviel ich sehen kann, macht der Norwe-
genbach einen weiten Bogen nach Süden. Wir wollen ihm
ein Stück folgen, dann irgendwo hinuntergehen und den
Squaw-Bach oberhalb des Finderclaims erreichen.« Er sah
Joy an. »Wollen Sie mit uns kommen? Ich sagte Ihrem
Vater ja, daß wir uns um Sie kümmern würden.«

»Ich ...«, sie zögerte. »Ich glaube, ich werde es tun, wenn

Sie nichts dagegen haben.« Sie sah ihn fest und gerade an, und ihr Gesicht war weder herausfordernd noch spöttisch. »Sie sind schuld daran, Herr Kid, daß ich wirklich bereue, was ich getan habe. Aber einer mußte die Alten retten.«

»Ich habe den Eindruck, daß ein Wettrennen nach dem Golde seinen Hauptwert als sportliche Leistung hat.«

»Und ich habe den Eindruck, daß Sie beide sich glänzend damit abfinden«, fuhr sie fort. Dann fügte sie, mit einer Andeutung von einem Seufzer, hinzu: »Wie schade, daß Sie nicht zu den Alten gehören.«

Sie blieben noch zwei Stunden auf dem gefrorenen Flußbett des Norwegenbaches. Dann bogen sie auf einen schmalen, unebenen Nebenfluß ein, der nach Süden führte. Gegen Mittag überschritten sie die Wasserscheide. Wenn sie zurückblickten, sahen sie die lange Reihe der Wettläufer sich allmählich auflösen.

Hie und da zeigten Rauchsäulen, daß man im Begriff war, ein Lager aufzuschlagen.

Sie selbst hatten noch Schweres durchzumachen. Sie wateten bis zum Leib durch den Schnee und mußten immer wieder nach wenigen Metern haltmachen, um sich auszuruhen. Kurz war der erste, der eine Rast vorschlug.

»Wir sind jetzt über zwölf Stunden unterwegs«, sagte er. »Weißt du, Kid, ich gestehe es ohne weiteres, daß ich müde bin. Und das bist du auch, mein Freund. Ich bin so frei zu behaupten, daß ich so zähe an der Fährte hänge wie ein hungriger Indianer, wenn ein großes Stück Bärenfleisch winkt. Aber das arme Mädchen hier kann sich nicht länger auf den Beinen halten, wenn sie nichts in den Magen kriegt. Hier ist eben die richtige Stelle, um ein Feuer zu machen. Was meint ihr dazu?«

Sie schlugen das einfache Lager so schnell, geschickt und methodisch auf, daß Joy, die sie mit eifersüchtigen Augen betrachtete, sich gestehen mußte, daß selbst die Alten es nicht besser hätten machen können.

Fichtenzweige, die sie auf dem Schnee ausbreiteten und worauf sie eine Decke legten, bildeten eine vorzügliche Unterlage, auf der sie sich ausruhen und ihre Tätigkeit als Köche ausüben konnten. Aber sie hielten sich vorsichtig vom Feuer fern, bis sie sich Nase und Kinn kräftig gerieben hatten.

Kid spie in die Luft, und das Knistern kam so prompt und kräftig, daß er den Kopf schüttelte.

»Ich gebe es auf«, sagte er. »Ich habe noch nie eine solche Kälte erlebt.«

»Einen Winter hatten wir am Koyokuk sechsundachtzig Grad Fahrenheit«, antwortete Joy. »Und jetzt sind es mindestens siebzig oder fünfundsiebzig, und ich weiß, daß ich mir leider die Backen erfroren habe. Sie brennen wie Feuer.«

Auf dem steilen Abhang der Wasserscheide lag kein Eis. Sie nahmen deshalb Schnee, der so fein, hart und kristallinisch wie Puderzucker war, und legten Hände voll davon in die Goldpfanne, bis sie Wasser genug hatten, um Kaffee zu kochen. Kid briet Speck und taute Keks auf. Kurz nahm sich der Heizung an und sorgte für das Feuer und Joy für das bescheidene Geschirr, das aus zwei Tellern, zwei Tassen, zwei Löffeln, einer Büchse mit gemischtem Pfeffer und Salz und einer andern mit Zucker bestand. Als sie dann aßen, benutzten Joy und Kid denselben Löffel. Sie aßen von demselben Teller und tranken aus derselben Tasse.

Es war schon fast zwei Uhr nachmittags, als sie den Rükken der Wasserscheide hinter sich hatten und einen Nebenfluß des Squaw-Baches hinabzugehen begannen. Früher im Winter hatte ein Elchjäger eine Fährte durch den Cañon hinterlassen – das heißt, er war beim Hin-

und Zurückgehen immer wieder in seine eigenen Fußspuren getreten. Die Folge war, daß man mitten im Schnee eine Reihe von unregelmäßigen Klumpen sah, die durch später gefallenen Schnee halbwegs verdeckt waren. Wenn der Fuß nicht genau den festen Klumpen traf, sank er tief in den weichen losen Schnee, und man konnte das nur schwerlich vermeiden. Um so mehr, als der Elchjäger ein ziemlich langbeiniger Herr gewesen zu sein schien. Joy, die jetzt sehr eifrig war, daß die beiden Männer ein paar Claims erhalten sollten, fürchtete, daß sie mit Rücksicht auf sie langsamer gehen würden. Sie verlangte deshalb, die Führung zu behalten. Die Schnelligkeit und die ganze Art, wie sie die schwierige Wanderung durchführte, fand den vorbehaltlosen Beifall Kurz'.

»Guck sie dir mal an«, rief er. »Piekfein ist sie! Das richtige rote Bärenfleisch! Sieh dir mal an, wie die Mokassins sausen. Da gibt's nichts mit hohen Absätzen ... sie gebraucht die Beinchen, wie sie der liebe Herrgott geschaffen hat. Sie ist das richtige Frauchen für einen Bärenjäger.«

Sie warf ihm über die Schulter ein anerkennendes Lächeln zu, das auch Kid umfaßte. Und Kid fühlte zwar die offene Kameradschaft dieses Lächelns, hatte aber dabei doch die bittere Empfindung, daß es nicht nur eine Schicksalsgenossin, sondern auch ein Weib war, das ihm einen Teil dieses Lächelns schenkte.

Als sie das Ufer des Squaw-Baches erreichten und zurückblickten, sahen sie, wie der Zug der Wettläufer sich in unordentliche Reihen aufgelöst hatte, die im Begriff waren, sich über die Wasserscheide zu arbeiten.

Dann glitten sie den Hang hinab in das Flußbett. Der Bach, der bis zum Grunde gefroren war, hatte eine Breite von zwanzig bis dreißig Fuß und lief zwischen sechs bis acht Fuß hohen Wällen aus angeschwemmtem Lehm. Kein

Fußtritt hatte je den Schnee, der auf dem Eise lag, beschmutzt, und sie wußten deshalb, daß sie jetzt oberhalb des Finderclaims und der letzten Pfähle der Leute vom Löwensee waren.

Die Quellen, die den meisten Flüssen Klondikes eigentümlich sind, gefrieren nicht einmal bei der niedrigsten Temperatur. Das Wasser kommt aus den Uferabhängen und bleibt in Pfützen stehen, die durch das Oberflächeneis und durch Schneefälle gegen die schlimmste Kälte geschützt werden. Es kommt deshalb vor, daß ein Mann, der durch tiefen Schnee watet, plötzlich durch eine Eisdecke von einem halben Zoll bricht und bis zu den Knien im Wasser steht. Und wenn er sich dann nicht gleich trokkene Strümpfe anziehen kann, muß er binnen fünf Minuten seine Unbesonnenheit mit dem Verlust der Füße büßen.

Obgleich es erst gegen drei Uhr nachmittags war, hatte die graue Dämmerung der Arktis schon eingesetzt. Sie sahen sich nach dem Pfahl um, der ihnen das letzte abgezeichnete Claim kenntlich machen sollte. Joy, eifrig und impulsiv, wie sie war, entdeckte ihn zuerst. Sie eilte zu Kid und rief:

»Hier ist jemand gewesen! Sehen Sie nur den Schnee! Schauen Sie schnell nach dem Zeichen ... hier ist es. Sehen Sie die Fichte dort!«

Auf einmal versank sie bis zum Gürtel im Schnee. »O Gott, jetzt sitze ich drin«, sagte sie traurig. Dann nahm sie sich zusammen und rief schnell: »Kommen Sie mir nicht nahe ... ich werde hier durchwaten.« Schritt für Schritt kämpfte sie sich vorwärts, bis sie wieder festen Boden unter den Füßen hatte, aber es war schwer gewesen, denn immer wieder brach sie durch die dünne Eisdecke, die unter dem trockenen Schnee lag.

Kid wartete es aber nicht ab. Er sprang ans Ufer und holte welke, eingetrocknete Zweige und Reisig, die bei den Frühlingsüberschwemmungen im Busch aufgesammelt worden und hierhergetrieben waren, wo sie jetzt nur auf das Streichholz warteten. Als sie zu ihm kam, stoben schon die ersten Funken und Flammen aus dem brennenden Reisighaufen.

»Setzen Sie sich«, befahl er.

Sie setzte sich gehorsam in den Schnee. Er nahm seinen Rucksack ab und breitete eine Decke vor ihren Füßen aus.

Von oben hörten sie die Stimmen der Wettläufer, die ihnen gefolgt waren.

»Lassen Sie Kurz abstecken«, schlug sie vor.

»Geh, Kurz«, sagte Kid, als er ihre Mokassins, die schon ganz steif waren, in Angriff nahm. »Steck tausend Fuß ab und setz zwei Pfähle hinein. Die Eckpfähle können wir ja später stecken.«

Kid schnitt die Schnürsenkel und das Leder der Mokassins durch. Sie waren schon so steif geworden, daß sie krachend barsten, als er sie zerhackte und zerschnitt. Die Siwashsocken und die dicken wollenen Strümpfe waren feste Hülsen aus Eis. Es war, als ob ihre Füße und Fesseln in Behältern aus Wellblech steckten.

»Wie steht es mit Ihren Füßen?« fragte er.

»Ziemlich unempfindlich. Ich kann die Zehen weder fühlen noch bewegen. Aber es wird schon wieder werden. Das Feuer brennt ja herrlich. Passen Sie auf, daß Ihre eigenen Hände nicht dabei erfrieren. Sie müssen schon unempfindlich geworden sein, danach zu urteilen, wie Sie jetzt herumfummeln.«

Er zog sich die Handschuhe wieder an, und fast eine Minute lang schlug er aus aller Kraft die Hände gegen seine Seiten. Als er das Blut prickeln spürte, zog er die Handschuhe wieder aus und zerrte und riß, schnitt und sägte mit dem Messer an den gefrorenen Bekleidungsgegenständen Joys herum. Endlich kam die weiße Haut des einen Fußes zum Vorschein, dann die des andern, um der eisigen Kälte von siebzig Grad Fahrenheit unter Null ausgesetzt zu werden.

Dann wurden beide Füße mit Schnee gerieben, und zwar mit rücksichtsloser Kraft, bis Joy sich schließlich krümmte und wand und ihre Zehen bewegte, während sie glücklich klagte, daß es wieder weh tat. Halb zog er sie, halb schob sie selbst sich näher an das Feuer heran. Dann legte er ihre Füße auf eine Decke, ganz nahe an die heilbringenden Flammen. »Sie müssen noch eine Weile gut achtgeben«, sagte er.

Jetzt konnte sie auch ohne Gefahr ihre Fäustlinge ausziehen und sich selbst die Füße reiben, und das tat sie mit der Klugheit der Erfahrung, indem sie Sorge trug, daß die Hitze des Feuers nur langsam wirken konnte. Während sie das tat, nahm Kid seine eigenen Hände in Arbeit. Der Schnee schmolz weder, noch wurde er weich. Die feinen Kristalle waren wie ebenso viele Sandkörner. Nur langsam begann das Stechen und Klopfen des Blutumlaufs in das erfrorene Fleisch zurückzukehren. Dann schürte Kid das Feuer, nahm Joy das leichte Bündel vom Rücken und holte eine ganz neue Garnitur Fußbekleidung heraus.

Kurz kehrte jetzt das Flußbett entlang zurück und kletterte den Uferhang herauf.

»Ich glaube sicher, daß ich gut tausend Fuß abgesteckt habe«, berichtete er. »Nummer siebenundzwanzig und achtundzwanzig, obgleich ich bei Nummer siebenundzwanzig nur den oberen Pfahl eingesteckt hatte, als ich schon den ersten von der ganzen Bande hinter uns traf. Er sagte mir direkt, daß ich Nummer achtundzwanzig nicht abstecken dürfe. Und ich erzählte ihm ...«

»Ach ja, was sagten Sie ihm?« rief Joy eifrig.

»Ich erzählte ihm direkt, daß ich, wenn er nicht schleunigst fünfhundert Meter weiter hinaufginge, ich seine erfrorene Nase so lange bearbeiten würde, bis sie zu Vanilleeis mit Schokoladensoße geworden wäre. Da riß er aus, und ich habe zwei Claims von genau je fünfhundert Fuß abgezeichnet. Er steckte das nächste Claim ab, und ich denke, daß die übrige Rasselbande den ganzen Bach bis zu den Quellen und weiter auf der andern Seite abgesteckt hat. Unsere Claims sind jedenfalls gesichert. Es ist jetzt so dunkel, daß man nichts sehen kann, aber wir können die Eckpflöcke morgen stecken.«

Als sie am nächsten Morgen aufwachten, stellten sie fest, daß das Wetter während der Nacht völlig umgeschlagen war. Es war jetzt so milde, daß Kurz und Kid, während sie noch in ihren gemeinsamen Decken lagen, die Temperatur auf nur zwanzig Grad unter Null einschätzten. Die schlimmste Kälte schien überstanden. Auf ihren Decken lagen glitzernde Eiskristalle sechs Zoll hoch.

»Guten Morgen ... wie geht es mit Ihren Füßen?« begrüßte Kid Joy Gastell über das Feuer hinweg, als sie den Schnee abschüttelte und sich in ihrem Schlafsack aufrichtete.

Kurz machte ein neues Feuer an und holte Eis vom Bach. Kid bereitete das Frühstück. Als sie die Mahlzeit beendet hatten, war es hell geworden.

»Jetzt kannst du gehen und die Eckpflöcke stecken«, sagte Kurz. »Dort, wo ich vorhin Eis zum Kaffee holte, hab' ich Kies gesehen, und jetzt werde ich mal – nur so zum Spaß – etwas Wasser machen und eine Pfanne von dem Kies auswaschen.«

Kid entfernte sich mit der Axt in der Hand, um die Pfähle zu stecken. Er begann seinen Rundgang von dem Pfahl von Nummer siebenundzwanzig unterhalb des Flusses und ging dann im rechten Winkel durch das kleine Tal bis zu dessen Rand. Er tat es methodisch, fast automatisch, denn sein Gehirn beschäftigte sich mit Erinnerungen an den vorhergehenden Abend. Er hatte irgendwie das Gefühl, die Herrschaft über die feinen Linien und festen Muskeln dieser Füße und Fesseln errungen zu haben, die er mit Schnee gerieben hatte, und ihm schien, daß diese Herrschaft sich auf die ganze Frau erstreckte. Unklar und doch heftig quälte ihn das Gefühl, daß ihm dies alles gehörte. Es kam ihm vor, als brauchte er nur zu Joy Gastell zu gehen, ihre Hände zu nehmen und ihr zu sagen: »Komm.«

Als er in diesem Zustand herumging, machte er eine Entdeckung, die ihn die Herrschaft über die weißen Füße einer Frau gründlich vergessen ließ. Am Rande des Tales steckte er keinen Eckpfahl ab. Er kam überhaupt gar nicht bis zum Rand des Tales, sondern sah sich statt dessen einem andern Bach gegenüber. Er merkte sich dort eine Wiese, die schon abgesteckt war, und eine große, leicht zu erkennende Fichte. Dann ging er zu der Stelle am Bach zurück, wo die Pfähle standen. Er folgte dem Bachbett, umging die Ebene in einem hufeisenförmigen Bogen und stellte dabei fest, daß es sich nur um einen einzigen Bach, nicht um zwei Wasserläufe handelte. Dann watete er zweimal von einem Ende des Tales bis zum andern durch den tiefen Schnee – das erste Mal ging er von dem unteren Pfahl im Claim siebenundzwanzig aus, das zweite Mal vom oberen Pfahl in Nummer achtundzwanzig und entdeckte dabei, daß der obere Pfahl dieses Claims unterhalb des unteren im ersten Claim stand. In der grauen Dämmerung des gestrigen Abends, als es schon fast dunkel gewesen war, hatte Kurz beide Claims innerhalb des Hufeisens abgezeichnet.

Kid trottete nach dem kleinen Lager zurück.

Kurz hatte soeben das Waschen des Kieses in seiner Pfanne beendet und konnte sich nicht länger halten, als er ihn sah:

»Jetzt haben wir's geschafft!« brüllte er und hielt die Pfanne hoch. »Schau nur her! Eine saubere Portion Gold! Zweihundert Dollar auf den Tisch des Hauses, wenn ich mich nicht irre. Gold hat der Bach also genug schon im Waschkies. Ich habe viele Goldminen in meinem Leben gesehen, aber solche Butter wie die hier hatte ich noch nie in der Pfanne.«

Kid warf einen gleichgültigen Blick auf das rohe Gold, goß sich dann eine Tasse Kaffee ein und setzte sich. Joy merkte, daß irgend etwas nicht stimmte, und sah ihn mit fragenden und besorgten Augen an.

Kurz war dagegen tief entrüstet, daß sein Kamerad so gleichgültig schien.

»Warum guckst du nicht her und kommst ganz aus dem Häuschen vor Freude?« fragte er empört. »Wir haben hier ein hübsches kleines Vermögen, wenn du nicht deine edle Nase über Pfannen mit zweihundert Dollar rümpfst.«

Kid nahm langsam einen Schluck Kaffee, bevor er antwortete.

»Sag mal, Kurz, warum haben unsere beiden Felder solche Ähnlichkeit mit dem Panamakanal?«

»Was meinst du damit?«

»Nun, die östliche Einfahrt zum Kanal liegt westlich von der westlichen . . . das ist alles.«

»Red schon weiter«, sagte Kurz. »Ich verstehe den Witz nicht.«

»Um es kurz zu sagen, du hast unsere beiden Felder in einem großen hufeisenförmigen Bogen abgezeichnet . . .«

Kurz setzte die Pfanne mit dem Gold in den Schnee und stand auf.

»Weiter . . .«, wiederholte er.

»Der obere Pfahl von achtundzwanzig steht zehn Fuß unterhalb dem von siebenundzwanzig.«

»Du meinst, daß wir nichts gekriegt haben, Kid?«

»Schlimmer noch: wir haben zehn Fuß weniger als gar nichts bekommen.«

Kurz lief wie der Blitz zum Ufer hinab. Fünf Minuten später war er schon wieder da. Auf Joys fragenden Blick hin nickte er. Ohne ein Wort zu sagen, ging er zu einem Baumstamm und setzte sich. Dann starrte er in den Schnee vor sich hin.

»Wir können ebensogut das Lager abbrechen und nach Dawson zurückwandern«, sagte Kid und begann die Dekken zusammenzulegen.

»Es tut mir leid, Kid«, sagte Joy. »Ich bin ja an allem schuld.«

»Es ist alles gut«, sagte er. »So etwas kann alle Tage passieren, wissen Sie.«

»Es war meine Schuld, nur meine Schuld«, wiederholte sie hartnäckig. »Aber Papa hat für mich ein Claim beim Finderclaim abgesteckt, wie Sie ja wissen ... Ich überlasse Ihnen meines.«

Er schüttelte den Kopf.

»Kurz?« bat sie.

Kurz schüttelte den Kopf und begann zu lachen. Es war ein ungeheures Gelächter. Das Kichern und Prusten wurde allmählich zu einem Gebrüll, das aus übervollem Herzen kam.

»Ich bin nicht etwa hysterisch geworden«, sagte er. »Zuweilen finde ich die ganze Welt so verdammt komisch, und jetzt eben geht es mir so.«

Sein Blick fiel zufällig auf die Pfanne mit dem Gold. Er ging hinüber und gab ihr feierlich einen Fußtritt, daß das ganze Gold in den Schnee flog.

»Es gehört ja nicht uns«, sagte er. »Es gehört dem Idioten,

den ich heut nacht fünfhundert Fuß weiter hinaufjagte. Mich ärgert dabei nur, daß es genau vierhundertneunzig Fuß zuviel waren – zu seinen Gunsten! Komm jetzt, Kid! Wir gehen nach Dawson zurück. Und wenn du Lust hast, mich totzuschlagen, kannst du es tun ... ich werde keine Hand rühren.«

DIE MÄNNER VON FORTY MILE

Als der Große Jim Belden die scheinbar unschuldige Behauptung aufstellte, daß Grützeis der reine Witz sei, ließ er sich kaum träumen, wohin das führen sollte. Das tat Lon McFane auch nicht, als er versicherte, daß Grundeis ein noch größerer Witz sei, und ebensowenig Bettles, als er diese Behauptung sofort bestritt und erklärte, daß Grundeis überhaupt nur ein Märchen sei.

»Und das willst du mir erzählen«, rief Lon, »wo wir so viele Jahre hier im Lande gewesen sind! Und dabei haben wir jeden Tag in den vielen Jahren aus ein und demselben Topf gegessen!«

»Aber es ist wider die Vernunft«, wandte Bettles ein. »Sieh, Wasser ist doch wärmer als Eis –«

»Wenn man einbricht, merkt man den Unterschied nicht sonderlich.«

»Aber es ist doch wärmer, weil es nicht gefroren ist. Und da sagst du, daß es auf dem Grunde gefriert.«

»Nur das Grundeis, David, nur das Grundeis. Seid ihr nie abgefahren in einem Wasser, das klar wie Glas war, und dann sprudelte auf einmal, wie eine Wolke vor die Sonne, Grundeis auf, unaufhörlich, bis der Fluß vom einen Ufer zum andern wie nach dem ersten Schneefall bedeckt war?«

»Ach ja! Mehr als einmal, wenn ich gerade ein Nickerchen am Steuerruder machte. Aber das kam immer aus dem nächsten Seitenkanal und sprudelte nicht die Spur.«

»Aber ich habe nicht geschlafen.«

»Nee. Aber du mußt doch Vernunft annehmen. Das muß doch jeder einsehen.«

Bettles wandte sich an den Kreis, der um den Ofen saß, aber Lon McFane gab den Kampf noch nicht auf.

»Vernunft hin und Vernunft her. Es ist wahr, was ich euch erzähle. Im vorigen Herbst haben Sitka Charley und ich selbst es gesehen, als wir die Stromschnellen heruntertrieben. Ihr wißt, vor Fort Reliance. Und es war richtiges Herbstwetter – mit Sonnenflecken auf den goldenen Lärchen und den bebenden Eschen und Lichtgefunkel auf den Wellen und weit in der Ferne der Winter und der blaue Dunst des Nordlandes, die Hand in Hand gewandert kamen. Das ist immer so, und dann kommen die Eisränder an den Flüssen, und der Rückweg wird dick von Eis – und es kracht und funkelt in der Luft, man fühlt es in seinem Blut und saugt bei jedem Atemzug neues Leben ein. Dann wird die Welt klein, und man möchte weit in die Ferne schweifen.

Aber ich bin wohl selbst etwas weit abgeschweift. Was ich sagen wollte: Wie wir so paddeln, ohne daß ich nur die Spur von Eis in den Schnellen sehe, hebt Sitka Charley seine Paddel und ruft: ›Lon McFane! Sieh dort! Ich hatte wohl schon davon gehört, aber nie geglaubt, daß ich es je zu sehen kriegen sollte.‹ Sitka Charley, wißt ihr, ist ebensowenig wie ich in diesem Lande geboren, und es war auch für ihn neu. So trieben wir denn, den Kopf über den Bootsrand, dahin, und guckten in das glitzernde Wasser, ganz wie damals, als ich bei den Perlenfischern war und auf die Korallenriffe guckte, die wie Gärten unter dem Wasser wuchsen. Da saß es, das Grundeis, hing an jedem Felsen und hob sich wie weiße Korallen.

Aber das Beste sollte noch kommen. Gerade als wir die Schnellen hinter uns hatten, wurde das Wasser plötzlich milchweiß, so, wie wenn die Eschen im Frühling ausschlagen oder wenn es pladdert. Das Grundeis kam hoch. Rechts und links, so weit man sehen konnte, war das Wasser voll davon. Wie Grütze war es, es hängte sich an die Rinde vom Kanu und klebte wie Leim an den Paddeln. Viele Male vorher und nachher bin ich über die Stromschnellen gefahren, aber nie habe ich das wieder gesehen. Das sieht man nur einmal im Leben.«

»Sicher«, antwortete Bettles trocken. »Meinst du, du könntest mir das einreden? Ich glaube eher, daß die Lichtflecken in deinen Augen und das Sprühen und Funkeln in der Luft von deiner eigenen Zunge kamen.«

»Ich sah es mit eigenen Augen, und wenn Sitka Charley hier wäre, würde er es bestätigen.«

»Aber eine Tatsache ist unumstößlich, und man kommt nicht um sie herum. Es ist wider die Natur der Dinge, daß das Wasser ganz unten zuerst gefrieren sollte.«

»Aber mit meinen eigenen Augen —«

»Reg dich nur nicht darüber auf«, sagte Bettles zu Lon, dessen hitziges keltisches Blut der Zorn in Wallung zu bringen drohte.

»Du glaubst mir also nicht?«

»Wenn du es durchaus wissen willst: nein. Ich glaube in erster Reihe an die Natur und an die Tatsachen.«

»Willst du sagen, daß ich lüge?« fragte Lon drohend. »Du brauchst ja nur deine Siwash-Frau zu fragen. Laß sie entscheiden, ob ich die Wahrheit spreche.«

Bettles flammte in Wut auf. Der Irländer hatte ihn unwissentlich beleidigt, denn seine Frau war die Halbbluttochter eines russischen Pelzhändlers. Er hatte sie in der griechischen Mission von Nulato, tausend Meilen den Yukon abwärts, geheiratet, und sie war daher von viel höherer Kaste als die gewöhnliche Siwash-Frau, die Eingeborene. Das war indessen eine Nordlandsfinesse, für die nur ein Nordlandsabenteurer Verständnis hatte.

40

»Meinetwegen kannst du es gern so verstehen«, sagte er nachdrücklich und überlegen.

Im nächsten Augenblick hatte Lon McFane ihn zu Boden gestreckt, der Kreis fuhr auseinander, und ein Dutzend Männer legten sich dazwischen. Bettles kam wieder auf die Beine und wischte sich das Blut vom Munde.

»Es ist nicht das erstemal, daß man sich prügelt, und du darfst nicht glauben, daß ich es dir nicht heimzahle.«

»Nie im Leben werde ich einem Menschen erlauben, mich der Lüge zu beschuldigen«, lautete die höfliche Antwort.

»Und es müßte schon merkwürdig zugehen, wenn ich mich weigerte, dir bei Abtragung deiner Schulden behilflich zu sein; du darfst selbst die Art und Weise wählen.«

»Hast du noch den 38-55?«

Lon nickte.

»Schaff dir lieber ein schwereres Kaliber an. Meiner macht Löcher von Walnußgröße.«

»Nur keine Angst. Meine Kugeln wittern sich zurecht, die haben feine Nasen, und wenn sie auf der andern Seite herauskommen, haben sie sich so breit gemacht wie Pfannkuchen. Und wann habe ich das Vergnügen, dich zu treffen? Das Wasserloch dürfte eine geeignete Stelle sein.«

»Nicht schlecht. Sei in einer Stunde da, du wirst nicht zu warten haben.«

Beide Männer zogen sich die Fausthandschuhe an und gingen, taub für die Einwendungen ihrer Kameraden. Der Anlaß war so geringfügig, aber bei solchen Männern können Geringfügigkeiten, wenn sie auf heftige Leidenschaften und starre Köpfe stoßen, leicht anschwellen und groß werden. Dazu waren die Leute von Forty Mile, die den langen arktischen Winter hindurch eingesperrt waren, durch zuviel Nahrung und erzwungenen Müßiggang cholerisch und reizbar geworden wie die Bienen im Herbst, wenn die Stöcke von Honig überfließen.

Es gab kein Gesetz im Lande. Die berittene Polizei war eine Utopie. Jedermann rächte selbst eine ihm zugefügte Beleidigung und bestimmte die Strafe nach eigenem Ermessen. Selten war ein gemeinsames Vorgehen nötig gewesen, und nie war in der einförmigen Geschichte des Lagers das achte Gebot verletzt worden.

Der Große Jim Belden berief stehenden Fußes eine Versammlung ein. Der Grindige Mackenzie wurde zum Vorsitzenden erwählt und ein Bote fortgeschickt, um Vater Roubeaus Dienste zu erbitten. Ihre Stellung war etwas eigentümlich, und das wußten sie. Mit dem Recht des Stärkeren konnten sie sich dazwischenlegen und das Duell verhindern; wenn aber auch ein solches Auftreten ihren Wünschen entsprochen hätte, so widersprach es doch strikte ihren Anschauungen. Ihre rohgezimmerte, etwas unmoderne Ethik erkannte das persönliche Recht eines jeden an, Schlag mit Schlag zu vergelten, aber sie konnten den Gedanken nicht ertragen, daß zwei Kameraden wie Bettles und McFane sich auf Leben und Tod schlagen sollten. Zwar war, wer nicht kämpfte, wenn er herausgefordert wurde, in ihren Augen ein Feigling; als es jetzt aber ernst wurde, war ihnen die Geschichte doch ein bißchen zu bunt.

Ein Schurren von Mokassins, laute Rufe und gleich darauf ein Revolverschuß unterbrachen die Diskussion. Dann wurde die Sturmtür aufgerissen, Malemute Kid trat, einen rauchenden Colt in der Hand, ein und sagte heiter blinzelnd:

»Den hab' ich getroffen.« Er schob eine frische Patrone in die Trommel und fügte hinzu: »Deinen Hund, Mack.«

»Gelbmaul?« fragte Mackenzie.

»Nein, den schlappohrigen.«

»Teufel auch! Mit dem war doch nichts.«

»Komm 'raus und sieh selber.«

»Es wird wohl stimmen. Er ist natürlich auch angesteckt. Gelbmaul kam heute morgen zurück, biß ihn und hätte mich dabei fast zum Witwer gemacht. Er ging auf Zarinska los, aber sie schlug ihm den Rock um die Ohren und entwischte ihm durch einen tüchtigen Lauf im Schnee. Da rannte er wieder in den Wald. Ich hoffe, er kommt nicht wieder. Hast du selbst welche verloren?«

»Einen – den besten vom Gespann –, Shookum. Lief heute morgen Amok. Kam aber nicht weit. Rannte in Sitka Charleys Gespann hinein und wurde vollkommen zerfetzt. Und jetzt sind zwei von seinen Hunden gebissen und toll geworden, so daß Shookum schließlich kriegte, was er wollte. Die Hunde werden knapp zum Frühling, wenn wir nicht etwas tun.«

»Die Männer werden auch knapp.«

»Wieso? Was ist denn nun wieder los?«

»Ach, Bettles und Lon McFane sind sich in die Haare geraten, und in ein paar Minuten werden sie die Geschichte am Wasserloch ausmachen.«

Der Fall wurde wiederum berichtet, und Malemute Kid, der gewohnt war, daß seine Kameraden ihm gehorchten, übernahm es, die Sache in Ordnung zu bringen. Er erklärte seinen Plan, und sie versprachen, ihm unbedingt zu folgen.

»Wie ihr seht«, lauteten seine letzten Worte, »nehmen wir ihnen nicht ihr Recht, sich zu schlagen, aber ich glaube doch, daß sie es nicht tun werden, wenn ihnen meine Absicht aufgeht. Das Leben ist ein Spiel, und Menschen sind die Spieler. Sie setzen ihren ganzen Besitz auf eine Chance gegen tausend. Nehmt ihnen aber diese Chance, und – sie spielen nicht mehr.«

Er wandte sich zu den Männern, die die Aufsicht über die

Vorräte hatten. »Mann, miß uns drei Faden von deinem besten halbzölligen Manilaseil ab.«

»Wir wollen den Männern von Forty Mile eine Lehre erteilen, die sie nie vergessen werden«, prophezeite er. Dann wickelte er das Seil um den Arm und folgte seinen Kameraden zur Tür hinaus, gerade rechtzeitig, um die Hauptpersonen zu treffen.

»Was plagte ihn der Teufel, meine Frau hineinzumischen?« donnerte Bettles einen Freund an, der den Versuch machte, ihn zu beruhigen. »Was hatte das mit der Sache zu tun?« schloß er nachdrücklich. »Was hatte das mit der Sache zu tun?« wiederholte er immer wieder, während er auf und ab wanderte und auf Lon McFane wartete.

Und Lon McFane: mit glühendem Gesicht und ungeheurer Zungenfertigkeit trotzte er der Kirche direkt ins Gesicht. »Lieber lasse ich mich in feurigen Decken auf ein Bett von glühenden Kohlen legen, Vater«, schrie er, »als daß es heißen soll, Lon McFane hätte eine Lüge eingesteckt, ohne zu mucksen. Ich bitte auch nicht um deinen Segen. Wohl hab' ich ein wildes Leben geführt, aber das Herz saß stets auf dem rechten Fleck.«

»Aber es ist gar nicht dein Herz, Lon«, unterbrach Vater Roubeau ihn, »es ist dein Stolz, der dich dazu bringt, einen Mitmenschen zu töten.«

»Ihr seid Franzose«, antwortete Lon. Und indem er sich zum Gehen wandte, sagte er: »Wenn das Glück gegen mich ist, lesen Sie wohl eine Messe für mich?«

Aber der Priester lächelte, schnallte sich die Mokassins fester und ging auf den weißen schweigenden Fluß hinaus. Ein festgetretener, sechzehn Zoll breiter Pfad führte zum Wasserloch. Zu beiden Seiten lag tiefer Schnee. Die Männer gingen im Gänsemarsch und in tiefstem Schweigen, und der schwarzröckige Priester verlieh allem ein feierli-

44

ches Begräbnisgepräge. Für die Verhältnisse von Forty Mile war es ein warmer Wintertag – einer der Tage, an denen sich der Himmel bleischwer tiefer auf die Erde senkt und das Quecksilber die ungewohnte Höhe von 20 Grad Fahrenheit unter Null erreicht. Aber die Wärme war nicht angenehm. Die Luft war dick, und die Wolken hingen unbeweglich herab und prophezeiten finster baldigen Schnee. Die Erde lag wohlverwahrt im Winterschlaf und dachte nicht ans Erwachen.

Als sie das Wasserloch erreicht hatten, rief Bettles, der während der stummen Wanderung offenbar den ganzen Streit noch einmal überdacht hatte, ein letztes: »Was hatte das mit der Sache zu tun?«, während Lon McFane in seinem finstern Schweigen verharrte.

Die Wut drohte ihn zu ersticken, und er konnte kein Wort herausbringen. Und doch, wenn sie einen Augenblick nicht an die ihnen zugefügte Kränkung dachten, konnten sie nicht umhin, sich über ihre Kameraden zu wundern. Sie hatten Widerstand erwartet, und diese stumme Nachgiebigkeit verletzte sie. Sie meinten, Besseres von den Männern verdient zu haben, die ihnen so nahegestanden, ein dunkles Gefühl von Unrecht überkam sie, und sie empörten sich bei dem Gedanken, daß so viele ihrer Brüder auszogen, um zu sehen, wie sie sich niederschossen, ohne auch nur mit einem Wort zu protestieren, als handelte es sich um ein Fest. Es war, als sei ihr Wert in den Augen der Mitwelt gesunken. Die Vorbereitungen verwirrten sie.

»Rücken gegen Rücken, David. Fünfzig oder hundert Schritt?«

»Fünfzig«, lautete die blutdürstige Antwort, mürrisch, aber fest.

Aber der Irländer warf einen schnellen Blick auf das neue Hanfseil, das Malemute Kid sich nachlässig um den Arm geschlungen hatte, und er schöpfte Verdacht.

»Was wollt ihr mit dem Seil?«

»Los!« Malemute Kid sah auf die Uhr. »Ich habe ein Brot im Ofen und möchte nicht, daß es verbrennt. Außerdem kriege ich kalte Füße.«

Auch die übrigen legten auf verschiedene, ebenso ausdrucksvolle Art und Weise ihre Ungeduld an den Tag.

»Aber das Seil, Kid? Es ist funkelnagelneu, das Brot ist wohl nicht so schwer, daß du es damit herausziehen willst?«

Bei diesen Worten wandte Bettles sich um. Vater Roubeau, dem die Komik der Situation aufging, verbarg ein Lächeln hinter dem Handschuh.

»Nein, Lon, das Seil ist für einen Mann bestimmt.« Malemute Kid konnte gelegentlich sehr deutlich werden.

»Welchen Mann?« Bettles bekam eine Ahnung, daß die Sache ihn persönlich anging.

»Für den andern.«

»Ja, für wen denn?«

»Nun hör mal zu, Lon – und du auch, Bettles! Wir haben eure Angelegenheit besprochen und sind zu einem Entschluß gelangt. Wir wissen, daß wir kein Recht haben, uns hineinzumischen –«

»Nee, das fehlte auch noch!«

»Und wir denken auch gar nicht daran. Aber soviel können wir tun – wir werden dafür sorgen, daß dies das einzige Duell in der Geschichte von Forty Mile sein wird, und wir werden für jeden Chechaquo, der den Yukon herunterkommt, ein Exempel statuieren. Der Mann, der lebendig davonkommt, wird am nächsten Baum aufgehängt. So, nun könnt ihr anfangen.«

»Geh los, David – fünfzig Fuß, kehrt, und dann losknallen, bis einer von uns die Nase in die Luft streckt. Das werden sie schon bleibenlassen, das wagen sie nicht, es ist richtiger Yankeebluff.«

Mit vergnügtem Grinsen begann er zu gehen, aber Malemute Kid hielt ihn an.

»Lon! Wie lange kennst du mich?«

»Manchen lieben Tag.«

»Und du, Bettles?«

»Nächstes Jahr, im Juni, wenn das Hochwasser kommt, fünf Jahre.«

»Habt ihr in all der Zeit je gehört, daß ich mein Wort gebrochen hätte?«

Beide Männer schüttelten den Kopf und bemühten sich, den Sinn seiner Worte zu erfassen.

»Schön, und wie schätzt ihr ein Versprechen ein, das ich euch jetzt gebe?«

»Wie meine Seligkeit«, meinte Bettles.

»Ja, darauf kann man ruhig seinen Anteil am Himmel setzen«, räumte Lon McFane bereitwillig ein.

»Also hört! Ich, Malemute Kid, gebe euch mein Wort – und ihr wißt, was das heißt –, daß der Mann, der nicht totgeschossen wird, zehn Minuten nach dem Duell am Baume hängt.« Er trat zurück, wie Pilatus getan haben mochte, als er sich die Hände gewaschen hatte.

Eine tiefe Stille trat ein unter den Männern von Forty Mile. Der Himmel senkte sich noch tiefer herab und entsandte einen Schwarm von Frostkristallen, kleine geometrische Wunder, luftig wie ein Hauch und doch bestimmt, zu bleiben, bis die zurückkehrende Sonne die Hälfte ihrer nordischen Reise zurückgelegt hatte. Beide Männer waren stets bereit gewesen, jeder aufflackernden Hoffnung mit einem Fluch oder einem Scherz auf den Lippen und mit einem unerschütterlichen Glauben an den Gott des Zufalls im Grunde ihrer Seele zu folgen. Aber jetzt war diese barmherzige Gottheit ganz aus dem Spiel gesetzt. Sie forschten in den Zügen Malemute Kids, aber er war wie eine Sphinx, und es gab keine Deutung. Wie die Minuten schweigend verrannen, fühlten sie, daß es jetzt an ihnen war, etwas zu sagen. Schließlich wurde das Schweigen von dem Geheul eines Wolfshundes in der Richtung von Forty Mile gebrochen. Der unheimliche Ton schwoll mit dem ganzen Pathos eines brechenden Herzens und erstarb dann in einem langgezogenen Seufzer.

»Verflucht noch mal!« Bettles schlug den Kragen seiner Mackinawjacke hoch und starrte hilflos um sich.

»Das ist ein hübsches Spiel, was ihr euch da ausgedacht habt!« rief Lon McFane. »Den ganzen Verdienst kriegt die Firma und der Verkäufer nicht einen Deut. Der Teufel selbst würde auf den Kontrakt nicht eingehen – und ich will verdammt sein, wenn ich's tue.«

Man hörte halbersticktes Lachen und sah versteckte lustige Blicke unter reifbedeckten Brauen, als die Männer das eisglatte Ufer hinaufkletterten und den Weg zum Posthaus zurückwanderten. Aber das langgezogene Geheul war näher gekommen und erklang drohender. Eine Frau schrie hinter der Ecke. Man hörte Rufe: »Er kommt!« Dann stürzte ein Indianerknabe zwischen sie. Er wurde von einem halben Dutzend vor Angst wahnsinniger Hunde verfolgt, es galt das Leben. Und hinterher kam Gelbmaul, eine graue Erscheinung mit gesträubtem Haar. Alle flohen. Der Indianerjunge war gestolpert und hingefallen. Bettles blieb gerade so lange stehen, um ihn an seiner Pelzjacke zu packen, und stürzte dann zu einem Stapel Brennholz, auf dem bereits mehrere seiner Kameraden Zuflucht gesucht hatten. Gelbmaul, der hinter den Hunden hergewesen war, kam jetzt in vollem Lauf zurück. Der verfolgte Hund, dem nichts fehlte, der aber vor Angst wahnsinnig war, warf Bettles um und schoß die Straße hinauf. Malemute Kid sandte aufs Geratewohl eine Kugel hinter Gelbmaul her. Der tolle Hund schlug einen Salto mortale, fiel auf den Rücken und legte mit einem einzigen Sprung die Hälfte der Entfernung zurück, die ihn noch von Bettles trennte.

Aber der Hund erreichte sein Ziel nicht. Lon McFane sprang vom Brennholzstapel herunter und packte das Tier im Sprunge. Sie rollten zu Boden, und Lon hielt den Hund mit einem Griff an der Kehle auf Armeslänge von sich ab, halb geblendet von dem stinkenden Schaum, der ihm ins Gesicht spritzte. Da entschied Bettles, kaltblütig den rechten Augenblick abwartend, den Kampf mit dem Revolver.

»Das war ehrliches Spiel, Kid«, bemerkte Lon, indem er sich erhob und den Schnee aus dem Ärmel schüttelte, »mit anständigem Verdienst für den Verkäufer.«

Am Abend, während Lon McFane die Verzeihung der Kirche in Vater Roubeaus Hütte suchte, sprachen Malemute Kid und der Grindige Mackenzie lange vertraut miteinander.

»Aber hättest du es wirklich getan«, fragte Mackenzie immer wieder, »wenn sie sich duelliert hätten?«

»Habe ich je mein Wort gebrochen?«

»Nein, aber davon reden wir nicht. Antworte mir auf meine Frage. Hättest du es getan?«

Malemute Kid richtete sich auf. »Mack, das habe ich mich selbst die ganze Zeit gefragt, und –«

»Nun?«

»Noch habe ich die Antwort nicht gefunden.«

DIE GROSSE MEDIZIN

Das war also das Ende. Eine weite Reise mit unzähligen
Leiden und Schrecken hatte Subienkow wie eine heimflie-
gende Taube in die Hauptstädte Europas geführt, und
hier, in Russisch-Amerika, weiter vom Ziel als je, war nun
das Ende gekommen. Er saß, die Arme auf den Rücken
gebunden, im Schnee und wartete auf den Beginn der Folter. Mit Neugier blickte er auf einen riesigen Kosaken,
der, das Gesicht im Schnee begraben, dalag und vor
Schmerz stöhnte. Die Männer hatten ihn so lange gefoltert, bis sie nicht mehr konnten, und ihn dann den Wei-
bern überlassen. Und die waren noch teuflischer als die
Männer, wie das Geschrei des Mannes deutlich zeigte.
Subienkow sah es, und ihn schauderte. Er fürchtete nicht
den Tod. Auf dem schweren Weg von Warschau nach
Nulato hatte er allzuoft Angesicht zu Angesicht mit dem
Tode gestanden, um vor dem Sterben an sich zurückzu-
schaudern. Aber er fürchtete die Folter. Sie verletzte seine
Seele. Und das nicht so sehr wegen der Qualen selbst, die
er erdulden sollte, vielmehr wegen der traurigen Rolle, die
er darin spielen mußte. Er wußte, daß er bitten und flehen
und betteln würde wie der große Iwan und die anderen,
die vorausgegangen waren. Das war nicht schön. Mutig
und würdevoll zu sterben, mit einem Lächeln und einem
Scherz auf den Lippen – ja, so hätte es sein sollen. Aber
die Selbstbeherrschung zu verlieren, ganz aus dem Gleichgewicht gebracht zu werden durch die Folter, durch die

Qualen, die dem Fleische zugefügt wurden, zu schreien und zu brüllen wie ein Affe, ein Tier zu werden – ja, das war das Schreckliche.

Er hatte keine Möglichkeit gehabt, dem zu entgehen. Von Anfang an, als er seinen flammenden Traum von der Unabhängigkeit Polens geträumt, war er ein willenloses Werkzeug in der Hand des Schicksals gewesen. Von Anfang an, in Warschau, in St. Petersburg, in den sibirischen Minen, in Kamtschatka, auf den elenden Booten der Pelzdiebe hatte sein Schicksal ihn diesem Ziel zugetrieben. Und dieses sein Ende war sicher in die Grundmauern der Welt eingeritzt – das Ende dieses Menschen, der so feinfühlend und empfindsam war, daß seine Haut kaum die Nerven bedeckte, der ein Träumer, ein Dichter und ein Künstler war. Noch ehe jemand von ihm geträumt hatte, war es vom Schicksal bestimmt gewesen, daß das zitternde Bündel von Empfindsamkeit, das sein Wesen ausmachte, dazu verurteilt sein sollte, sein Leben in roher, brutaler Umgebung zu verbringen und in diesem fernen Lande zu sterben, wo alles ewige Nacht war, weit außerhalb der äußersten Grenze der Welt.

Er seufzte. Das, was er dort sah, war also Iwan – der große Iwan, der Hüne, der Mann ohne Nerven, der Eisenmann, der Kosak, der ein Freibeuter des Meeres geworden war, ruhig wie ein Ochse und mit Drahtseilnerven. Nun ja, die Nulato-Indianer wußten schon die anderen Nerven des großen Iwan zu finden und sie bis in die Tiefe seiner zitternden Seele hinab zu verfolgen. Das taten sie gerade jetzt. Es war undenkbar, daß ein Mensch so viel leiden und doch leben konnte. Der große Iwan bezahlte seinen Preis und hatte schon doppelt so lange ausgehalten wie einer der anderen.

Subienkow fühlte, daß er das Schmerzensgeschrei des Kosaken nicht länger ertragen konnte. Warum starb Iwan nicht? Er wurde toll, wenn das Geschrei nicht bald aufhörte. Wenn es aber aufhörte, dann kam die Reihe an ihn. Und dort stand Yakaga, lauerte auf ihn und grinste schon in der Erwartung dessen, was da kommen sollte – Yakaga, den er noch letzte Woche mit Fußtritten zum Fort hinausgeworfen hatte und mit der Hundepeitsche ins Gesicht geschlagen hatte. Yakaga würde sich seiner schon annehmen. Für ihn hatte Yakaga sicher noch eine grausamere Folter und noch eine ausgesuchtere Qual in Bereitschaft. Oh, das mußte etwas ganz Besonderes sein, nach Iwans Geschrei zu urteilen! Die Squaws, die sich über ihn beugten, traten zurück, lachten und klatschten in die Hände. Subienkow sah, welch furchtbare Untat verübt war, und begann hysterisch zu lachen. Die Indianer sahen ihn an, höchst verwundert, daß er lachen konnte.

Das ging nicht. Er bezwang sich, und die krampfhaften Muskelzuckungen verzogen sich langsam.

Er machte gewaltsame Anstrengungen, um an andere Dinge zu denken, und sein ganzes früheres Leben stieg vor ihm auf. Er erinnerte sich seiner Mutter und seines Vaters, des kleinen Schimmelponys und des französischen Lehrers, der ihn tanzen gelehrt und ihm heimlich ein altes abgenutztes Buch aus Voltaires Werken verschafft hatte. Er sah wieder Paris, das rauhe London, das heitere Wien und Rom. Und er sah die verantwortungslose Schar junger Leute, die von einem selbständigen Polen mit einem König und Warschau als Hauptstadt geträumt hatten. Ach ja, das war der Anfang dieser langen, beschwerlichen Reise gewesen! Aber er hatte doch am längsten ausgehalten. In Gedanken sah er, wie diese tapferen Seelen eine nach der anderen den Tod gefunden hatten, und er begann mit den beiden, die in St. Petersburg hingerichtet worden waren. Hier war einer von einem Gefängniswärter zu Tode geknutet worden, und dort, auf der blutbefleckten Straße der Verbannten, die sie endlose Monate, geprügelt und mißhandelt von den Kosaken, marschiert waren, war ein anderer erlegen. Immer Roheit und Brutalität. Sie waren gestorben – am Fieber, in den Minen, unter der Peitsche. Die letzten zwei waren im Kampf mit den Kosaken gefallen, nachdem sie aus dem Gefängnis entkommen waren.

Nur er allein hatte Kamtschatka erreicht mit Papieren und Geld, das er einem Wanderer, den er im Schnee zurückgelassen, gestohlen hatte.

Nichts als Roheit und Brutalität. In all diesen Jahren, die er in Gedanken in den Ateliers und Theatern und an den Höfen von Königen verlebt, war er von allen Seiten von Schrecken und Gemeinheit umgeben gewesen. Er hatte selbst sein Leben mit Blut erkauft. Alle hatten gemordet. Er selbst den Wanderer, um seinen Paß zu bekommen! Er hatte gezeigt, daß er ein Mann war, mit dem man rechnen mußte, indem er sich an einem einzigen Tage mit zwei russischen Offizieren duellierte. Er war gezwungen gewesen, zu zeigen, wozu er taugte, um sich unter den Pelzdieben zu behaupten. Ja, er hatte kämpfen müssen! Hinter ihm lag der tausend Jahre lange Weg, quer durch ganz Sibirien und Rußland. Auf diesem Wege konnte er nicht entkommen. Der einzige Weg ging geradeaus, über das dunkle, gefrorene Beringmeer nach Alaska. Dieser Weg hatte von Roheit und Schande zu noch größerer Gemeinheit geführt. Auf den von Skorbut verheerten Schiffen der Pelzdiebe, ohne Proviant und Wasser, von endlosen Stürmen auf dem Meere umhergeschleudert, waren die Menschen zu Tieren geworden. Dreimal war er von Kamtschatka nach Osten gefahren. Und dreimal waren die Lebenden nach unzähligen Mühen und Leiden nach Kamtschatka zurückgekehrt. Ein Entweichen war nicht möglich gewesen, und den Weg, den er gekommen war, konnte er nicht zurück, denn dort warteten seiner Minen und Knuten.

Und so war er denn, zum vierten und letzten Male, nach Osten gefahren. Er war einer der ersten gewesen, die die sagenhaften Robben-Inseln entdeckt hatten, aber er war nicht mit den Kameraden zurückgekehrt, um seinen Anteil an der reichen Beute von Fellen zu erhalten, die unter wilden Orgien in Kamtschatka verteilt wurden. Er hatte geschworen, nie wieder zurückzukehren. Er wußte, daß er weiter mußte, um das Ziel seiner Wünsche – die wundervollen Hauptstädte Europas – zu erreichen. Und deshalb hatte er sich auf ein Schiff begeben und war in dem neuen, dunklen Land hier oben geblieben. Seine Kameraden waren Sklaven, russische Sklaven, Mongolen und Tataren oder Angehörige eingeborener sibirischer Stämme, und es war ein blutiger Weg, den sie sich durch die wilden Völker in der neuen Welt bahnten. Sie hatten ganze Dörfer niedergemacht, die sich geweigert hatten, die Pelzsteuer zu bezahlen, und dafür waren wieder ganze Schiffsbesatzungen niedergemacht worden. Er und ein Finne waren die einzigen Überlebenden einer solchen Schiffsbesatzung gewesen. Sie hatten einen Winter auf einer der öden Aleuten verbracht, wo sie Hunger und Not gelitten hatten. Im Frühling befreite sie ein neues Pelzschiff.

Stets war er von furchtbarer Gemeinheit und Roheit umgeben gewesen. Von einem Schiff war er auf das andere gegangen, hatte sich aber geweigert, nach Kamtschatka zurückzukehren. Zuletzt geriet er auf ein Schiff, das eine Entdeckungsfahrt in südlicher Richtung machte. An der ganzen Alaskaküste hatten sie nichts getroffen als wilde Völker. Jeder Ankerplatz zwischen den vorspringenden Inseln oder unter den drohenden Felsen des Festlandes war gleichbedeutend mit Kampf oder Sturm gewesen. Entweder wehte ein Orkan, der sie mit Vernichtung bedrohte, oder es kamen Kriegskanus von der Küste mit heulenden Wilden in scheußlicher Kriegsbemalung, die hier die blutige Wirkung vom Pulver der Seeräuber kennenlernten. Nach Süden, immer nach Süden waren sie der Küste gefolgt, bis zum Sagenland Kalifornien. Hier, sagte man, gäbe es spanische Abenteurer, die sich von Mexiko durchgekämpft hätten. Er hatte große Hoffnungen auf diese spanischen Abenteurer gesetzt. Und konnte er sich zu ihnen durchschlagen, dann war alles andere sehr einfach. Was bedeutete ein Jahr oder zwei mehr oder weniger? – Er kam nach Mexiko; in Mexiko konnte er ein Schiff finden, und dann stand ihm der Weg nach Europa offen. Aber er hatte keine Spanier getroffen. Die Einwohner dieser Vorposten der Welt waren gekommen und hatten sie von ihren Küsten vertrieben. Als zuletzt ein Boot von den andern abgeschnitten und die Besatzung bis auf den letzten Mann niedergemacht worden war, hatte der Kapitän sein Vorhaben aufgegeben und war umgekehrt.

Die Jahre waren vergangen. Er hatte unter Tebenkow gedient, als das Michaelovski-Fort gebaut wurde. Er hatte zwei Jahre im Kuskokwim-Land verbracht. Zwei Jahre war er im Juni vor der Einfahrt in den Kotzebuesund gewesen. Hier sammelten sich um diese Zeit die Stämme, um Handel zu treiben; hier konnte man gefleckte Tierfelle aus Sibirien, Elfenbein aus Diomedes, Walroßhäute von den Küsten des Eismeers, seltsame Steinlampen, die als Handelswaren zwischen den Stämmen dienten und deren Herkunft niemand kannte, finden und hin und wieder auch ein Jagdmesser, englisches Fabrikat; und hier war, wie Subienkow wußte, die Schule, wo er die Geographie des Landes lernen konnte. Denn hier traf er Eskimos vom Nortonsund, von Kingsland und St. Lawrence, vom Kap Prince of Wales und von Point Barrow. Alle diese Orte hatten andere Namen, und die Entfernungen zwischen ihnen wurden in Tagen bemessen.

Es war ein weites Gebiet, von wo sie kamen, diese Völker, die sich hier versammelten, um Handel zu treiben, und noch ein weiteres Land, von wo viele mit ihren Steinlampen und Jagdmessern gekommen waren. Subienkow benutzte sowohl Gewalt wie Überredung und Bestechung. Jeder Reisende, der von weit her kam, und jeder Angehörige eines fremden Stammes wurde ihm vorgeführt. Von unzähligen und unfaßbaren Gefahren sprachen sie, von Urwäldern und gewaltigen Gebirgsketten, aber immer schlossen sie mit dem Gerücht, daß es auf der andern Seite Männer gäbe, die hellhäutig, blauäugig und blond waren und die wie die Teufel kämpften und immer nach Fellen suchten. Sie waren im Osten – fern, fern im Osten. Niemand hatte sie gesehen. Das Gerücht von ihnen hatte sich bis hierher verbreitet.

Es war eine harte Schule und nicht leicht, Geographie mit Hilfe fremder Dialekte und dunkler Seelen zu lernen, die Tatsachen und Dichtungen vermischten und die Entfernungen nach »Schläfen« maßen und zu denen zu gelangen mehr oder weniger schwierig war. Zuletzt aber hörte Subienkow ein Gerücht, das ihm Mut machte. Im Osten war ein großer Fluß, wo viele blauäugige Männer wohnten. Der Fluß hieß Yukon. Südlich vom Michaelovski-Fort mündete ein anderer Fluß, den die Russen unter dem Namen Kwikpak kannten. Diese beiden Flüsse seien ein und derselbe, sagte das Gerücht.

Subienkow kehrte nach Michaelovski zurück. Ein ganzes Jahr lang arbeitete er an den Vorbereitungen für eine Reise, die den Kwikpak hinaufgehen sollte. Dann kam der russische Mischling Malakoff und stellte sich an die Spitze des wilden, schonungslosesten Höllengezüchts von Mischlingsabenteurern, die je über das Wasser nach Kamtschatka gekommen waren. Subienkow war sein Leutnant. Sie arbeiteten sich durch das Labyrinth am großen Delta des Kwikpak hindurch, erreichten die ersten niedrigen Hügel am nördlichen Ufer und drangen fünfhundert Meilen weit vor in Kanus, die aus Holz verfertigt und bis an den Rand mit Handelswaren und Munition beladen waren, gegen die Fünf-Knoten-Strömung eines Flusses, der fünf bis zehn Meilen breit war und in einem Bett floß, das viele Klafter tief war. Malakoff beschloß, das Fort bei Nulato zu bauen. Subienkow bestand darauf, daß sie weiter sollten. Aber er söhnte sich bald mit Malakoff aus. Der lange Winter näherte sich. Es war besser, zu warten. Früh, im kommenden Sommer, wenn das Eis fort war, wollte er den Kwikpak hinauf verschwinden und versuchen, die Handelsstationen der Hudson Bay Company zu erreichen. Malakoff hatte nie das Gerücht gehört, daß der Kwikpak der Yukon sei, und Subienkow sagte ihm nichts davon.

Dann begannen sie das Fort zu bauen. Nur durch Anwendung von Zwang erreichten sie, daß die Arbeit getan wurde. Die Mauern mit ihren Reihen von Balken erhoben sich unter den Seufzern und Klagen der Nulato-Indianer. Sie mußten mit Peitschenschlägen angetrieben werden, und es waren die Freibeuter des Meeres mit ihrem eisernen Griff, die die Peitschen schwangen. Manche Indianer liefen fort, und wenn sie eingefangen wurden, führte man sie zurück und band sie an den Pfahl vor dem Fort, wo sie und ihr Stamm lernten, wozu die Knute taugte. Zwei starben dabei, andere waren für Lebenszeit verstümmelt, die übrigen aber hatten ihre Lektion gelernt und liefen nicht mehr fort. Der Schnee stob, ehe das Fort fertig war, dann war es Zeit, sich Felle zu verschaffen. Eine gewaltige Steuer wurde dem Stamm auferlegt. Die Peitsche wurde beständig geschwungen, und um sicher zu sein, daß die Steuer bezahlt wurde, behielten die Pelzdiebe Frauen und Kinder als Geiseln und behandelten sie mit der ganzen Roheit und Gemeinheit, die nur sie allein kannten.

Nun ja, sie hatten Blut gesät, und jetzt ernteten sie Blut und Tränen. Das Fort war nicht mehr. Im Schein der Flammen war die Hälfte der Pelzdiebe niedergemacht worden, die andere Hälfte unter furchtbaren Qualen gestorben. Nur Subienkow war noch übrig – oder vielmehr Subienkow und der große Iwan, wenn man das wimmernde, jammernde Geschöpf im Schnee den großen Iwan nennen konnte. Subienkow wußte, daß Yakaga ihn mit spöttischem Grinsen betrachtete. Yakaga erhob keinen Einspruch. Die Zeichen von der Peitschenschnur waren noch in seinem Gesicht zu sehen. Insofern konnte Subienkow ihn nicht tadeln, aber der Gedanke an das, was Yakaga mit ihm tun würde, war nicht angenehm. Er dachte daran, sich an den Häuptling Makamuk zu wenden, aber sein gesunder Menschenverstand sagte ihm, daß es zwecklos sei. Er dachte auch daran, seine Fesseln zu sprengen und kämpfend zu sterben. Solcher Tod würde schnell sein. Aber er konnte seine Fessel nicht sprengen. Die Riemen waren aus Rentierhaut verfertigt und stärker als er.

Während er grübelte, kam ihm ein großer Einfall. Er machte Makamuk ein Zeichen, daß er einen Dolmetscher, der den Küstendialekt kannte, haben wollte.

»Oh, Makamuk«, sagte er, »ich gedenke nicht zu sterben. Ich bin ein großer Mann, und es wäre Torheit von mir, zu sterben. Und wahrlich, ich werde nicht sterben. Ich bin nicht wie die andern, nicht wie dieses Gewürm!«

Er sah auf das stöhnende Wesen, das einst der große Iwan gewesen, und stieß ihn verächtlich mit dem Fuß.

»Ich bin zu klug, um zu sterben. Sieh, ich habe eine große Medizin. Nur ich kenne diese Medizin. Und da ich nicht sterben will, werde ich einen Tauschhandel mit dir über diese Medizin eingehen.«

»Was für eine Medizin ist das?« fragte Makamuk.

»Es ist eine zauberhafte Medizin.«

Subienkow bedachte sich einen Augenblick, als hätte er nicht viel Lust, sein Geheimnis zu verraten, aber er fuhr fort:

»Ich will es dir erzählen. Wenn man ein klein wenig von dieser Medizin in die Haut einreibt, wird die Haut so hart wie Stein, und nichts kann hindurchdringen. Der kräftigste Hieb eines Beiles ist machtlos dagegen. Ein Knochenmesser wird wie ein Stück Lehm, und alle eisernen Messer, die wir hier haben, verbiegen sich daran. Was gibst du mir für das Geheimnis dieser Medizin?«

»Ich will dir das Leben schenken«, antwortete Makamuk durch den Dolmetscher.

Subienkow lachte höhnisch.

»Und du sollst Sklave in meinem Hause sein, bis du stirbst.«

Der Pole lachte noch höhnischer.

»Mach mir Hände und Füße frei und laß uns über die Sache reden«, sagte er.

Der Häuptling gab ein Zeichen, und als Subienkow losgebunden war, drehte er sich eine Zigarette und zündete sie an.

»Das ist törichte Rede«, sagte Makamuk. »Es gibt keine solche Medizin. Es ist unmöglich. Schneidender Stahl ist stärker als alle Medizin.«

Der Häuptling lächelte ungläubig, aber er war doch etwas unsicher geworden, denn er hatte zu viele Teufelskünste von den Pelzdieben gesehen, die geglückt waren.

»Ich will dir das Leben schenken, und du sollst nicht mein Sklave sein«, sagte er.

»Mehr als das.«

Subienkow spielte sein Spiel so kaltblütig, als seien es Fuchspelze, um die er feilschte.

»Es ist eine sehr große Medizin. Sie hat mir oft das Leben gerettet. Ich will einen Schlitten und Hunde haben, und sechs von deinen Jägern sollen mit mir den Fluß hinaufreisen und mich beschützen, bis ich einen ›Schlaf‹ vom Michaelovski-Fort bin.«

»Du sollst hierbleiben und uns alle deine Teufelskünste lehren«, lautete die Antwort.

Subienkow zuckte die Achseln und schwieg. Er blies den Zigarettenrauch in die eiskalte Luft und betrachtete neugierig das, was von dem Kosaken noch übrig war.

»Die Narbe!« sagte Makamuk plötzlich und zeigte auf den Hals des Polen, wo ein weißer Strich von einer Wunde erzählte, die ein Messer in einem Kampf auf Kamtschatka gerissen hatte.

»Die Medizin taugt nichts. Der schneidende Stahl ist stärker gewesen als die Medizin.«

»Es war ein starker Mann, der den Degen führte«, sagte Subienkow nachdenklich. »Stärker als du, stärker als dein stärkster Jäger, stärker als der dort.«

Und wieder stieß er mit seinem Fuß gegen den Kosaken, der ohne Bewußtsein war, wenn auch das gemarterte Leben dem zerrissenen Körper noch nicht ganz entflohen war.

»Und im übrigen war die Medizin auch schwach. Dort gab es keine Beeren von der bestimmten Art, von der ihr, wie ich sehe, viele hier im Lande habt. Hier wird die Medizin stark sein.«

»Ich will dich den Fluß hinab ziehen lassen«, sagte Makamuk, »den Schlitten und die Hunde und die sechs Jäger sollst du auch haben.«

»Du bedenkst dich zu lange«, lautete die kaltblütige Antwort. »Du hast meine Medizin gekränkt, weil du nicht gleich auf meine Bedingungen eingingst. Siehe, jetzt verlange ich mehr. Ich will hundert Biberfelle haben. (Makamuk lachte höhnisch.) Ich will hundert Pfund getrockneten Fisch haben. (Makamuk nickte, denn Fisch hatten sie reichlich, und er war billig.) Ich will zwei Schlitten haben – einen für mich selbst, einen für meine Felle und meine Fische. Ich will auch meine Büchse wiederhaben. Wenn du auf den Preis nicht eingehst, wird er nur noch höher.«

Yakaga flüsterte mit dem Häuptling.

»Aber wie kann ich wissen, daß deine Medizin eine richtige Medizin ist?« fragte Makamuk.

»Das ist sehr leicht. Zuerst gehe ich in den Wald –«

Wieder flüsterte Yakaga mit Makamuk, der Einwände erhob.

»Du kannst zwanzig Jäger mitschicken«, fuhr Subienkow fort. »Siehst du, ich brauche die Beeren und die Wurzeln, wenn ich die Medizin verfertige. Und wenn du mir dann diese zwei Schlitten gebracht und sie mit dem Fisch und den Biberfellen und der Büchse beladen hast und wenn du die sechs Jäger ausgewählt hast, die mich begleiten sollen – dann, wenn alles bereit ist, werde ich mir den Hals mit der Medizin einreiben, so, und meinen Kopf auf den Baumstamm dort legen. Dann kann dein stärkster Jäger die Axt nehmen und sie dreimal auf meinen Hals hauen. Du kannst es selber tun.«

Makamuk stand mit offenem Munde da, so benommen war er von diesem letzten und wunderbarsten Zauber der Pelzdiebe.

»Zuerst aber«, fügte der Pole schnell hinzu, »muß ich mir vor jedem neuen Hieb die Medizin einreiben. Die Axt ist schwer und scharf, ich will keine Gefahr laufen.«

»Alles, was du verlangst, sollst du haben«, sagte Makamuk eifrig. »Bereite deine Medizin.«

Subienkow ließ ihn nicht merken, wie froh er war. Es war ein wahnsinnig hohes Spiel, das er spielte. Er mußte sehr vorsichtig sein und sagte hochmütig:

»Du hast dich zu lange bedacht. Meine Medizin ist gekränkt. Um die Erinnerung an die Kränkung auszulöschen, mußt du mir deine Tochter zur Frau geben.«

Er wies auf ein junges Mädchen, ein ungesundes Geschöpf, das auf einem Auge schielte und einen abstoßenden Hauer hatte. Makamuk war zornig, aber der Pole war unerschütterlich, drehte sich eine neue Zigarette und zündete sie an.

»Mach schnell!« sagte er drohend. »Wenn du dich nicht beeilst, verlange ich nur noch mehr.«

In der Stille, die jetzt eintrat, sah er das traurige Nordland nicht mehr. In Gedanken war er wieder in seiner Heimat und in Frankreich, und als er das junge Mädchen mit dem Hauer ansah, erinnerte er sich eines andern jungen Mädchens, einer Sängerin und Tänzerin, die er einmal als ganz junger Mensch in Paris gekannt hatte.

»Was willst du mit dem Mädchen?« fragte Makamuk.

»Ich will sie mit den Fluß hinunter nehmen.« Subienkow sah sie kritisch an. »Sie wird eine gute Frau sein, es ist eine Ehre, die meiner Medizin würdig ist, eine Frau aus deinem Blute zu heiraten.«

Wieder dachte er an die Sängerin und Tänzerin, und er summte ein Lied, das sie ihn gelehrt hatte. Er durchlebte wieder das Leben, das er in alten Tagen gelebt hatte, aber so merkwürdig unpersönlich, als ginge es ihn eigentlich gar nichts an, und er betrachtete dies Erinnerungsbild seines eigenen Lebens wie Bilder aus dem Lebensbuch eines andern Mannes. Und erschrak, als er plötzlich die Stimme des Häuptlings hörte:

»Es sei«, sagte Makamuk. »Das Mädchen soll dir den Fluß hinab folgen. Aber dann bleibt es auch dabei, daß ich selbst die drei Axthiebe gegen deinen Hals richte.«

»Aber jedesmal darf ich ihn mir wieder mit der Medizin einreiben«, antwortete Subienkow, der tat, als könne er seine Angst nur schlecht verhehlen.

»Du darfst vor jedem Hieb die Medizin einreiben. Hier sind die Jäger, die aufpassen sollen, daß du uns nicht entkommst. Geh jetzt in den Wald und suche deine Medizin.«

Es waren die immer größer werdenden Forderungen des Polen, die Makamuk von der Vorzüglichkeit der Medizin überzeugt hatten. Wahrlich, es mußte das größte Heilmittel der Welt sein, wenn ein Mann, der sich schon im Schattental des Todes befand, wie ein altes Weib um den Preis feilschte.

»Übrigens«, flüsterte Yakaga, als der Pole mit seiner Leibwache zwischen den Kiefern verschwunden war, »übrigens kannst du ihn leicht abtun, sobald du erfahren hast, woraus die Medizin besteht.«

»Aber wie kann ich ihn abtun?« wandte Makamuk ein. »Seine Medizin wird es nicht zulassen.«

»Es wird ja immer eine Stelle geben, die er nicht mit der Medizin eingerieben hat«, lautete Yakagas Antwort. »Durch diese Stelle wollen wir ihn töten. Vielleicht sind es seine Ohren. Dann stecken wir einen Speer durch das eine Ohr hinein und zum andern hinaus. Oder vielleicht sind es seine Augen. Die Medizin ist doch sicher zu stark, als daß er sie sich auf die Augen schmieren kann.«

Der Häuptling nickte. »Du bist ein weiser Mann, Yakaga. Wenn er nicht noch andere Teufelskünste weiß, werden wir ihn später töten.«

Subienkow brauchte nicht lange, um die Bestandteile für seine Medizin zu sammeln. Er nahm alles, was er finden konnte, Kiefernnadeln, Weidenrinde, ein Stück Birkenrinde und eine Menge Moosbeeren, die er von den Jägern aus dem Schnee ausgraben ließ. Ein paar steifgefrorene Baumwurzeln bildeten den Rest seines Vorrats, und dann ging er den andern voraus nach dem Lager zurück.

Makamuk und Yakaga hockten neben ihm und betrachteten genau die Menge und die Art der verschiedenen Dinge, die er in den Topf mit dem kochenden Wasser warf.

»Ihr müßt ja dafür sorgen, daß die Moosbeeren zuerst hineinkommen«, erklärte er.

»Und – ja, ich brauche noch etwas – den Finger eines Mannes. Laß mich dir einen Finger abhauen, Yakaga!«

Aber Yakaga hielt die Hand auf den Rücken und blickte finster drein.

»Nur einen kleinen Finger!« sagte Subienkow eindringlich.

»Dort liegen viele Finger herum«, brummte Yakaga und zeigte auf die Verstümmelten im Schnee – die armen Leichen von einem Dutzend Menschen, die zu Tode gefoltert waren.

»Es muß der Finger eines lebendigen Mannes sein«, wandte der Pole ein.

»Dann sollst du den Finger eines lebendigen Mannes haben.« Yakaga trat zu dem Kosaken und schnitt ihm einen Finger ab.

»Er ist noch nicht tot«, erklärte er. »Und es ist auch ein guter Finger, denn er ist so groß.«

Subienkow warf ihn in das Feuer unter dem Topf und begann zu singen. Es war ein französisches Liebeslied, das er mit großer Feierlichkeit über der kochenden Flüssigkeit sang.

»Ohne die Worte, die ich darüber spreche, ist die Medizin wertlos«, erklärte er. »Es sind vor allem die Worte, die ihr die Kraft verleihen. Seht, jetzt ist sie fertig!«

»Sprich die Worte langsam, daß ich sie lernen kann«, befahl Makamuk.

»Erst nach der Probe. Wenn die Axt dreimal von meinem Hals zurückgesprungen ist, werde ich dir das Geheimnis der Worte verraten.«

»Wenn aber die Medizin nicht gut ist?« fragte Makamuk besorgt.

Subienkow wandte sich erzürnt zu ihm.

»Meine Medizin ist immer gut. Und wenn sie nicht gut ist, dann kannst du mit mir ja dasselbe tun, was du mit den andern getan hast. Zerhaue mich in kleine Stücke, nach und nach, so wie du ihn in Stücke gehauen hast.« Er wies auf den Kosaken. »Jetzt ist die Medizin kalt. Und jetzt reibe ich mir damit den Hals, während ich, um sie noch wirksamer zu machen, diese Worte sage.«

Mit großem Ernst sang er langsam einen Vers der Marseillaise, während er sich gleichzeitig langsam und gründlich den Hals einrieb.

Plötzlich wurde die Komödie durch einen lauten Schrei unterbrochen. Der riesige Kosak hatte sich mit dem letzten Flammen seiner nicht zu brechenden Lebenskraft auf die Knie erhoben. Lachen und lautes Rufen von Überraschung und Lustigkeit ertönten von den Nulatos, als der große Iwan sich in heftigen Krämpfen im Schnee wälzte.

Subienkow wurde bei dem Anblick ganz elend zumute, aber er bezwang sein Entsetzen und tat, als wäre er zornig.

»Das kann ich mir nicht gefallen lassen«, sagte er. »Tut ihn zuerst ab – dann können wir die Probe anstellen. Hör, Yakaga, sorge dafür, daß er still wird.«

Während das getan wurde, wandte Subienkow sich zu Makamuk.

»Vergiß nicht, tüchtig zuzuschlagen. Es ist kein Kinderspiel. Hier, nimm die Axt und haue sie in den Holzstamm, daß ich dich wie einen Mann schlagen sehen kann.«

Makamuk gehorchte und hieb zweimal die Axt in den Baumstamm, sicher und mit solcher Kraft, daß ein großer Span abflog.

»Es ist gut!« Subienkow sah sich in dem Kreis wilder Gesichter um, die wie ein Symbol der Mauer von Gemeinheit und Roheit waren, welche ihn umgaben, seit die Polizei des Zaren ihn in Warschau verhaftet hatte. »Nimm die Axt, Makamuk, und sei bereit. Jetzt lege ich mich hin. Wenn ich die Hand hebe, schlage zu, und schlag aus aller Kraft. Achte gut darauf, daß niemand hinter dir steht. Die Medizin ist groß, und es kann sein, daß die Axt von meinem Hals zurück und dir aus den Händen springt.«

Er betrachtete die beiden Schlitten mit den vorgespannten Hunden und ihrer schweren Last von Fellen und Fischen. Seine Büchse lag auf dem Biberfell. Sechs Jäger, die ihm als Leibwache dienen sollten, standen neben den Schlitten.

»Wo ist das Mädchen?« fragte der Pole. »Führe sie zu den Schlitten, ehe die Probe beginnt.«

Als das geschehen war, legte Subienkow sich in den Schnee und ließ seinen Kopf auf dem Baumstamm ruhen, wie ein müdes Kind, das sich schlafen legt. Er hatte so viele schwere Jahre gelebt, daß er wirklich müde war.

»Ich lache über dich und deine Kraft, o Makamuk«, spottete er. »Schlage, und schlage kräftig.«

Er hob die Hand. Makamuk schwang die Axt, eine breite Axt zum Fällen von Baumstämmen. Der blanke Stahl funkelte in der frostklaren Luft, hob sich in einem kurzen Augenblick über dem Kopf Makamuks und fiel dann auf den entblößten Hals Subienkows. Durch Fleisch und Knochen ging die Schneide und ein gutes Stück in den Baumstamm hinein. Die verblüfften Wilden sahen den Kopf weit vom Körper fortspringen, aus dem ein Strahl von Blut hervorsprudelte.

Sie standen verwirrt und schweigend da, und allmählich ging ihnen auf, daß es gar keine so große Medizin gab. Der Pelzdieb hatte sie angeführt. Er war als einziger von all ihren Gefangenen der Folterung entgangen. Das war es gewesen, was er wollte.

Plötzlich ertönte ein mächtiges Hohngelächter, und Makamuk beugte beschämt den Kopf. Der Pelzdieb hatte ihn betrogen und ihn der Verachtung seines Volkes preisgegeben! Und sie brüllten, spotteten und lachten über den dummen Makamuk, der sich langsam wandte und mit gebeugtem Kopf davonging. Er wußte, daß er nicht mehr Makamuk genannt werden würde. Er war nun das »Verlorene Gesicht«, und der Ruf seiner Schande würde ihm bis zu seinem Tode folgen, und überall, wo sich die Stämme im Frühling versammelten, um Lachse zu fischen oder im Sommer Handel zu treiben, würde die Geschichte, wie der Pelzdieb unter einem einzigen Hieb von der Axt des »Verlorenen Gesichts«, einen ruhigen Tod starb, von Mund zu Mund gehen, wenn die Männer am Lagerfeuer saßen.

»Wer war ›Verlorenes Gesicht‹?« konnte er im Geist einen übermütigen jungen Indianer fragen hören.

»Oh! ›Verlorenes Gesicht‹«, würde man antworten, »der hieß einmal Makamuk – das war in den Tagen, bevor er dem Pelzdieb den Kopf mit dem Beil abhieb.«

Der Mann mit der Schmarre

Jacob Kent hatte all seine Tage an Geiz gekrankt. Der hatte wieder ein chronisches Mißtrauen zur Folge, und dadurch war sein Charakter so boshaft geworden, daß es sehr unangenehm war, mit ihm zu tun zu haben. Er hatte auch eine Neigung zum Schlafwandeln und war sehr eigensinnig, wenn er sich etwas in den Kopf gesetzt hatte. Von Haus aus war er Weber gewesen, bis das Klondike-Fieber ihn gepackt und vom Webstuhl gerissen hatte. Seine Hütte stand mittwegs zwischen der Handelsstation Sixty Mile und dem Stuart, und die Männer, die die Schlittenspur nach Dawson zu ziehen pflegten, verglichen ihn mit einem Raubritter, der in seiner festen Burg droben saß und Zoll von den Karawanen forderte, die seine schlechtgehaltenen Wege benutzten. Da es einige historische Voraussetzungen erforderte, sich diese Gestalt vorzustellen, waren die weniger gebildeten Wanderer vom Stuart geneigt, ihn auf eine noch primitivere Art und Weise zu beschreiben, bei der besonders viel kräftige Beiworte verwendet wurden.

Diese Hütte war, nebenbei bemerkt, nicht seine eigene, sondern vor einigen Jahren von ein paar Leuten erbaut worden, die sich ihren Lebensunterhalt mit Goldgraben verdient hatten. Es waren außerordentlich gastfreie junge Leute gewesen, und als sie die Hütte verlassen hatten, pflegten immer noch Reisende, die den Weg kannten, bei Einbruch der Dunkelheit dorthin zu kommen. Sie lag sehr bequem, denn sie ersparte ihnen Zeit und Mühe des Zelt-aufschlagens; und es war ein ungeschriebenes Gesetz, daß der letzte Mann jeweils einen hübschen kleinen Stapel Brennholz für den nächsten hinterließ. Kaum eine Nacht verging, ohne daß bis zu zwei Dutzend Männer Schutz in der Hütte suchten. Jacob Kent, der dies beobachtet hatte, nutzte die Macht des Besitzes aus und blieb in ihr woh-nen. Von jetzt an mußten die müden Reisenden eine Ab-gabe von einem Dollar für den Mann bezahlen, um auf dem Fußboden schlafen zu dürfen, und Jacob Kent wog nie den Goldstaub ab, ohne im Gewicht zu betrügen. Außerdem sorgte er stets dafür, daß seine Gäste, die ka-men und gingen, für ihn Brennholz hackten und Wasser trugen. Es war der reine Raub, aber seine Opfer waren großzügig, und wenn sie ihn auch haßten, so erlaubten sie ihm doch, in seinen Sünden zu gedeihen.

An einem Aprilnachmittage saß er vor seiner Tür – genau wie eine raublustige Spinne – und wunderte sich, daß die zurückgekehrte Sonne so warm brannte, während er gleichzeitig die Schlittenbahn hinabblickte, um nach et-waigen Fremden Ausschau zu halten. Der Yukon lag zu seinen Füßen, ein Meer von Eis, das bei den beiden großen Biegungen im Norden und Süden verschwand und reich-lich zwei Meilen von Ufer zu Ufer maß. Über diese rauhe Fläche führte die schmale, eingesunkene Schlittenbahn, achtzehn Zoll breit und zweitausend Meilen lang, von de-nen jeder Fuß mehr Flüche gehört hatte als jeder andere Weg innerhalb und außerhalb der Christenheit.

Jacob Kent war heute besonders guter Laune. Er hatte in der letzten Nacht einen Rekord aufgestellt und seine Gastfreiheit an ganze achtundzwanzig Gäste verkauft. Allerdings war es recht unangenehm gewesen, und vier hatten die ganze Nacht unter seiner Koje geschnarcht, an-derseits aber hatte es dem Sack, in dem er seinen Goldstaub aufbewahrte, recht gutgetan. Dieser Sack mit seiner glitzernden gelben Herrlichkeit war die größte Freude seines Daseins und die größte Plage zugleich. In seiner Enge wohnten Himmelreich und Hölle. Da es nach der Natur der Sache kein Privatleben in seiner Hütte mit ihrem einzigen Zimmer gab, quälte ihn eine ständige Furcht vor Dieben. Für diese bärtigen Fremden, die aussahen, als wären sie zu allem fähig, wäre es ungeheuer leicht gewesen, damit durchzubrennen. Das war auch sein gewöhnlicher Traum, und diese bösen Träume pflegten ihn zu wecken. Eine auserwählte Versammlung solcher Räuber suchte ihn im Traume heim, und er war allmählich ganz vertraut mit ihnen geworden, namentlich mit dem sonderbaren Anführer mit der furchtbaren Schmarre auf der rechten Backe. Der Bursche war der Beharrlichste von der ganzen Bande, und aus Furcht vor ihm hatte Jacob Kent bei Tage schon mehrere Dutzend Verstecke in der Hütte und um sie herum gesucht. Wenn er ein solches Versteck gefunden hatte, atmete er ein paar Nächte leichter, um dann wieder den Mann mit der Schmarre auf frischer Tat zu ergreifen, wie er den Sack hervorzog. Erwachte er dann mitten in dem üblichen Kampfe, so stand er auf und schaffte den Sack in ein neues, noch sinnreicheres Versteck.

Nicht, daß er ein Opfer von Traumgesichten gewesen wäre; aber er glaubte an Anzeichen und Gedankenübertragung und meinte, daß diese Räuber, die in seinen Träumen auftraten, eine Astralprojektion von wirklichen Menschen wären, die in solchen Augenblicken – wo ihr Körper sich auch zufällig befinden mochte – im Geiste berieten, wie sie sich seines Schatzes bemächtigen könnten. Und die Folge war, daß er die Unglücklichen, die über seine Schwelle traten, weiter brandschatzte und gleichzeitig seine eigene Sorge mit jedem Goldkörnchen, das in den Sack kam, vermehrte.

Wie Jacob Kent so dasaß und sich sonnte, hatte er plötzlich einen Einfall, der ihn aufspringen ließ. Alle Lebensfreude hatte für ihn in einem beständigen Wiegen und Wiegen von Goldstaub gegipfelt; aber auf diese angenehme Beschäftigung war ein Schatten gefallen, den zu vertreiben er bisher nicht imstande gewesen war. Seine Goldwaage war ganz klein, er konnte in der Tat höchstens anderthalb Pfund – achtzehn Unzen – darauf abwiegen, während der gesammelte Schatz etwa dreieindrittelmal soviel betrug. Es war ihm nie möglich gewesen, alles auf einmal zu wiegen, und deshalb meinte er von einer neuen und höchst erbaulichen Betrachtung abgeschnitten zu sein. Diese Tatsache hatte ihm die halbe Besitzerfreude verdorben, ja er fühlte, daß dieses elende Hindernis tatsächlich den Besitz sowohl entwirklichte wie verringerte. Die Lösung dieses Problems war es, die ihm durch den Kopf geschossen war und ihn aufspringen ließ. Er sah sich sorgfältig forschend nach beiden Richtungen um. Es war nichts zu sehen, und er ging hinein.

In wenigen Minuten hatte er den Tisch abgeräumt und die Waage daraufgesetzt. Auf die eine Waagschale legte er die gestempelten Gewichte, die fünfzehn Unzen ausmachten, und balancierte die Waage dann mit Goldstaub auf der andern Waagschale aus. Dann vertauschte er die Gewichte mit Goldstaub und hatte jetzt genau dreißig Unzen auf der Waage. Diese dreißig Unzen tat er dann in die eine Waagschale und balancierte sie wieder mit mehr Goldstaub aus. Jetzt war sein Vorrat an Goldstaub erschöpft, und er schwitzte stark. Er zitterte vor Entzücken und war überglücklich. Dennoch schüttelte er den Sack gründlich, um auch das letzte Stäubchen herauszubekommen, bis das Gleichgewicht gestört war und die eine Seite der Waage niedersank. Aber mit Hilfe von einigen wenigen Körnern, die er in die andere Schale legte, wurde das

Gleichgewicht wiederhergestellt. Mit zurückgebogenem Kopf, starr vor Entzücken, stand er da. Der Sack war leer, aber die Möglichkeiten, die die Waage bot, waren jetzt unbegrenzt. Er konnte jeden Betrag auf ihr wiegen, vom kleinsten Gran bis zu vielen Pfunden. Mammon packte sein Herz mit brennenden Fingern. Die Sonne setzte ihren Weg nach Westen fort, bis sie durch die offene Tür hereinschimmerte und ihre Strahlen gerade auf die Waage mit ihrer goldenen Last fielen. Wie die goldenen Brüste einer bronzenen Kleopatra warfen die köstlichen Hügel das Licht mit sanfter Wärme zurück. Zeit und Raum existierten nicht mehr für ihn.

»Donnerwetter – da hast du ja ein nettes Häufchen Gold, he?«

Jacob Kent drehte sich um, während er gleichzeitig die Hand nach seiner doppelläufigen Büchse ausstreckte, die neben ihm stand. Als sein Blick aber auf das Gesicht des ungebetenen Gastes fiel, taumelte er schwindlig zurück.

Das war ja der Mann mit der Schmarre!

Der Mann betrachtete ihn neugierig.

»Nur ruhig!« sagte er mit einer abwehrenden Handbewegung. »Du brauchst nicht zu fürchten, daß ich deinem verdammten Goldstaub etwas tue.

Du bist ein komischer Kauz, weißt du«, fügte er nachdenklich hinzu, als er Jacob Kents zitternde Knie und den Schweiß sah, der ihm über das Gesicht troff.

»Warum nimmst du dich nicht zusammen und sagst was?« fuhr er fort, während der andere mühsam nach Luft rang. »Hast du ein Schloß vors Maul gekriegt? Ist was in dir kaputtgegangen?«

»W-w-wo hast du die gekriegt?« brachte Jacob Kent schließlich heraus, indem er mit seinem zitternden Zeigefinger auf die unheimliche Schmarre auf der Wange des andern wies.

»Die hat mir ein Schiffskamerad mit einem Marlspiker versetzt. Und da du ja jetzt wieder zu dir gekommen zu sein scheinst, so möchte ich doch fragen, was das dich angeht. Das hätte ich gern gewußt – was geht das dich an? Zum Teufel – tut sie dir was? Ist sie nicht fein genug für einen Herrn wie dich? Das hätte ich gern gewußt!«

»Nein, nein«, antwortete Jacob Kent, indem er mit einem krampfhaften Lächeln auf den Stuhl sank. »Ich dachte nur –«

»Hast du je etwas Ähnliches gesehen?« fuhr der andere streitlustig fort.

»Nein!«

»Macht sie sich nicht hübsch?«

»Ja.« Jacob Kent nickte beifällig, entschlossen, sich seinem merkwürdigen Gast zu fügen, aber vollkommen unvorbereitet auf den Ausbruch, der das Ergebnis seines Versuchs, sich angenehm zu machen, sein sollte.

»Du verfluchter, grützefressender Sohn eines Seeigels! Wie kommst du dazu, zu sagen, die abscheulichste Verunstaltung, mit der Gott je einen Mann hat herumlaufen lassen, sei hübsch? Wie meinst du das, du –«

Und dann stürzte sich dieser hitzige Mann des Meeres in einen Strom orientalischer Gotteslästerungen und brachte Gott und Teufel, Stammbäume und Menschen, Bilder und Ungeheuer auf so echt primitive Männerart durcheinander, daß Jacob Kent ganz gelähmt war. Die Arme wie zur Abwehr eines Schlages erhoben, fuhr er zurück. So vollkommen hilflos stand er da, daß der andere mitten in einem großartigen Satz innehielt und in ein Hohngelächter ausbrach.

»Die Sonne hat der Schlittenspur den Boden weggeschmolzen«, sagte der Mann mit der Schmarre, als er vor Lachen wieder sprechen konnte. »Und ich hoffe, du wirst es zu schätzen wissen, daß du dadurch Gelegenheit bekommst, mit einem Mann mit einer solchen Fratze zu verkehren. Jetzt mach ein bißchen Dampf in deinem Feuerkasten dort. Ich muß die Hunde abschirren, und dann sollen sie zu fressen haben. Spar nicht mit Holz, Verehrtester, wo das herkommt, wächst mehr, und du hast massenhaft Zeit, deine Axt zu traktieren. Und wenn du schon mal dabei bist, dann ist es am besten, wenn du auch gleich einen Eimer Wasser holst. So, ein bißchen fix jetzt – sonst mach' ich dir Beine – zum Teufel!«

Es war wirklich etwas ganz Unerhörtes: Jacob Kent machte Feuer, hackte Holz und holte Wasser – kurz, er verrichtete alle grobe Arbeit für einen Gast. Ehe Jim Cardegee Dawson verlassen hatte, waren ihm die Ohren vollgeblasen worden von dem Sündenregister dieses Shylocks der Landstraße, und unterwegs hatten die zahlreichen Opfer ihm immer mehr von seinen Verbrechen erzählt. Aber Jim Cardegee, der wie alle Seeleute einen Spaß zu schätzen wußte, war, als er in die Hütte trat, fest entschlossen gewesen, dem Manne, der sie bewohnte, zu zeigen, was eine Harke war. Daß ihm dies über alles Erwarten geglückt war, sah er natürlich sofort, wenn er auch keine Ahnung hatte, welche Rolle die Schmarre auf seiner Backe dabei spielte. Er verstand es nicht, sah aber doch den Schrecken, den sie erregte, und beschloß, das ebenso schonungslos auszunutzen, wie ein moderner Kaufmann eine besonders ausgesuchte Ware auszunutzen gedenkt.

»Das muß ich sagen – du kannst schon was schaffen, wenn es sein muß«, sagte er bewundernd, während er zusah, wie sein Wirt arbeitete. »Du hättest wirklich nie zum Goldgraben ausziehen sollen – nein, wirklich nicht! Dich hat Gott ja zum Gastwirt geschaffen. Ich hab' so oft die andern oben und unten am Fluß von dir schwatzen hören, aber ich glaubte nie, daß du ein so fixer Kerl wärst, nee, wahrhaftig nicht!«

Jacob Kent spürte einen wütenden Drang, seine Schrotbüchse an dem andern zu probieren, aber der Zauber, den die Schmarre auf ihn ausübte, war zu stark. Dies war der wirkliche Mann mit der Schmarre, der Mann, der ihn so oft in seinen phantastischen Träumen beraubt hatte. Dies war die Verkörperung des Geschöpfes, dessen Astralleib ihm in seinen Träumen erschienen war, dies war der Mann, der so oft Arges gegen seinen Schatz im Schilde geführt hatte, und deshalb – er konnte keinen andern Schluß ziehen –, deshalb war dieser Mann mit der furchtbaren Schmarre jetzt in eigener Person gekommen, um ihm sein Eigentum zu rauben. Und diese Schmarre! Er konnte den Blick ebensowenig von ihr lassen, wie er sein Herz zum Stillstand bringen konnte. Sosehr er sich auch bemühte, suchten seine Augen doch immer wieder den einen Punkt – so unvermeidlich wie die Kompaßnadel den Pol.

»Stört sie dich?« fragte Jim Cardegee plötzlich mit Donnerstimme, als er von den Decken aufsah, die er gerade auf dem Fußboden ausbreitete, und dem starren Blick des andern begegnete. »Ich glaube, du tust am besten, jetzt die Klappe zuzumachen, die Laterne abzublenden und dich in die Koje zu legen, wenn sie dir so verflucht schlecht bekommt. Na, los jetzt, alter Schuft, oder soll ich dir erst Beine machen – in drei Teufels Namen!«

Jacob Kent war so nervös, daß er dreimal blasen mußte, um die Tranlampe auszulöschen. Dann verkroch er sich in seine Decken, ohne auch nur die Mokassins auszuziehen.

Der Seemann schnarchte bald heiter auf seinem harten Lager auf dem Fußboden, während Kent, die eine Hand auf der Büchse, in die Finsternis starrte, fest entschlossen, die ganze Nacht kein Auge zuzutun. Er hatte keine Gelegenheit gehabt, seinen Goldsack beiseite zu schaffen, der jetzt im Munitionskasten am Kopfende seiner Koje lag. Sosehr er sich aber auch bemühte, wach zu bleiben, schlief er doch schließlich ein, die Seele schwer mit dem Gewicht des Goldstaubes belastet. Wäre er nicht unversehens in dieser Verfassung eingeschlafen, so würde der Dämon des Schlafwandelns nicht geweckt worden und Jim Cardegee nicht am nächsten Tage mit einem Waschzuber auf die Goldsuche gegangen sein.

Das Feuer kämpfte einen hoffnungslosen Kampf, erstarb aber ganz, während der Frost durch die mit Moos verstopften Ritzen zwischen den Baumstämmen hereindrang und die Luft im Raume eisig kalt machte. Die Hunde draußen hörten auf zu heulen, sie lagen zusammengekrochen im Schnee und träumten von einem Himmel, der voller Lachse war und in dem es keine Schlittenführer und andere gestrenge Herren gab. Im Hause lag der Seemann regungslos, während sein Wirt sich ruhelos hin und her wälzte, eine Beute seltsam phantastischer Träume. Als die Mitternacht sich näherte, warf er plötzlich die Decke ab und stand auf. Es war höchst merkwürdig, daß er das tun konnte, ohne auch nur Licht zu machen. Vielleicht war es die Dunkelheit, die ihn mit geschlossenen Augen herumgehen ließ, vielleicht auch die Furcht vor der furchtbaren Schmarre auf der Wange des Gastes; wie dem aber auch sein mochte, Tatsache war jedenfalls, daß er mit geschlossenen Augen den Munitionskasten öffnete, eine schwere Menge Goldstaub in die beiden Läufe seiner Büchse stopfte, ohne auch nur das geringste zu verstreuen, ihn mit dem Wischer feststampfte, dann die Waffe fortstellte und wieder in seine Koje kroch.

Kaum berührte das Tageslicht mit seinen stahlgrauen Fingern das Pergamentfenster, als Jacob Kent erwachte. Er drehte sich auf die Seite, stützte sich auf den Ellbogen, hob den Deckel des Munitionskastens und guckte hinein. Was er hier sah oder nicht sah, übte eine merkwürdige Wirkung auf ihn aus, namentlich in Anbetracht seines nervösen Temperaments. Er betrachtete den Schlafenden auf dem Fußboden, schloß vorsichtig den Kasten und wälzte sich auf den Rücken. Eine ungewöhnliche Ruhe legte sich über seine Züge. Nicht ein Muskel zitterte, und nicht das geringste Zeichen von Aufregung oder Nervosität war zu bemerken. Er lag lange da und bedachte die Sache, und als er schließlich aufstand und in der Hütte umherzugehen begann, tat er es ruhig und beherrscht, ohne Lärm oder Eile.

Zufällig war ein schwerer Holzpflock gerade über Jim Cardegees Kopf an der Balkendecke eingeschlagen. Mit großer Vorsicht schlang Jacob Kent ein Stück halbzölligen Manilaseiles um den Pflock, so daß beide Enden auf den Boden herabhingen. Das eine Ende band er sich selbst um den Leib, und aus dem andern machte er eine Schlinge. Dann spannte er den Hahn seiner Büchse und legte sie in Reichweite neben einen Haufen Elchlederriemen. Mit Aufbietung seiner ganzen Willenskraft zwang er sich, die Schmarre anzusehen, legte dem Schlafenden die Schlinge um den Hals und zog sie zusammen, indem er sich mit seinem ganzen Gewicht zurückwarf, während er gleichzeitig die Büchse ergriff und auf den Seemann richtete.

Jim Cardegee erwachte halb erstickt und starrte verwirrt in die beiden Stahlrohre.

»Wo ist es?« fragte Kent, das Seil lockernd.

»Du verdammter – uh –«

Jacob Kent warf sich wieder zurück, so daß der andere fast erstickte.

»Du verfluchtes Schwein – uh –«

»Wo ist es?« wiederholte Kent.

»Was?« fragte Cardegee, sobald er Luft bekommen konnte.

»Der Goldstaub.«

»Was für Goldstaub?« fragte der verdutzte Seemann.

»Das weißt du sehr gut – mein Goldstaub.«

»Ich hab' nichts davon gesehen. Wofür hältst du mich denn? Vielleicht für einen Geldschrank? Und was habe ich übrigens damit zu schaffen?«

»Vielleicht weißt du es, und vielleicht auch nicht; aber jedenfalls schnür' ich dir den Hals zu, bis du es weißt. Und wenn du die Hand hebst, schieß' ich dir eine Kugel vor den Kopf.«

»Laß nach!« brüllte Cardegee, als der andere das Seil straffte.

Kent lockerte das Seil, und der Seemann wand und drehte seinen Hals, um ihn freizubekommen, bis es ihm glückte, die Schlinge unter das Kinn zu schieben.

»Na?« fragte Kent, auf die Enthüllung wartend.

Aber Cardegee grinste.

»Häng mich nur, du verfluchter alter Pottkieker!«

Und wie der Seemann es vorausgesehen hatte, wurde jetzt das Trauerspiel zum Schwank. Cardegee war der Schwerere von beiden, und Kent konnte ihn nicht vom Boden heben, obgleich er sich mit seinem ganzen Körper hintenüberwarf. Er spannte seine Kräfte bis zum äußersten an, aber die Füße des Seemanns blieben auf dem Boden, so daß sie einen Teil seines Gewichtes trugen, das im übrigen von der Schlinge unter seinem Kopf gehalten wurde.

Da Kent ihn nicht vom Boden heben konnte, klammerte er sich an ihn, fest entschlossen, ihn langsam zu erwürgen und ihn zu zwingen, zu sagen, was er mit dem Schatz gemacht hatte. Aber der Mann mit der Schmarre wollte sich nicht erwürgen lassen. Es vergingen zwölf, fünfzehn Minuten, dann ließ Kent verzweifelt seinen Gefangenen los.

»Na schön«, sagte er und wischte sich den Schweiß von der Stirn. »Wenn ich dich nicht hängen kann, kann ich dich doch erschießen. Es gibt ja Leute, die nicht zum Hängen geboren sind.«

»Und du richtest deinen Fußboden hier schön zu.« Cardegee versuchte Zeit zu gewinnen. »Hör mal – ich will dir
was sagen –, jetzt werden wir uns mal hübsch die Köpfe
zerbrechen, um 'rauszukriegen, was wir tun sollen. Du
hast etwas Goldstaub verloren. Du sagst, daß ich weiß,
wo er ist, und ich sage, daß ich es nicht weiß. Jetzt wollen
wir mal die Höhe bestimmen und dann den Kurs danach
setzen –«

»Quatsch!« fiel ihm der andere ins Wort, »jeden Kurs,
der gefahren wird, bestimme ich. Und wenn du dich von
der Stelle rührst, kriegst du eine Kugel in den Leib, und
das so sicher wie nur was.«

»Beim Heil meiner Mutter –«

»Der Gott gnädig sein möge, wenn sie dich liebt. Also!
Ach, du möchtest –?« Der Seemann hatte sich ange-
schickt, sich zur Wehr zu setzen, aber Jacob Kent kam
ihm zuvor und drückte ihm die kalte Mündung gegen die
Stirn. »Lieg jetzt still! Wenn du dich nur um ein Haar-
breit rührst, ist es aus mit dir.«

Es war eine ziemlich mühselige Arbeit, da er die ganze
Zeit darauf achten mußte, sich nie mehr von dem Gewehr
zu entfernen, als daß er den Drücker erreichen konnte,
aber er war nicht umsonst Weber, und in wenigen Minuten hatte er den Seemann an Händen und Füßen gebunden. Dann schleppte er ihn vor die Tür und legte ihn neben die Hütte, wo er die Aussicht über den Fluß hatte
und sehen konnte, wie die Sonne sich zum Meridian emporarbeitete.

»Ich gebe dir Frist bis Mittag, und dann –«

»Was dann?«

»Dann schicke ich dich stante pede in die Hölle. Wenn du
aber gestehst, will ich dich hierbehalten, bis die nächste
Abteilung von der reitenden Polizei vorbeikommt.«

»Gott strafe mich, wenn das nicht eine schöne Erklärung

ist! Da bin ich – unschuldig wie ein Lamm, und da bist du, mit einem Loch im Kopf und ganz versessen darauf, es mit mir anzulegen und mich in die Hölle zu expedieren, du verdammter alter Räuber! Du –«

Jim Cardegee schüttete einen Sack von Flüchen aus, daß er sich selber übertraf. Jacob Kent holte sich einen Schemel heraus, um sie in Ruhe genießen zu können. Als der Seemann alle erdenklichen Kombinationen seines Wortschatzes erschöpft hatte, begann er im stillen gründlich über die Sache nachzudenken und verfolgte dabei beständig mit den Augen die Sonne, die sich mit unziemlicher Eile über den östlichen Himmelsbogen emporarbeitete. Seine Hunde, die erstaunt waren, daß sie noch immer nicht vor den Schlitten gespannt wurden, umdrängten ihn. Seine Hilflosigkeit machte einen starken Eindruck auf die Tiere. Sie fühlten, daß etwas nicht in Ordnung war, wenn sie auch nicht wußten, was. Und sie scharten sich um ihn und gaben heulend ihr Mitgefühl zu erkennen.

»Hopp! Los, ihr Siwashs!« rief er, trat, sich wie ein Wurm windend, nach ihnen und merkte, daß er direkt am Rande eines Erdlochs lag. Sobald die Tiere auseinandergejagt waren, begann er darüber nachzudenken, welchen Wert das Erdloch für ihn haben mochte, das er zwar nicht sah, dessen Vorhandensein er aber fühlte. Und es dauerte auch nicht lange, bis er zu dem Ergebnis gelangte. Er sagte sich, daß die Menschen ihrer Natur nach faul sind. Sie tun nicht mehr, als sie notgedrungen tun müssen. Wenn sie eine Hütte bauen, müssen sie Erde aufs Dach legen. Von dieser Voraussetzung aus gelangte er zu dem logischen Schluß, daß man die Erde nicht weiter trug, als unbedingt notwendig war, deshalb lag er am Rande des Loches, dem die Erde entnommen war, die das Dach von Jacob Kents Hütte bildete. Bei richtiger Ausnutzung dieses Wissens, sagte er sich, könnte er dadurch einen Aufschub erlangen, und jetzt wandte er seine Aufmerksamkeit den Elchlederriemen zu, mit denen er gebunden war. Seine Hände waren auf dem Rücken gefesselt, und sie waren naß vom Schnee. Er wußte, daß ungegerbtes Leder, wenn es feucht wurde, dehnbar war, und versuchte, es ohne sichtbare Anstrengung immer mehr zu strecken.

Mit gierigen Augen folgte er der Schlittenspur, und als er in der Richtung von Sixty Mile einen Augenblick einen dunklen Fleck vor dem weißen Hintergrund einer Eisstauung auftauchen sah, warf er einen besorgten Blick auf die Sonne. Sie hatte jetzt fast den Zenit erreicht. Immer wieder sah er den schwarzen Fleck sich über die Eisbänke arbeiten und in Senkungen zwischen ihnen verschwinden, aber er wagte nur einen flüchtigen Blick hinüberzuwerfen, aus Furcht, den Verdacht des Feindes zu erregen. Als Jacob Kent sich einmal erhob und aufmerksam die Schlittenspur entlangblickte, wurde Cardegee sehr ängstlich, aber der Hundeschlitten befand sich gerade auf einer Strecke, die parallel mit einer Eisstauung lief, und er blieb daher außer Sicht, bis die Gefahr überstanden war.

»Ich will dich dafür hängen sehen«, drohte Cardegee, um die Aufmerksamkeit des andern auf sich zu lenken. »Und du wirst dafür in der Hölle schmoren – ja, das kannst du mir glauben.«

»Sag mal«, rief er nach einer Pause, »glaubst du an Gespenster?« Jacob Kent fuhr zusammen, und Cardegee, der sah, daß er auf der richtigen Fährte war, fuhr fort: »Weißt du, ein Gespenst darf einem Mann erscheinen, der sein Wort nicht hält, und du kannst mich nicht vor acht Glasen – ich meine vor zwölf Uhr – krepieren lassen, verstanden? Denn wenn du es tust, so kann es sein, daß ich dir erscheinen werde. Hörst du, eine Minute, eine Sekunde vor der Zeit – und ich erscheine dir – so wahr mir Gott helfe!«

Jacob Kent sah unschlüssig aus, wagte aber nichts zu sagen.

»Wie steht es mit deinem Chronometer? Wie ist deine Länge? Wie kannst du wissen, daß deine Zwiebel richtig geht?« fuhr Cardegee fort, in der eitlen Hoffnung, seinen Henker um ein paar Minuten zu betrügen. »Richtest du dich nach der Zeit der Polizei oder nach der der Company? Denn wenn du's auch nur eine Sekunde vor zwölf tust, so kriegst du nie Frieden vor mir, das sage ich dir im voraus. Ich komme wieder, und wenn du nicht genau weißt, wie spät es ist, wie kannst du dann sicher sein? Ich frage dich, wie kannst du sicher sein?«

»Ich werde schon aufpassen«, antwortete Jacob Kent. »Ich habe eine Sonnenuhr hier.«

»Quatsch! Der Kompaß hat zweiunddreißig Grad Deklination.«

»Die sind genau vermerkt.«

»Wie hast du das gemacht? Nach dem Kompaß?«

»Nee, nach dem Nordstern.«

»Ist das genau?«

»Vollkommen.«

Cardegee stöhnte und warf einen verstohlenen Blick auf die Schlittenspur. Der Schlitten hatte jetzt einen Hang erreicht, er war kaum noch zwei Kilometer entfernt, und die Hunde liefen in vollem Trabe, leicht und ohne Anstrengung.

»Wie weit sind die Schatten noch von der Linie entfernt?«

Kent trat an die primitive Uhr und studierte sie. »Drei Zoll«, erklärte er nach sorgfältiger Untersuchung.

»Sag mal, du wirst doch wohl acht Glasen rufen, ehe du schießt, nicht wahr?«

Kent bejahte es und versank wieder in Schweigen; die Riemen um Cardegees Handgelenke dehnten sich langsam, und er bekam schon allmählich die Hände frei.

»Sag, wie weit sind die Schatten jetzt?«

»Einen Zoll.«

Der Seemann machte eine leichte Drehung, um sicher zu sein, daß er im rechten Augenblick in das Loch fallen konnte, und schob sich gleichzeitig die erste Schlinge über die Hände.

»Wie weit?«

»Einen halben Zoll.« In diesem Augenblick hörte Kent das knirschende Geräusch von Schlittenkufen und wandte sich der Schlittenspur zu. Der Mann, der dort angefahren kam, lag bäuchlings auf dem Schlitten, und die Hunde flogen die gerade Strecke zur Hütte heran. Kent drehte sich hastig um und hob sein Gewehr an die Schulter.

»Es ist noch nicht acht Glasen!« wandte Cardegee ein.

»Und ich werde dir erscheinen – verlaß dich drauf.«

Jacob Kent bedachte sich. Er stand neben der Sonnenuhr, vielleicht zehn Schritt von seinem Opfer. Der Mann auf dem Schlitten mußte gesehen haben, daß etwas Ungewöhnliches im Gange war, denn er erhob sich auf die Knie und peitschte wie toll auf seine Hunde los.

Die Schatten erreichten die Linie, und Kent blickte den Lauf entlang.

»Bist du bereit?« sagte er feierlich. »Acht Gl –«

Aber den Bruchteil einer Sekunde zu früh war Cardegee rücklings in das Loch gerollt. Kent nahm den Finger vom Drücker und lief hin.

Päng! Die Büchse explodierte dem Seemann, der sich erhob, mitten ins Gesicht. Aber es kam kein Rauch aus der Mündung, dagegen eine mächtige Flamme in der Nähe des Kolbens, und Jacob Kent fiel. Die Hunde stürzten den Hang herauf, schleppten den Schlitten über ihn hinweg, und der Fahrer sprang im selben Augenblick ab, als Cardegee seine Hände freibekam und aus dem Loch kletterte.

»Jim!« Der andere kannte ihn. »Was ist hier los?«

»Was los ist? Ach, nichts, das sind nur Kleinigkeiten, die ich für meine Gesundheit tue. Was los ist, du verfluchter Idiot? Was los ist, fragst du? Mach mir die Hände frei, oder ich zeig dir, was eine Schwarte ist! Ein bißchen schnell – wenn du nicht willst, daß ich ein Deck mit dir scheuere!«

»Huh!« fügte er hinzu, während der andere ihn mit seinem Klappmesser befreite. »Was los ist, das möchte ich selber gern wissen. Kannst du es mir vielleicht sagen, du Esel?«

Als sie Jacob Kent auf die Seite drehten, war er mausetot. Die Büchse, ein altertümlicher, schwerer Vorderlader, lag neben ihm. Stahl und Holz waren auseinandergesprengt. Das Ende des rechten Laufes zeigte einen klaffenden Riß, der mehrere Zoll lang war. Der Seemann hob ihn neugierig auf. Ein glitzernder Strom von Goldstaub lief durch den Sprung heraus, und im selben Augenblick verstand Jim Cardegee den Zusammenhang.

»Weiß der Teufel«, brüllte er, »das ist doch die Höhe! Hier ist sein verfluchter Goldstaub. Gott strafe mich und dich dazu, Charley, wenn du nicht gleich läufst und einen Waschzuber holst!«

JEES UCK

Das ist die Geschichte von Jees Uck, die Geschichte von Neil Bonner und Kitty Bonner und noch einigen Nachkommen Neil Bonners. Jees Uck gehörte einer dunkelhäutigen Rasse an, das ist nicht zu bestreiten, aber sie war keine Indianerin. Ebensowenig war sie eine Eskimofrau. Nicht einmal eine Innuitin. Wenn man auf die Spur der mündlichen Überlieferung zurückging, tauchte die Gestalt eines gewissen Skolz, eines Indianers vom Yukon, auf, der in jungen Tagen nach dem großen Delta gewandert war, wo die Innuiten wohnen. Und dort traf er eine Frau, deren man unter dem Namen Olillie gedenkt. Diese Olillie war nun das Kind einer Eskimofrau und eines Innuitmannes. Und Skolz und Olillie gebaren Halie, die zur Hälfte Toyaatin, zu einem Viertel Innuitin und zum letzten Viertel Eskimofrau war. Und diese Halie war die Großmutter Jees Ucks.

Nun heiratete aber Halie, in der schon drei verschiedene Rassen gemischt waren und die selbst durchaus kein Vorurteil gegen eine weitere Mischung hegte, einen russischen Pelzhändler namens Schpack, der seinerseits auch unter dem Namen »Großer Fettwanst« bekannt war. Schpack wird hier als Russe angeführt, weil es keine treffendere Bezeichnung gibt. Denn Schpacks Vater, ein slawischer Strafgefangener aus den unteren Provinzen, war aus den Quecksilberminen nach dem nördlichen Sibirien geflohen. Dort lernte er Zimba, eine Frau des Deer-Volkes kennen, und sie wurde die Mutter Schpacks, der wiederum der Großvater Jees Ucks wurde.

Wäre dieser Schpack nun nicht in seiner Kindheit von dem Volke, das den Rand des nördlichen Eismeeres mit seinem Elend verbrämt, gefangengenommen, so wäre er nicht der Großvater Jees Ucks geworden. Und folglich hätte auch die Geschichte nicht geschrieben werden können. Aber er wurde nun einmal von dem Küstenvolk gefangengenommen, entwich nach Kamtschatka und gelangte dann mit einem norwegischen Walfänger in die Ostsee. Kurz darauf tauchte er in Sankt Petersburg auf, und es vergingen nicht viele Jahre, so reiste er denselben ermüdenden Weg ostwärts, den sein Vater ein halbes Jahrhundert früher mit Blut und Seufzern gewandert war. Aber Schpack war ein freier Mann, Angestellter der großen russischen Pelzkompanie. Und in dieser Eigenschaft reiste er immer weiter und weiter ostwärts, über das Beringmeer bis nach Russisch-Amerika. Und in Pastolik, das nahe dem großen Delta des Yukons liegt, wurde er der Ehegatte Halies, die die Großmutter Jees Ucks werden sollte. Aus dieser Ehe stammte nur ein Mädchen, Tukesan.

Im Auftrage der Kompanie machte Schpack eine Kanufahrt von einigen hundert Meilen den Yukon hinauf bis zur Poststation Nulato. Halie und die kleine Tukesan begleiteten ihn. Das geschah im Jahre 1850, im selben Jahre, als die Flußindianer Nulato überfielen und es vom Erdboden auslöschten. Und das war auch das Ende Halies und Schpacks. In dieser furchtbaren Nacht entfloh Tukesan. Bis zu diesem Tage behaupten die Toyaaten, nicht die Hand mit im Spiel gehabt zu haben. Aber wie dem auch sei, fest steht jedenfalls, daß die kleine Tukesan unter ihnen aufwuchs.

Tukesan wurde nacheinander zwei toyaatischen Brüdern zur Ehe gegeben, aber mit keinem bekam sie ein Kind.

Andere Frauen schüttelten deshalb die Köpfe, und es war nicht möglich, einen dritten toyaatischen Mann zu finden, der geneigt gewesen wäre, die kinderlose Witwe zu heiraten. Aber um diese Zeit lebte, viele hundert Meilen weiter aufwärts, in Fort Yukon ein Mann namens Spike O'Brien. Fort Yukon war eine Station der Hudson Bay Company, und Spike O'Brien war Angestellter dieser Firma. Er war ein tüchtiger Angestellter, war aber der Ansicht, daß der Dienst schlecht wäre, und setzte die Ansicht im Laufe der Zeit in die Praxis um, indem er desertierte. Die Fahrt durch die ganze Reihe von Stationen der Company bis zurück nach York-Faktorei an der Hudson-Bucht hatte ein ganzes Jahr in Anspruch genommen. Da es zudem lauter Stationen der Gesellschaft waren, von der er geflüchtet war, wußte er, daß er ihren Krallen nicht entgehen könnte. Es blieb ihm also nichts anderes übrig, als den Yukon hinabzufahren. Es war wohl richtig, daß kein Weißer es bisher gewagt hatte, den Yukon im Boot zu befahren, und kein Weißer wußte damals, ob der Yukon in das Nördliche Eismeer oder in das Beringmeer mündete. Aber Spike O'Brien war Kelte, und die Aussicht auf Gefahr war stets wie ein Köder gewesen, dem er nachlief.

Einige Wochen nach seiner Flucht trieb er die Nase seines Kanus gegen das Ufer im Dorfe der Toyaaten. Er war ziemlich mitgenommen, beinahe verhungert und halbtot vor Flußfieber und verlor auch sofort das Bewußtsein. Während er langsam seine Kräfte wiedergewann, warf er in den Wochen, die jetzt folgten, seine Augen auf Tukesan und fand sie befriedigend. Genau wie der Vater Schpacks, der bis in sein hohes Alter hinein unter dem sibirischen Deer-Volk lebte, hätte auch Spike O'Brien seine alten Knochen bei den Toyaaten hinterlassen können. Aber die Romantik hatte ihn an den Wurzeln des Herzens gepackt und ließ ihn nicht mehr los. Wie er die Fahrt von York-

Faktorei nach Fort Yukon gemacht hatte, so wollte er auch, als erster aller Menschen, von Fort Yukon nach der See fahren und den Ruhm erringen, als erster die Nordwestpassage zu Lande bezwungen zu haben. Er reiste deshalb den Fluß hinab, errang den Ruhm, wurde aber nie in der Geschichte und in Liedern genannt. In späteren Jahren besaß er ein Logishaus für Matrosen in San Francisco und galt hier infolge der evangelischen Wahrheiten, die er erzählte, als einer der hervorragendsten Lügner, die man sich denken kann. Tukesan aber bekam mit ihm ein Kind, obgleich sie bisher kinderlos gewesen. Und dieses Kind war Jees Uck.

Über ihre Abstammung ist hier so genau berichtet, um zu zeigen, daß sie weder Eskimofrau noch Indianerin, noch Innuitin oder sonst etwas war.

Infolge des unruhigen Blutes in ihren Adern und der Erbschaft der vielen gemischten Rassen entwickelte Jees Uck sich zu einer wunderbaren jungen Schönheit. Sie mochte bizarr und orientalisch genug sein, um irgendeinen vorbeikommenden Ethnologen in Verlegenheit zu setzen. Geschmeidige und schlanke Anmut war ihr besonderes Kennzeichen. Abgesehen von einem belebenden Schwung der Einbildungskraft trat der Anteil des keltischen Blutes nicht in ihrem Wesen in die Erscheinung. Er mag vielleicht dem Blut unter der Haut eine besondere Wärme verliehen haben, die ihre Farbe weniger dunkel und ihre Gestalt schöner machte. Aber das konnte auch von Schpack herrühren, dem »Großen Fettwanst«, der das slawische Blut seines Vaters ererbt hatte. Schließlich hatte sie große funkelnde schwarze Augen – das Auge des Mischlings, ein rundes, volles und sinnliches Auge, das die Mischung von dunkler und heller Rasse andeutet. Auch machte das weiße Blut in ihr – in Verbindung mit dem Bewußtsein, daß es da war – sie in gewisser Weise ehrgeizig. Im übrigen war sie in Erziehung und Lebensbetrachtung voll und ganz eine Toyaatin.

Als sie noch ein junges Mädchen war, trat eines Winters Neil Bonner in ihr Leben. Aber das tat er genau auf dieselbe Weise, wie er ins Land kam, nämlich ein wenig zaudernd. Tatsächlich kam er sogar sehr wider Willen ins Land. Zwischen einen Vater, der nur Kupons schnitt und Rosen pflegte, und eine Mutter, die den gesellschaftlichen Verkehr über alles liebte, hatte er sich eigentlich verirrt. Er war durchaus nicht lasterhaft. Aber ein Mann, der Fleisch im Leibe und sonst auf der ganzen Welt nichts zu tun hat, muß seine Energie irgendwie zur Entfaltung bringen, und ein Mann dieser Art war Neil Bonner. Er entfaltete eine Energie in solcher Weise und in solchem Maßstab, daß sein Vater, Neil Bonner sen., als die Katastrophe eintraf, in panischem Schrecken aus seinem Rosenbeet auftauchte und seinen Sohn mit staunenden Augen anblickte. Dann verschwand er zu einem Freund, der sich ähnlichen Interessen widmete und mit dem er sich über Kupons und Rosen zu besprechen pflegte, und zwischen diesen beiden wurde das Schicksal des jungen Neil Bonner festgelegt. Er mußte gehen, zunächst auf Probe, um seine harmlosen Torheiten unterdrücken zu lernen, damit er sich später zu ihrem hervorragenden Standpunkt heraufschwingen konnte.

Nachdem dies beschlossen war – der junge Neil war ein bißchen reuig und sehr beschämt –, war alles übrige ja leicht genug. Die Freunde besaßen ein großes Aktienpaket der P. C. Company. Diese P. C. Company besaß ihrerseits ganze Flotten von Fluß- und Ozeandampfern, und neben diesem Durchpflügen der See beutete sie auch Hunderttausende von Quadratmeilen des Landes aus, das auf den Karten der Geographen in der Regel durch weiße Flecken angegeben wird. Die P. C. Company schickte also den jungen Neil Bonner nach dem Norden, wo die weißen Flecken auf den Karten zu sehen sind, um dort ihre Interessen zu wahren und so brav wie sein Vater zu werden. »Fünf Jahre einfaches Leben, Erdverbundenheit und ohne Versuchungen‹ werden einen Mann aus ihm machen«, sagte der alte Neil Bonner und kehrte sofort wieder zu seinen Rosen zurück. Der junge Neil biß die Zähne zusammen, stellte sein Kinn in den richtigen Winkel ein und ging auf die Arbeit los. Als Untergebener machte er seine Arbeit gut, und seine Chefs waren mit ihm zufrieden. Nicht, daß die Arbeit ihm Freude bereitet hätte, aber sie war das einzige, was noch hinderte, verrückt zu werden.

Das erste Jahr wünschte er, tot zu sein. Im zweiten Jahre verfluchte er Gott. Im dritten Jahre teilte er sich zwischen diesen beiden Standpunkten, und in der daraus entstehenden Verwirrung geriet er in Streit mit einem Mann von Autorität. Dieser Streit machte ihm das größte Vergnügen, obgleich der Mann mit der Autorität das letzte Wort behielt und dieses Wort Neil Bonner an einen Ort schickte, der seinen bisherigen Aufenthaltsort als ein reines Paradies erscheinen ließ. Aber er ging dorthin, ohne mit der Wimper zu zucken, denn der Norden hatte ihn wirklich zu einem Manne gemacht.

Hier und da findet man auf den weißen Flecken der Karte kleine Kreise, die wie der Buchstabe o aussehen, und neben diesen Kreisen stehen – auf der einen oder der andern Seite – Namen wie »Fort Hamilton«, »Yanana Station« oder »Twenty Miles«, was einen zu dem Glauben verführt, daß die weißen Flecke ganz voll von Städten und Dörfern sind. Aber es ist ein eitler Glaube. »Twenty Miles«, das genau wie alle anderen Stationen dieser Art aussieht, besteht aus einem Blockhaus von der Größe eines gewöhnlichen Eckladens, mit Räumen, zu denen man auf einer Treppe hinaufsteigt. Ein stelzbeiniger Lagerschuppen auf Pfählen mag sich hinten im Hof befinden, außerdem einige Hintergebäude. Der Hof hat keinen Zaun und geht bis zum Horizont und noch ein unbestimmbares Stück darüber hinaus. Andere Häuser sind überhaupt nicht zu sehen, wenn auch die Toyaatindianer hin und wieder eine oder zwei Meilen den Yukon abwärts ein Winterlager beziehen. So sieht »Twenty Miles« aus, einer von den vielen Fangarmen der P. C. Company. Hier macht der Vertreter mit Hilfe eines Assistenten Tauschgeschäfte mit den Indianern, um ihr Pelzwerk zu bekommen, und manchmal auch ein Geschäft mit vorbeiwandernden Minenarbeitern, wobei der Goldstaub als Zahlungsmittel gilt. Hier sehnen sich Vertreter und Assistent den ganzen Winter lang nach dem Frühling, und wenn der Frühling dann kommt, liegen sie fluchend auf dem Dach, während der Yukon das Gebäude umspült. Und hier war es, wo Neil Bonner im vierten Jahre seines arktischen Aufenthaltes eine Anstellung erhielt.

Er verdrängte keinen anderen Agenten, der seinetwegen hätte versetzt werden müssen, denn sein Vorgänger hatte Selbstmord begangen. »Weil er das Leben hier nicht ertragen konnte«, sagte der Assistent, der noch da war. Freilich erzählten die Toyaaten, wenn man bei ihnen am Feuer saß, eine andere Version. Der Assistent war ein Mann mit eingefallenen Schultern und hohler Brust. Sein Gesicht sah wie das einer Leiche aus, seine Wangen waren hohl, was nicht einmal sein dünner schwarzer Bart zu verbergen vermochte. Er hustete viel, als ob seine Lungen von der Schwindsucht angegriffen wären, während seine Augen den halbverrückten, fieberhaften Glanz hatten, den man bei Schwindsüchtigen im letzten Stadium findet. Sein Name war Pentley – Amos Pentley –, und Bonner konnte ihn vom ersten Tage an nicht leiden, wenn er auch Mitleid mit diesem armen, zum Tode verurteilten Teufel empfand. Sie konnten sich gegenseitig nicht ausstehen, diese beiden Männer, die von allen Menschen auf der Erde am meisten darauf angewiesen waren, auf gutem Fuß miteinander zu stehen, weil sie allein von Angesicht zu Angesicht mit der Kälte, Stille und Dunkelheit des langen Winters leben mußten.

Schließlich kam Bonner zu dem Schluß, daß Amos nicht ganz richtig im Kopfe war, ließ ihn deshalb in Ruhe und verrichtete den größten Teil der Arbeit mit Ausnahme des Kochens selber. Aber auch jetzt hatte Amos nur finstere Blicke und unverstellten Haß für ihn übrig. Für Bonner war das ein schwerer Ausfall, denn das lächelnde Gesicht eines Wesens seiner eigenen Art, ein freundliches Wort, die Sympathie eines Kameraden, der dasselbe Unglück erlebt – alles das bedeutet unendlich viel. Und der Winter hatte eben erst begonnen, als ihm die verschiedenen Gründe aufgingen, aus denen der frühere Vertreter mit einem solchen Assistenten seinem Leben selbst ein Ende hatte machen müssen.

In Twenty Miles war es sehr einsam. Die weiße Einöde erstreckte sich nach beiden Seiten bis zum Horizont. Der Schnee, der wie Reif war, warf seinen weißen Mantel über das Land und begrub alles in der Stille des Todes. Tagelang war es klar und kalt, und das Thermometer hielt sich beständig auf vierzig bis fünfzig Grad unter Null. Dann kam plötzlich ein Umschwung. Das bißchen Feuchtigkeit, das die Atmosphäre tränkte, häufte sich zu dicken grauen Wolkenmassen, es wurde ziemlich warm, das Thermometer stieg auf zwanzig unter Null. Und die Feuchtigkeit fiel vom Himmel herab in Gestalt von harten Eiskörnern, die wie trockener Zucker oder fliegender Sand unter den Füßen knirschten. Dann wurde es wieder klar und kalt, bis sich abermals genügend Feuchtigkeit angesammelt hatte, um die Erde vor der

Kälte des Weltraumes zu schützen. Das war aber auch alles. Sonst geschah nichts. Es gab keine Stürme, keine wirbelnden Gewässer, keine rauschenden Wälder, nur das fast automatische Niederströmen der angesammelten Feuchtigkeit. Die bemerkenswerteste Begebenheit, die diese langweiligen Wochen aufzuweisen hatten, war vielleicht das Hinaufgleiten der Temperatur auf die gänzlich unerwartete Höhe von fünfzehn Grad minus. Um das wiedergutzumachen, peitschte dann aber der Weltraum die Erde mit seiner Kälte, bis das Quecksilber gefror und das Spiritusthermometer auf mehr als siebzig Grad unter Null sank und vierzehn Tage dort stehenblieb, worauf es zerbarst. Wieviel kälter es dann noch wurde, war nicht mehr festzustellen. Eine andere in ihrer Regelmäßigkeit tödlich eintönige Begebenheit war die beständige Verlängerung der Nächte, bis der Tag nur noch ein Aufflackern des Lichts in der Dunkelheit war.

Neil Bonner war ein gesellig veranlagtes Wesen. Die Dummheiten, für die er hier jetzt büßen mußte, waren nur eine Folge seines übertriebenen Bedürfnisses nach Gesellschaft. Und jetzt befand er sich hier, im vierten Jahre seines Exils, in der Gesellschaft – wenn dieses Wort hier angebracht ist – eines mürrischen, schweigsamen Geschöpfes, in dessen düsteren Augen ein Haß glomm, der ebenso bitter wie unberechtigt war. Und Bonner, für den Rede und Kameradschaft einfach das Leben selbst bedeuteten, ging einher, wie ein Gespenst vermutlich einherwandelt, gequält von den Erinnerungen an endlose Feste eines früheren Daseins. Am Tage waren seine Lippen fest zusammengekniffen, sein Gesicht streng. Nachts aber rang er die Hände, wälzte sich im Bett hin und her und weinte wie ein kleines Kind. Und er erinnerte sich dabei oft eines gewissen Mannes von Autorität und verfluchte ihn die langen Stunden hindurch. Er verfluchte auch Gott. Aber

Gott hat Verständnis für dergleichen. Er könnte es nicht über sein Herz bringen, die armen Sterblichen zu rügen, wenn sie in Alaska Anfälle von Blasphemie bekommen.

Und nach dieser Station Twenty Miles kam nun Jees Uck, um Mehl und Speck und farbige Perlenschnüre und schöne Scharlachstoffe für ihre Handarbeiten zu kaufen. Und außerdem kam sie, ohne es jedoch zu wissen oder zu wollen, um einen einsamen Mann noch einsamer zu machen und ihn in unruhigem Schlaf die leeren Arme ausstrecken zu lassen. Denn Neil Bonner war nur ein Mann. Als sie zum erstenmal in den Laden kam, sah er sie lange an, wie ein Verschmachtender wohl einen überströmenden Brunnen betrachten mag. Und dank dem Erbteil Spike O'Briens lächelte sie ihm kühn in die Augen, nicht wie dunkelhäutige Wesen den Menschen der königlichen Rasse anlächeln sollen, sondern wie eine Frau einen Mann anlächelt. Es war einfach unvermeidlich. Aber er konnte es nicht einsehen und wehrte sich ebenso tapfer und leidenschaftlich gegen sie, wie er gleichzeitig von ihr angezogen wurde. Und sie? Sie war eben Jees Uck, die durchaus als Toyaat-Indianerin erzogen war.

Sie kam sehr oft nach der Station, um einzukaufen. Und oft saß sie auch am großen Kamin und plauderte in gebrochenem Englisch mit Neil Bonner. Und bald kam es so weit, daß er sich nach ihren Besuchen sehnte und an den Tagen, an denen sie nicht kam, traurig und ruhelos wurde. Zuweilen nahm er sich zusammen und überlegte, und dann wurde sie mit Kälte empfangen, mit einer Zurückhaltung, die sie verblüffte und ärgerte und die – wovon sie fest überzeugt war – auch nicht aufrichtig war. Meistens aber hatte er gar nicht den Mut nachzudenken, und dann ging alles gut, und es gab nur Heiterkeit und Lachen. Und Amos Pentley sah zu und schnappte wie ein gestrandeter Katzenhai nach Luft, während sein trockener

Husten aus dem Grabe zu kommen schien. Er, der das Leben liebte, war nicht imstande zu leben, und es nagte an seiner Seele, daß andere es können sollten. Deshalb haßte er Neil Bonner, der so außerordentlich lebenskräftig war und in dessen Augen die Freude aufblitzte, sobald er Jees Uck sah. Für Amos genügte der bloße Gedanke an Jees, um sein Blut brausen und pochen zu lassen, bis es mit einem Blutsturz endete.

Jees Uck, deren Wesen ganz einfach, deren Gedankengang natürlich war und die nie gelernt hatte, das Leben in subtileren Mengen abzuwägen, las in Amos Pentley wie in einem offenen Buch. Sie warnte Neil Bonner ehrlich und unumwunden in wenigen Worten. Aber er lachte nur über ihre offensichtliche Angst. In seinen Augen war Amos ein armer, elender Tropf, der hoffnungslos dem Grabe zuwankte. Und Bonner, der selbst viel durchgemacht hatte, wurde es leicht, großzügig zu verzeihen.

Aber eines Morgens geschah es, daß er – bei einem plötzlichen Witterungswechsel – vom Frühstückstisch aufstand und in den Laden ging. Jees Uck war schon da, mit Wangen, die von der Wanderung gerötet waren. Sie wollte einen Sack Mehl kaufen. Einige Minuten darauf stand er draußen im Schnee und band den Mehlsack auf ihren Schlitten. Als er sich bückte, spürte er eine gewisse Starre im Hals und hatte etwas wie eine Vorahnung eines drohenden körperlichen Zusammenbruchs. Und als er den letzten Halbstich in den Riemen machte und dann versuchte, sich aufzurichten, wurde er von einem jähen Krampf gepackt und sank in den Schnee. Mit angespannten Muskeln lag er zitternd da; den Kopf zurückgeworfen, die Glieder wie verrenkt, den Rücken wie einen Bogen gespannt und den Mund schief und verzerrt, sah er aus, als ob er Glied für Glied auf die Folter gespannt würde. Ohne Schreien, ja, ohne einen Laut von sich zu geben, stand Jees Uck im Schnee neben ihm. Aber im Krampf hatte er ihre beiden Fußgelenke gepackt, und sie war deshalb außerstande, ihm zu helfen, solange dieser Krampf anhielt. Nach wenigen Augenblicken löste sich die Spannung jedoch, und er blieb schwach und ohnmächtig liegen. Seine Stirn war in Schweiß gebadet, und um seine Lippen stand Schaum.

»Schnell«, murmelte er mit fremder, heiserer Stimme. »Schnell, hinein!« Er begann auf Händen und Knien zu kriechen, aber sie hob ihn auf, und von ihren jungen Armen unterstützt gelang es ihm, schneller vorwärts zu kommen. Als er im Laden war, wurde er wieder vom Krampf gepackt, und sein Körper rang sich aus ihrer Umschlingung los und rollte und wälzte sich auf dem Fußboden. Amos Pentley kam auch und sah mit neugierigen Augen zu.

»Oh, Amos«, rief sie verzweifelt und hilflos. »Er stirbt, glaubst du?« Aber Amos zuckte nur die Achseln und blieb stehen, um zuzusehen.

Bonners Körper wurde wieder schlaff, die gespannten Muskeln lösten sich, und ein Ausdruck von Erleichterung trat in sein Gesicht. »Schnell«, knirschte er zwischen den Zähnen, während sein Mund sich unter dem Beginn eines neuen Krampfanfalls und seiner Bemühungen, ihn zu beherrschen, verzerrte. »Schnell, Jees Uck! Die Medizin! Los, zieh mich hin!«

Sie wußte, wo der Medizinschrank stand: im Hintergrund des Raumes, auf der anderen Seite des Ofens, und dorthin zog sie ihn jetzt an den Beinen, während er mit dem Krampf kämpfte. Als der Anfall vorbei war, begann er, sehr schwach und elend, den Schrank zu durchsuchen. Er hatte Hunde sterben sehen, die dieselben Symptome zeigten wie er, und wußte deshalb, was zu tun war. Er hielt eine Flasche mit Chloralhydrat in der Hand, aber seine Finger waren zu schwach und kraftlos, um den Korken herauszuziehen. Jees Uck tat es für ihn, während er von einem neuen Anfall gepackt wurde. Als der vorbei war, wurde ihm die offene Flasche gereicht. Er blickte in die großen schwarzen Augen einer Frau und las darin, was Männer immer in den Augen einer liebenden Frau gelesen haben. Er nahm einen tüchtigen Schluck von der Medizin und sank dann wieder zurück, bis ein neuer Krampfanfall vorüber war. Dann stützte er sich matt auf den Ellbogen.

»Höre zu, Jees Uck«, sagte er sehr langsam, als ob er einerseits wüßte, daß Eile nottat, und sich andererseits fürchtete, sich zu beeilen. »Tu, was ich dir sage. Bleib an meiner Seite, aber rühre mich nicht an. Ich muß mich sehr ruhig verhalten, aber du darfst nicht von mir gehen.« Sein Kinn schob sich vor, und sein Gesicht begann unter den vorausgehenden Schmerzen der Krämpfe zu zittern und sich zu verzerren, aber er schluckte und kämpfte, um sich zu beherrschen. »Geh nicht fort. Und laß auch Amos nicht fortgehen. Verstehst du? Amos muß hierbleiben.«

Sie nickte, und ihn überkam der erste von einer langen Reihe von Krampfanfällen, die allmählich an Stärke und Häufigkeit abnahmen. Jees Uck beugte sich über ihn, vergaß aber sein Verbot nicht und wagte deshalb nicht, ihn anzurühren. Einmal wurde Amos sehr unruhig und tat, als ob er in die Küche gehen wollte, aber ein schneller Blick aus ihren Augen bezwang ihn, und von jetzt an blieb er sehr ruhig, abgesehen von seinem schweren Atem und seinem gespenstischen Husten.

Bonner schlief. Das Flimmern, das den Tag andeutete, erlosch. Amos zündete, überwacht von den Augen der Frau, die Petroleumlampe an. Es wurde Abend. Durch das nördliche Fenster sah man, wie der Himmel von der Pracht des Nordlichtes übergossen wurde, das flammte und flackerte und in der Dunkelheit erlosch. Eine Weile darauf wurde Neil Bonner wach. Zuerst sah er, ob Amos immer noch da war, dann lächelte er Jees Uck zu und stand auf. Alle Muskeln waren steif und schmerzten, und er lächelte trübe, als er sich untersuchte und befühlte, wie um festzustellen, wie groß der erlittene Schaden sei. Dann wurde sein Gesicht streng und geschäftsmäßig.

»Jees Uck«, sagte er. »Nimm eine Kerze. Geh in die Küche. Es steht Essen auf dem Tisch. Zwiebacke und Bohnen und Speck. Und in der Kanne auf dem Ofen ist Kaffee. Stell alles hier auf den Ladentisch. Hol auch ein paar Gläser und Wasser und Whisky, den du auf dem obersten Bord in der Vorratskammer findest. Vergiß den Whisky nicht.«

Nachdem er einen steifen Whisky getrunken hatte, durchsuchte er noch einmal den Medizinschrank, hin und wieder stellte er, offenbar in bestimmter Absicht, verschiedene Flaschen und Phiolen beiseite. Dann nahm er sich die Speisereste vor und unterwarf sie einer eingehenden Untersuchung. Er hatte auf der Universität nicht ohne Nutzen in einem Laboratorium gearbeitet und besaß Einbildungskraft genug, um mit den begrenzten Materialien befriedigende Resultate zu erzielen. Der ausgeprägt starrkrampfartige Zustand, der seine Anfälle gekennzeichnet hatte, vereinfachte seine Aufgabe, und er brauchte deshalb nur eine Probe zu machen. Der Kaffee ergab nichts, ebensowenig die Bohnen. Den Zwiebacken widmete er das größte Interesse. Amos, der nichts von Chemie verstand, betrachtete ihn mit unveränderter Neugier. Jees Uck aber, die ein bodenloses Vertrauen in die Weisheit des weißen Mannes und namentlich in die Neil Bonners setzte und die nicht nur nichts davon verstand, sondern auch wußte, daß sie nichts verstand, beobachtete mehr sein Gesicht als seine Hände.

Schritt für Schritt schaltete er verschiedene Möglichkeiten aus, bis er sich der endgültigen Probe näherte. Er benutzte eine dünne Phiole als Reagenzröhre und hielt sie zwischen sich und das Licht, während er das langsame Niederschlagen eines Salzes durch die Lösung in der Reagenzröhre beobachtete. Er sagte nichts, aber er sah, was er zu sehen erwartet hatte. Und Jees Uck, deren Augen an seinem Gesicht hingen, sah noch etwas – etwas, das sie wie eine Tigerin auf Amos losspringen und mit unerhörter Gewandtheit und Stärke seinen Körper rückwärts über ihre Knie zwingen ließ. Ihr Messer flog aus der Scheide und hob sich, blinkend im Schein der Lampe. Amos knurrte, aber Bonner legte sich dazwischen, ehe das Messer sein Ziel erreicht hatte.

»Du bist ein gutes Mädchen, Jees Uck. Aber kümmere dich nicht darum, laß ihn laufen.«

Gehorsam ließ sie den Mann los, aber deutlicher Widerspruch stand in ihrem Gesichte geschrieben. Und der Körper Amos' fiel auf den Boden. Bonner gab ihm einen Tritt mit seinem mokassinbekleideten Fuß.

»Steh auf, Amos«, befahl er. »Du wirst noch heute abend deine Sachen packen und gehen.«

»Sie meinen doch nicht, daß ...«, brach es wild aus Amos heraus.

»Ich meine, daß du einen Versuch gemacht hast, mich zu ermorden.« Neil sprach kalt und ruhig. »Ich kann auch sagen, daß du Birdsall getötet hast, obgleich man in der Company glaubt, daß er es selbst getan hat. In meinem Fall hast du Strychnin genommen. Gott allein weiß, womit du ihn ermordet hast. Hängen kann ich dich nicht lassen – dazu bist du dem Tode sowieso zu nahe. Aber Twenty Miles ist zu klein für uns beide, und deshalb mußt du verschwinden. Es sind zweihundert Meilen bis zum Heiligen Kreuz. Die kannst du schaffen, wenn du nicht übertreibst. Ich gebe dir Lebensmittel, einen Schlitten und drei Hunde. Du bist ebenso gesichert, wie wenn du im Gefängnis wärest, denn aus dem Lande kannst du nicht heraus. Und ich will dir noch eine Chance geben. Du bist ja schon beinahe tot. Gut – ich werde der Firma nichts mitteilen, bevor der Frühling kommt. Inzwischen ist es deine Sache, zu sterben. Jetzt los!«

»Du, jetzt geh zu Bett«, drängte Jees Uck, als Amos mitten in der Nacht nach dem Heiligen Kreuz aufgebrochen war. »Du kranker Mann jetzt, Neil!«

»Und du bist ein gutes Mädchen, Jees Uck«, antwortete er. »Hier hast du meine Hand darauf. Aber du mußt nach Hause gehen.«

»Du liebst mich nicht«, sagte sie einfach.

Er lächelte, half ihr in die Parka und begleitete sie zur Tür. »Nur zu sehr, Jees Uck«, sagte er weich. »Nur zu sehr.«

Nach dieser Episode legte sich das Leichentuch der arktischen Nacht noch tiefer, dichter und schwärzer über das Land. Neil Bonner sah, daß er nicht verstanden hatte, selbst das mürrische Gesicht des mörderischen und todgeweihten Amos richtig einzuschätzen. Denn jetzt wurde es furchtbar einsam in Twenty Miles. »Um der Liebe Gottes willen, Prentiss, schicken Sie mir einen Mann«, schrieb er an den Vertreter in Fort Hamilton, das dreihundert Meilen flußabwärts lag. Sechs Wochen später brachte ein Indianer die Antwort. Sie war bezeichnend: »Tod und Teufel. Beide Füße erfroren. Brauche ihn deshalb selbst. Prentiss.«

Um die Lage noch zu verschlimmern, waren die meisten Toyaaten auf die Fährte einer Rentierherde nach dem Hinterland gezogen, und Jees Uck war mitgegangen. Aber der Umstand, daß sie ihm so fern war, schien sie gleichzeitig näher als je zu bringen. Neil Bonner sah sie vor sich, Tag für Tag, im Lager und unterwegs. Es ist aber nicht gut, allein zu sein. Oft verließ er, barhäuptig und verzweifelt, das stille Haus und schüttelte die geballte Faust gegen den Tagesschimmer, der am südlichen Horizont auftauchte. Und in stillen kalten Nächten verließ er sein Bett und stolperte ins Freie hinaus, wo er das Schweigen aus aller Kraft seiner Lunge beschimpfte, als ob es ein fühlbares und empfindsames Wesen war, das er wecken konnte. Und er brüllte die schlafenden Hunde an, bis sie immer wieder heulten. Ein rauhhaariges Tier nahm er sogar mit ins Haus und tat, als wäre dies der Mann, den Prentiss ihm geschickt hätte. Er versuchte, den Hund zu erziehen, daß er anständig im Bett unter der Decke schlief, mit bei Tische saß und aß, wie ein Mensch essen muß. Aber das Tier, das kaum etwas anderes als ein gezähmter Wolf war, empörte sich, suchte sich die dunkelsten Ecken aus und knurrte und biß ihn ins Bein, so daß er ihn schließlich prügelte und hinauswarf.

Dann ergriff ihn die Idee, alles zu personifizieren. Sie nahm ihn völlig gefangen. Alle Kräfte seiner Umgebung wurden in lebende Wesen verwandelt. Sie waren atmende Wesen, die kamen, um mit ihm zusammen zu leben. Er schenkte der primitiven Götterwelt neues Leben. Baute der Sonne einen Altar, wo er Kerzen aus Talg und Speck brannte. Und auf dem Hof, der nicht umzäunt war, verfertigte er neben dem hochstelzigen Lagerhaus einen Schneeteufel, dem er Gesichter zu schneiden und den er zu verhöhnen pflegte, wenn das Quecksilber in seiner Röhre sank. Natürlich war das alles nur Spielerei. Das sagte er sich selbst und wiederholte es ein über das andere Mal, um sich selbst zu überzeugen, und vergaß dabei nur, daß Wahnsinn geneigt ist, sich durch Glaubenmachen und Spielerei auszudrücken.

Mitten im Winter kam eines Tages ein Jesuitenmissionar,

Vater Champreau, nach Twenty Miles. Bonner stürzte sich auf ihn, schleppte ihn ins Haus, klammerte sich an ihn an und weinte, und der Priester weinte schließlich vor lauter Mitleid mit. Dann wurde Bonner irrsinnig lustig und machte eine ganz überflüssige Festlichkeit daraus, während er tapfer schwor, daß sein Gast nie abreisen dürfe. Vater Champreau mußte in einem dringenden Auftrag seiner Gesellschaft so schnell wie möglich nach Salt Water und fuhr schon den nächsten Morgen ab, von der Drohung begleitet, daß Bonners Blut über sein Haupt kommen würde.

Und die Drohung wäre beinahe Wirklichkeit geworden, als die Toyaaten von ihrem langen Jagdausflug nach ihrem Winterlager zurückkehrten. Sie brachten viel Pelzwerk mit, und es gab Geschäftigkeit und Unruhe in Twenty Miles. Auch Jees Uck kam, um Perlen, Scharlachstoffe und alles mögliche andere zu kaufen, und Bonner kam wieder zu sich. Eine Woche lang wehrte er sich. Dann kam das Ende eines Abends. Sie stand auf, um sich zu verabschieden. Sie hatte nicht vergessen, daß er sie einmal zurückgewiesen hatte, und derselbe Stolz, der Spike O'Brien bewogen hatte, die Fahrt durch die Nordwestpassage zu machen, lebte auch in ihr.

»Ich gehe jetzt«, sagte sie. »Gute Nacht, Neil.«

Aber er stellte sich hinter sie. »Nein, so ist es nicht richtig«, sagte er.

Und als sie ihm mit einer plötzlichen frohen Bewegung ihren Kopf zudrehte, beugte er sich vor, langsam und feierlich, als ob er eine heilige Handlung beginge, und küßte sie auf die Lippen. Die Toyaaten hatten sie nie gelehrt, was ein Kuß auf den Mund bedeutete, aber sie verstand es doch und freute sich.

Als Jees Uck kam, wurde alles wieder hell. Sie war königlich in ihrem Glück, eine Quelle unendlicher Wonne. Die

Einfachheit ihres Wesens und ihre naiven kleinen Einfälle schufen eine ungeheure Summe erfreulicher Überraschungen für den überzivilisierten Mann, der sich herabgelassen hatte, sie aufzunehmen. Nicht nur, daß sie ein Trost in seiner Einsamkeit war, ihre Einfachheit verjüngte auch seine abgestumpfte Seele. Es war, als könnte er nach langer Wanderung wieder seinen Kopf in den Schoß der Mutter Erde legen. Kurz: in Jees Uck fand er die Jugend der Welt wieder – ihre Jugend, Kraft und Freude.

Und um alles zu erfüllen, was er brauchte, und gleichzeitig um zu verhindern, daß sie einander satt werden könnten, traf ein gewisser Sandy McPherson in Twenty Miles ein – ein Mann, der ein so guter Kamerad war wie irgendeiner, der je unterwegs gepfiffen und am Lagerfeuer eine Ballade angestimmt hat. Ein Jesuit hatte sich nach seinem Lager begeben, das einige hundert Meilen weiter den Yukon aufwärts lag, um noch rechtzeitig die letzten Worte am Grabe von Sandys bisherigem Partner zu sprechen. Und als der Priester aufbrach, hatte er gesagt: »Mein Sohn, du wirst jetzt sehr einsam werden.« Und Sandy hatte traurig den Kopf gebeugt. »In Twenty Miles«, hatte der Priester hinzugefügt, »sitzt ein einsamer Mann. Ihr beide könnt einander brauchen, mein Sohn.«

Deshalb wurde Sandy als der dritte im Bunde auf der Station willkommen geheißen – als Bruder des Mannes und der Frau, die hier hausten. Er nahm Bonner mit auf die Elchjagd und zur Wolfpirsch, und Bonner reichte ihm dafür einen abgegriffenen und viel herumgetragenen Band und lehrte ihn Shakespeare lieben, bis Sandy seinen Schlittenhunden, sooft sie aufrührerisch werden wollten, fünffüßige Jamben vordeklamierte. Und an den langen Abenden spielten sie Karten, plauderten und stritten sich über das Universum, während Jees Uck frauenhaft im Lehnstuhl saß und ihre Mokassins und Socken stopfte.

Der Frühling kam. Die Sonne stieg im Süden empor. Das Land vertauschte seine düsteren Gewänder mit dem Kleide lächelnder Fröhlichkeit. Überall lächelte das Licht und lud das Leben ein. Die balsamischen Tage wurden wieder länger, und die Augenblicke von Dunkelheit in den Nächten verschwanden ganz. Der Fluß strömte, und fauchende Dampfboote forderten die Wildnis heraus. Es gab Bewegung und Lärm, neue Gesichter und neue Taten. In Twenty Miles erschien ein neuer Assistent, und Sandy McPherson brach mit einer Goldsucherschar nach dem Koyokuk-Lande auf. Und es kamen Zeitungen, Magazine und Briefe an Neil Bonner. Und Jees Uck sah traurig drein, denn sie verstand, daß seine Sippschaft über die Welt hinweg mit ihm sprach.

Die Nachricht, daß sein Vater das Zeitliche gesegnet hatte, berührte ihn nicht allzu stark. Der alte Neil Bonner hatte in seinen letzten Stunden einen liebevoll verzeihenden Brief an seinen Sohn diktiert. Ferner kamen offizielle Briefe von der Gesellschaft, die ihm allergnädigst anbot, den Posten seinem Assistenten zu übergeben, und ihm erlaubte, abzureisen, sobald er Lust dazu hätte. In einem längeren juristischen Dokument übermittelten ihm seine Anwälte das unendliche Verzeichnis der Aktien und Obligationen, Grundstücke, Mieteinnahmen und beweglichen Güter, die jetzt durch das Testament des Vaters sein Eigentum geworden waren. Und ein zierliches, mit Siegel und Monogramm versehenes Briefchen flehte Neil an, zu seiner trauernden und liebenden Mutter zurückzukehren.

Neil Bonner überlegte schnell, und als die »Yukon Belle« auf ihrem Wege nach dem Beringmeer an das Ufer heranschnaufte, reiste er ab – reiste mit der alten, immer wieder neuen Lüge auf den Lippen, daß er bald zurückkehren würde.

»Ich werde wiederkommen, liebe Jees Uck, vor dem ersten Schneegestöber«, versprach er zwischen den letzten Küssen auf dem Fallreep.

Und er versprach es nicht nur, sondern meinte es aufrichtig, wie die meisten Männer es unter solchen Umständen tun. Er erteilte dem neuen Vertreter Thompson Weisung, seiner Frau Jees Uck unbegrenzten Kredit einzuräumen. Und als er vom Deck der »Yukon Belle« den letzten Blick nach der Küste warf, sah er ein halbes Dutzend Männer, die im Begriff waren, die Wände eines Blockhauses zu errichten, das das bequemste Haus auf tausend Meilen die Küste entlang werden sollte – das Haus Jees Ucks und auch das Haus Neil Bonners –, bevor der erste Schnee fallen würde! Denn er hatte die unbedingte Absicht, wiederzukommen. Jees Uck war ihm sehr lieb geworden, und außerdem stand dem Norden eine goldene Zukunft bevor. Mit dem Geld seines Vaters wollte er diese Zukunft verwirklichen. Ein ehrgeiziger Traum schwebte ihm vor. Mit seinen vierjährigen Erfahrungen und gestützt durch die freundliche Mitwirkung der Company wollte er wiederkehren, um der Cecil Rhodes von Alaska zu werden. Und er wollte wiederkehren, so schnell wie der Dampf es schaffen konnte und sobald er die Angelegenheiten seines Vaters, die er noch gar nicht kannte, geordnet und seine Mutter, die er vergessen hatte, getröstet hatte.

Es gab natürlich ein großes Hallo, als Neil Bonner aus der Arktis zurückkehrte. Die Lichter wurden angesteckt und die Fleischtöpfe aufs Feuer gestellt, und er nahm von allem und fand alles sehr gut. Er war nicht nur gebräunt und gefurcht, er war ein neuer Mensch unter der neuen Haut geworden. Er packte die Dinge richtig an, hatte Ernst und Selbstbeherrschung gelernt. Seine alten Kameraden waren verblüfft, als er es ablehnte, die Dummheiten der alten Tage wiederaufzunehmen, während der alte Freund seines Vaters sich zufrieden die Hände rieb und sich als Autorität fühlte, wenn es galt, störrische und eitle Jugend auf die richtige Bahn zu lenken.

Vier Jahre hatte Neil Bonners Gehirn brachgelegen. Nur wenig Neues war ihm zugeführt worden, aber es war ein Prozeß der Auslese gewesen. Es war sozusagen von allem Gleichgültigen und Überflüssigen gereinigt worden. Hier im Süden hatte er schnelle Jahre verlebt, und in der Wildnis des Nordens hatte er dann Zeit gefunden, die verworrene Masse von Erfahrungen zu klären. Seine oberflächlichen Standpunkte waren in alle Winde verstreut, und neue Gesichtspunkte waren auf der Grundlage tieferer und breiterer Verallgemeinung entstanden. Der Duft und der stete Anblick des Bodens hatten ihm geholfen, die innere Bedeutung der Zivilisation zu erfassen, während er sich gleichzeitig einen klaren Blick für ihre Mängel und ihre Macht bewahrt hatte. Es war eine ganz einfache kleine Philosophie, die er sich geschaffen hatte. Ein sauberes Leben war der Schlüssel zum Glück. Nur die Erfüllung der Pflicht heiligt. Man muß sauber leben und seine Pflichten erfüllen, um wirken zu können. Und Wirksamkeit ist wiederum die einzige Erlösung. Denn »für das Leben zu wirken«, in reichem, immer reicherem Maße, bedeutete, daß man mit dem Wesen der Dinge und dem Willen Gottes übereinstimmte.

Ursprünglich war er Städter. Und sein frischer Griff ins Leben nebst seiner männlichen Auffassung der Menschlichkeit verliehen ihm einen feineren Sinn für die Zivilisation und machte sie ihm um so lieber. Mit jedem Tag kam die Stadt mit ihrer Bevölkerung seinem Herzen näher, wurde die Welt größer vor seinen Blicken. Und gleichzeitig verschwand Alaska mit jedem Tage in weitere Ferne und wurde immer unwirklicher. Und da geschah es, daß er Kitty Sharon traf – eine Frau von seinem eigenen

Fleisch und Blut und von seiner Art. Eine Frau, die ihre Hand in die seine legte und ihn an sich zog, bis er den Tag und die Stunde und die Jahreszeit vergaß, wenn der erste Schnee in Yukon fällt.

Jees Uck ging in ihrem großen Blockhaus umher und verträumte drei goldene Sommermonate. Dann kam in fliegender Eile der Herbst, bevor der Winter hereinbrach. Die Luft wurde dünn und scharf, die Tage wurden dünn und kurz. Der Fluß begann träge zu fließen, auf den stillen Tümpeln bildete sich eine Haut von Eis. Alles, was nur vorübergehend dort lebte, zog nach dem Süden, Schweigen legte sich über das Land. Das erste Schneegestöber kam, und das letzte Dampfboot, das auf dem Heimwege war, warf sich mit dem Mut der Verzweiflung gegen die schwimmenden Eisschollen. Dann wurde alles Gewässer von einer festen Eiskruste bedeckt, von unzerbrechlichen Schollen und Feldern, bis der Yukon mit seinen Ufern eine einzige Ebene bildete. Und als es soweit war und der Fluß stillstand, verloren die blinkenden Tage sich in der Dunkelheit.

John Thompson, der neue Vertreter, lachte, aber Jees Uck glaubte noch an unglückliche Zufälle mit Fluß und Ufer. Neil Bonner war wohl irgendwo zwischen dem Chilcootpaß und St. Michaels eingefroren, denn die letzten Reisenden des Jahres werden immer vom Eise erfaßt, so daß sie das Boot mit dem Schlitten vertauschen und viele lange Stunden hinter den eilenden Hunden verbringen müssen.

Aber keine eilenden Hunde kamen flußauf oder flußab nach Twenty Miles. Und John Thompson erzählte Jees Uck mit einer gewissen Freude, die er nur schlecht verhehlte, daß Neil Bonner niemals zurückkehren würde. Bei dieser Gelegenheit machte er sie auch – und zwar in brutaler Weise – darauf aufmerksam, daß er ja selbst ledig sei. Jees Uck lachte ihm ins Gesicht und begab sich wieder in ihr großes Blockhaus. Aber mitten im Winter, zu der Zeit, wenn alle Hoffnungen verwelkt und das Leben überhaupt am schwächsten dahinströmt, mußte Jees Uck feststellen, daß sie keinen Kredit mehr im Laden hatte. Das war John Thompsons Werk. Er rieb sich die Hände und ging auf und ab, stellte sich in seine Tür, starrte zu Jees Ucks Haus und wartete. Aber er mußte lange warten. Denn Jees Uck verkaufte ihr Hundegespann an eine Gesellschaft von Goldsuchern und bezahlte ihre Lebensmittel in bar. Und als John Thompson es sogar ablehnte, ihr Bargeld zu nehmen, lieferten die Toyaat-Indianer ihr alles, was sie brauchte, und brachten es ihr mit Schlitten im Dunkel der Nacht.

Im Februar kam die erste Post über das Eis, und da las John Thompson in den Gesellschaftsnotizen einer fünf Monate alten Zeitung die Nachricht von der Hochzeit Neil Bonners mit Kitty Sharon. Sie hielt die Tür nur halb offen und ließ ihn draußen stehen, während er die Neuigkeit erzählte – und als er geendet hatte, lachte sie stolz und wollte es nicht glauben. Im März brachte sie – und sie war ganz allein – einen Knaben zur Welt, ein tapferes Stückchen neues Leben, worüber sie staunte. Und in derselben Stunde saß – ein Jahr später – Neil Bonner an einem anderen Bett und betrachtete staunend ein anderes Stückchen neuen Lebens, das zur Welt gekommen war.

Der Schnee am Boden schmolz, und das Eis des Yukon zerbrach. Die Sonne wanderte wieder nach dem Norden und schritt dann wieder südwärts. Als das Geld für die Hunde verbraucht war, kehrte Jees Uck wieder zu ihrem Volke zurück. Oshe Ish, ein kundiger Jäger, erbot sich, für sie und ihr Kind auf die Jagd zu gehen und ihr Lachse zu fangen, wenn sie ihn heiraten wollte. Und Imego und Ha Yo und Wy Nooch, alle ohne Ausnahme tüchtige Jäger, machten ihr ähnliche Vorschläge. Aber sie zog es vor, allein zu leben, sich selbst Fleisch und Fisch zu verschaffen. Sie nähte Mokassins, Parkas und Handschuhe – warme, praktische Dinge, die gleichzeitig dem Auge angenehm waren, sowohl durch die Pelzfransen wie durch die Perlstickerei. Und sie verdiente sich mit diesen Arbeiten nicht nur gute und reichliche Nahrung, sondern konnte sogar Geld zurücklegen. Und eines schönen Tages löste sie Karten für eine Fahrt mit der »Yukon Belle« den Fluß hinab.

In St. Michaels wusch sie in der Küche der Poststation Teller. Die Angestellten der Company wunderten sich über diese seltsame Frau mit dem auffallend schönen Kinde, aber sie stellten keine Fragen, und die Frau selbst würdigte sie keiner Auskunft. Zur rechten Zeit jedoch, bevor die Beringstraße in diesem Jahre vom Eis verschlossen wurde, nahm sie sich einen Platz auf einem verirrten Robbenfänger, der südwärts fuhr. In diesem Winter kochte sie für die Familie Kapitän Markheims in Unalsaska, und als der Frühling kam, reiste sie mit einem Whiskyboot weiter südwärts bis Sitka. Später tauchte sie in Metlakathla auf, das in der Nähe von St. Mary an einem Ende der Pan-Halbinsel liegt, wo sie während der Lachszeit in einer Kocherei arbeitete. Als es Herbst wurde und die Siwashfischer sich anschickten, nach Pugetsund zurückzukehren, bestieg sie mit einigen Familien zusammen ein großes Zedernholz-Kanu und drang mit diesen Leuten in das gefahrvolle Chaos an der Küste Alaskas und Kanadas vor, bis sie die Straße von Juan de Fuca passiert hatten. Und dann führte sie ihren Knaben an der Hand über das harte Steinpflaster von Seattle.

Hier traf sie Sandy McPherson, der an einer windigen Ecke stand und sich sehr wunderte. Als er ihre Geschichte gehört hatte, war er sehr empört – doch kaum so zornig, wie er geworden wäre, wenn er etwas von Kitty Sharon gewußt hätte. Aber die erwähnte Jees Uck mit keinem Wort, da sie noch immer nicht daran glaubte. Sandy, der das Benehmen Neils gemein und schmutzig fand, versuchte ihr vergeblich von der Fahrt nach San Francisco abzuraten, wo Neil Bonner sich, wenn er zu Hause war, vermutlich aufhielt. Und als er sein Bestes in dieser Beziehung getan hatte, machte er ihr die Sache so leicht wie möglich, kaufte Fahrkarten für sie und begleitete sie zum Zuge, während er ihr zulächelte und »verdammte Schande« in seinen Bart murmelte.

Rasselnd und rumpelnd fuhr der Zug durch Sonnenschein und nächtliche Finsternis, schwankend und schlingernd von Sonnenaufgang bis Sonnenaufgang, bisweilen stolz in den winterlichen Schnee der Bergesgipfel steigend, dann wieder in sommerliche Täler hinuntersausend, hier am Rande der Abgründe, dort quer durch die Berge. Und dieser Zug führte Jees Uck und ihren Sohn nach dem Süden. Aber sie fürchtete sich nicht vor dem eisernen Roß, und ebensowenig ließ sie sich von der grandiosen Zivilisation von Neils Volk verblüffen. Es schien eher, als ob sie mit größerer Klarheit als zuvor erkannte, welch Wunder es war, daß ein Mann aus einer so gottähnlichen Rasse sie in seine Arme geschlossen hatte. Nicht einmal das lärmende Gewirr San Franciscos mit dem nie ruhenden Hafen, den menschenausspeienden Fabriken und dem donnernden Verkehr vermochte sie zu verwirren. Statt dessen wurde ihr bald der jämmerliche Schmutz von Twenty Miles und des nur aus Fellzelten bestehenden Toyaatdorfes klar. Und sie betrachtete den Knaben, der sich an ihre Hand klammerte, und staunte nur darüber, daß sie ihn mit einem solchen Manne empfangen hatte.

Sie zahlte dem Fuhrmann fünf Münzen und stieg dann die Stufen zu Neils Haustür hinauf. Ein schiefäugiger japanischer Diener verhandelte erst eine Zeitlang vergeblich mit ihr, dann ließ er sie ein und verschwand. Sie blieb in der Diele stehen, die ihrer einfachen Auffassung nach das Gastzimmer sein mußte – der Schauraum, in dem alle Schätze des Hauses ausgestellt waren, mit der offenen Absicht, zu paradieren und zu blenden. Wände und Decke bestanden aus getäfeltem und poliertem Rotholz. Der Boden war glatter als das glatteste Eis, und sie suchte einen festen Halt für ihre Füße auf einem der großen Pelzteppiche, die auf der gebohnerten Oberfläche eine gewisse Sicherheit gaben. Ein mächtiger Kaminplatz – ein übertrieben großer Ofen, so schien es ihr – gähnte an der Wand gegenüber. Ein Strom von Licht durchflutete, durch Glasmalerei in den Fenstern gemildert, den Raum, und in der fernsten Ecke schimmerte weiß eine marmorne Gestalt.

So viel und noch mehr hatte sie gesehen, als der schiefäugige Diener wieder erschien und sie durch einen zweiten Raum, von dem sie nur einen flüchtigen Eindruck erhielt, in einen dritten führte, aber beide verdunkelten den blendenden Eindruck, den sie von der Diele bekommen hatte. Und in ihren Augen schien es, als ob das Haus eine unendliche Menge von ähnlichen Räumen enthalten müßte. Sie waren alle so lang und so breit, und die Decke war so unbegreiflich fern. Zum erstenmal, seitdem sie die Zivilisation des weißen Mannes kennengelernt hatte, wurde sie von einem Gefühl der Ehrfurcht ergriffen. Neil, ihr Neil lebte in diesem Hause, atmete diese Luft und legte sich hier nachts zum Schlafen. Es war schön, alles, was sie hier sah, und es gefiel ihr – aber sie empfand auch die Meisterschaft und die Weisheit, die dahinter lag. Es war der konkrete Ausdruck der Macht, in die Form der Schönheit gegossen, und es war die Macht, die sie unbeirrbar ahnte. Und dann erschien eine Frau von königlichem Wuchs mit einer Glorie von Haar gekrönt, das wie eine goldene Sonne war. Es schien Jees Uck, als käme sie ihr wie eine tänzelnde Musik über stilles Gewässer entgegen. Selbst ihr wogendes Gewand war wie ein Lied, das ihr Körper durch seinen Rhythmus begleitete. Jees Uck war selbst eine Männerbezwingerin. Da waren Oshe Ish und Imego und Hah Yo und Wy Nooch, um gar nicht von Neil Bonner und John Thompson und anderen weißen Männern zu sprechen, die sie angeschaut und ihre Macht empfunden hatten. Aber sie starrte in die großen blauen Augen und auf die blütenweiße Haut dieser Frau, die auf sie zuschritt, um sie zu begrüßen, und sie musterte sie mit den Blicken einer Frau, die mit den Augen eines Mannes sehen wollte, und fühlte, wie sie als Männerbeherrscherin hinschwand und vor dieser strahlenden und blendenden Erscheinung unbedeutend wurde.

»Sie wollen meinen Mann sprechen?« fragte die Frau. Und Jees Uck schnappte nach Luft, als sie die Stimme hörte, die wie flüssiges Silber war – eine Stimme, die nie barsche Rufe an knurrende Hunde hatte schreien, sich nie einer brutalen Sprache hatte anpassen müssen und die nie durch Sturm und Kälte und Lagerrauch heiser geworden war.

»Nein«, antwortete Jees Uck langsam und unsicher, da sie sich bemühte, ihrem Englisch Ehre zu machen. »Ich bin gekommen, um Neil Bonner zu sprechen.«

»Das ist ja mein Mann«, lachte die Frau.

Dann war es also wahr! John Thompson hatte an jenem weißen Februartag, als sie so hochmütig gelacht und ihm die Tür vor der Nase zugeschlagen hatte, nicht gelogen. Wie sie einst Amos Pentley niedergeworfen und ihr Messer über ihn geschwungen hatte, so fühlte sie auch jetzt das Bedürfnis, sich auf diese Frau zu stürzen, sie zu Boden zu schleudern und ihr das Leben aus dem schönen Gesicht zu kratzen. Aber Jees Uck besann sich schnell, und Kitty Bonner merkte nichts und ließ sich nie träumen, wie nahe ihr einen Augenblick der plötzliche Tod gewesen war.

Jees Uck nickte nur, zum Zeichen, daß sie verstand, und Kitty Bonner erklärte ihr, daß Neil jeden Augenblick zu erwarten war. Dann nahmen sie Platz – auf lächerlich bequemen Stühlen –, und Kitty bemühte sich, ihre seltsame Besucherin zu unterhalten, während Jees Uck ihr Bestes tat, um ihr dabei zu helfen.

»Sie haben meinen Mann im Norden gekannt?« fragte Kitty einmal.

»Ja, gewiß, ich waschen die Wäsche«, antwortete Jees Uck. Ihr Englisch begann plötzlich grauenhaft zu werden.

»Und das ist Ihr Junge? Ich habe selbst ein kleines Mädchen.«

Kitty ließ ihr Töchterchen holen, und während die Kinder auf ihre Art schnell bekannt wurden, vertieften sich die Mütter in die übliche Unterhaltung der Mütter, während sie Tee aus Tassen tranken, die so zerbrechlich waren, daß Jees Uck fürchtete, die ihre zwischen ihren Fingern in tausend Stücke zu zerdrücken. Nie hatte sie so feine und schöne Tassen gesehen! In ihren Gedanken verglich sie sie mit der Frau, die den Tee eingoß, und als Gegensatz tauchten vor ihrem inneren Auge die Kallebassen und kleinen Schüsseln des Toyaatdorfes auf und die plumpen Humpen von Twenty Miles, mit denen sie sich selbst verglich. Und in solchen Formen und Gleichnissen stellte sich das ganze Problem in ihrer Seele dar. Sie war besiegt. Hier saß eine Frau, die ganz anders als sie befähigt war, die Kinder Neil Bonners zu gebären und zu erziehen. Wie sein Volk das ihrige übertraf, so übertrafen die Frauen seiner Art auch sie. Sie waren die Beherrscherinnen der Männer, wie diese die Beherrscher der Welt waren. Sie betrachtete die blütenweiße Zartheit von Kitty Bonners Haut und dachte daran, wie sonnengebräunt die ihrige war. Sie blickte von der weißen Hand auf ihre braune Faust – die eine war von der Arbeit geprägt und durch die Führung von Peitsche und Paddel abgehärtet, während die andere nie Arbeit gekannt und weich wie die eines Säuglings war. Aber trotz dieser Schwäche und unverkennbaren Weichheit fand Jees Uck, als sie in die blauen Augen blickte, doch denselben Herrscherwillen, den sie in den Augen Neil Bonners und in den Augen aller, die seinem Volke angehörten, gefunden hatte.

»Nein, so was – da ist ja Jees Uck!« sagte Neil, als er eintrat. Er sagte es ganz ruhig, ja, in einem Ton herzlicher Freude, als er zu ihr trat und ihr beide Hände schüttelte. Aber gleichzeitig sah er ihr mit einem unruhigen Blick, den sie verstand, in die Augen.

»Ach, Neil!« sagte sie. »Sie sehen sehr gut aus.«

»Das ist wirklich fein, Jees Uck«, antwortete er herzlich, während er Kitty heimlich mit prüfenden Blicken betrachtete, um irgendwelche Anzeichen dessen zu finden, was zwischen den beiden vorgegangen war. Und doch kannte er seine Frau gut genug, um zu wissen, daß sie es nie verraten hätte, selbst wenn das Schlimmste zwischen ihnen geschehen wäre.

»Ich kann gar nicht sagen, wie ich mich freue, Sie einmal wiederzusehen«, fuhr er fort. »Wie ist es Ihnen ergangen? Haben Sie eine Goldmine gefunden? Und wann sind Sie angekommen?«

»Oh, ich heute angekommen«, erklärte sie, und unwillkürlich kehrte sie zu den gutturalen Tönen der Heimat zurück. »Ich habe keine Mine gefunden, Neil. Sie kennen Capt'n Markheim, Unalsaska? Ich kochen lange Zeit in seinem Haus. Kein Geld ausgeben. Viel gesparen, sehr viel. Sehr gut nach Land der Bleichgesichter gehen, den-

ken ich, und sich ansehen. Sehr schön ist Land der Bleichgesichter, sehr fein«, fügte sie hinzu. Ihr Englisch ver-
wirrte ihn, denn Sandy und er hatten sich beständig bemüht, ihre Sprache zu verbessern, und sie hatte sich als
fähige Schülerin erwiesen. Jetzt schien es, als wäre sie
wieder zu ihrer Rasse gesunken. Ihr Gesicht war ausdruckslos, völlig ausdruckslos und verriet nichts. Auch
Kittys ruhige Brauen schienen ihn zu verspotten.

Was war geschehen? Wieviel war gesagt? Wieviel nur
erraten?

Während er mit diesen Problemen rang und während
Jees Uck mit den ihrigen kämpfte – nie war er ihr so
wunderbar und so groß erschienen –, herrschte Schweigen.

»Denken Sie, daß Sie meinen Mann in Alaska gekannt
haben!« sagte Kitty sanft.

Ihn gekannt! Jees Uck warf unwillkürlich einen Blick auf
den Knaben, den sie geboren hatte, und mechanisch folgten seine Augen ihrem Blick zum Fenster, wo die Kinder
spielten. Es war ihm, als ob ein eisernes Band sich um
seine Stirn preßte. Seine Knie gaben nach, und sein Herz
pochte ungestüm und schlug wie eine geballte Faust gegen
seine Brust. Sein Junge! Das hatte er sich nie träumen
lassen.

Die kleine Kitty Bonner, die in ihrem dünnen Tüllkleid-
chen und mit den rosigsten Wangen und den blauesten
tanzenden Augen wie eine Fee aussah, streckte die Arme
aus, spitzte einladend die Lippen und wollte dem Knaben
einen Kuß geben. Aber der Junge, der schmal, geschmei-
dig und sonnengebräunt war und einen ledernen Anzug
mit Haarfransen und Klunkern trug, welcher seine Verwendung auf See und bei harter Arbeit verriet, widerstand ihren Annäherungsversuchen kühl. Er hielt seinen
Körper straff und steif, so aufrecht, wie es den Kindern

wilder Völker eigentümlich ist. Er war ein Fremder in einem fremden Land, unbezwungen und ohne Furcht, und glich, wie er dastand, fast einem ungezähmten Tier: stumm und wachsam, die schwarzen Augen von Gesicht zu Gesicht funkelnd, ruhig, solange die Ruhe dauerte, aber bereit zum Sprung und Kampf, zum Würgen und Kratzen für das Leben, wenn die Anzeichen der ersten Gefahr drohten.

Der Gegensatz zwischen dem Knaben und dem Mädchen war auffallend, aber nicht Mitleid erregend. Dazu war zuviel Kraft in dem Knaben, heimatlos, wie er durch die Generationen von Schpack, Spike O'Brien und Bonner geworden war. Aber in seinen Zügen, die rein geschnitten wie eine Kamee und fast klassisch in ihrer Strenge waren, enthüllten sich die Macht und das Heldentum seines Vaters und seines Großvaters und des einen, der als »Großer Fettwanst« berühmt war, von dem Seevolk gefangengenommen wurde und nach Kamtschatka entfloh.

Neil Bonner beherrschte seine Rührung, schluckte und würgte daran, obgleich sein Gesicht gutgelaunt lächelte und die Freude zeigte, die man empfindet, wenn man einen Freund trifft.

»Ihr Junge, Jees Uck?« sagte er. Und dann wandte er sich an Kitty: »Ein reizender kleiner Kerl. Der wird mit seinen beiden Händen etwas ausrichten in der Welt.«

Kitty nickte zustimmend. »Wie heißt du?« fragte sie.

Der junge Wilde funkelte sie mit seinen schnellen Augen an, und sein Blick zögerte einen Augenblick auf ihrem Gesicht, als suchte er dort die Absicht hinter der Frage.

»Neil«, antwortete er bedachtsam, als die Untersuchung ihn befriedigt hatte.

»Das ist die Injunsprache«, fiel Jees Uck ein und erfand schnell, aus einer augenblicklichen Inspiration heraus, eine neue Sprache. »Er Injun sprechen, ni-al bedeuten ›Nußknacker‹. Er sagte: ›Ni-al, ni-al!‹ Immer er das sagte: ›Ni-al!‹ Dann ich gab ihm den Namen. So sein Name immer ›ni-al‹ gewesen.«

Nie hatten Worte einen gesegneteren Klang in den Ohren Neil Bonners gehabt als diese Lüge, die so glatt von Jees Ucks Lippen strömte. Dies war das sichere Zeichen, und er wußte jetzt, daß Kittys Brauen keinen Grund gehabt hatten, sich zu runzeln.

»Und sein Vater?« fragte Kitty. »Er muß ein schöner Mann gewesen sein.«

»O ja«, lautete die Antwort. »Sein Vater sehr schöner Mann. Sicherlich.«

»Hast du ihn gekannt, Neil?« fragte Kitty.

»Ihn gekannt? Ja, sehr«, antwortete Neil und sprang in Gedanken nach dem unheimlichen Twenty Miles und zu dem Manne zurück, der dort allein mit seiner Sehnsucht gewesen war.

Und hier sollte die Geschichte von Jees Uck eigentlich aus sein, weil sie ihrer Entsagung die Krone aufgesetzt hatte. Als sie nach dem Norden zurückkehrte, um wieder in ihrem großen Blockhaus zu leben, fand John Thompson, daß die P. C. Company doch einen Versuch machen sollte, ihre Geschäfte ohne seine Hilfe zu betreiben. Der neue Vertreter und seine Nachfolger bekamen alle den Auftrag, daß die Frau Jees Uck alle Lebensmittel und Waren, gleichgültig in welchen Mengen sie sie wünschte, haben sollte, und zwar ohne Entgelt. Außerdem zahlte die Company Frau Jees Uck eine jährliche Pension von fünftausend Dollar.

Als der Junge das geeignete Alter erreicht hatte, nahm Pater Champreau sich seiner an, und es dauerte nicht lange, so erhielt Jees Uck regelmäßig Briefe aus dem Jesuitenkollegium in Maryland. Später kamen diese Briefe aus Italien und noch später aus Frankreich. Und schließlich kehrte ein gewisser Pater Neil nach Alaska zurück, ein Mann, der dem Lande unendlich viel Gutes tat und der seine Mutter über alles liebte. Später fand er ein größeres Arbeitsgebiet und stieg zu hohem Ansehen in der Gesellschaft.

Als Jees Uck aus San Francisco nach dem Norden zurückkehrte, warfen ihr die Männer immer noch Blicke zu und begehrten sie. Aber sie lebte sehr zurückgezogen, und man hörte nie andere als anerkennende Worte über sie. Eine Zeitlang wohnte sie bei den Barmherzigen Schwestern des Heiligen Kreuzes, wo sie lesen und schreiben lernte und einige Erfahrung in praktischer Heilkunde und Krankenpflege erwarb. Danach kehrte sie in ihr großes Blockhaus zurück und versammelte die jungen Mädchen des Toyaatdorfes um sich, um ihnen die Wege zu zeigen, die sie in dieser Welt gehen mußten. Sie ist weder katholisch noch protestantisch, diese Schule in dem Hause, das Neil Bonner für Jees Uck, seine Gattin, erbaute, aber die Missionare aller Sekten betrachteten sie mit derselben Sympathie. Die Türglocke hat niemals Ruhe, und müde Goldsucher und Männer, die vom Wandern erschöpft sind, verlassen den flutenden Fluß oder die gefrorene Fährte, um einen Augenblick bei Jees Uck zu verweilen und sich an ihrem Feuer zu wärmen. Und in Kalifornien sitzt Frau Kitty Bonner und freut sich über das aufopfernde Interesse, das ihr Gatte für das Erziehungswesen in Alaska hegt und über die großen Beträge, die er dafür ausgibt. Und obgleich sie oft lächelt und spottet, ist sie in ihrem tiefsten Herzen und ganz im geheimen nur um so stolzer auf ihren Gatten.

KIESCH

Es ist sehr lange her, daß Kiesch am Rande des nördlichen Eismeeres lebte, wo er glücklich viele Jahre lang Oberhaupt seines Dorfes war. Als er reich an Ehren starb, war sein Name auf aller Lippen. Vor so langer Zeit lebte er, daß sich nur noch die alten Männer seines Namens erinnern, seines Namens und der Dinge, die sie von den Männern, die in ihrer Jugend alt waren, gehört haben und die die alten Männer kommender Geschlechter ihren Kindern und Kindeskindern in alle Ewigkeit erzählen werden. Wenn die Dunkelheit des Winters gekommen ist und die Nordstürme weit über das Packeis sausen, wenn die Luft mit fliegendem weißen Gestöber des Schnees erfüllt ist, so daß keiner sich aus dem Hause wagt, dann ist die richtige Stunde gekommen, zu berichten, wie Kiesch sich aus dem ärmsten Iglu des Dorfes zu Macht und Herrschaft über alle emporschwang.

Er war ein heller Junge, so erzählt man, gesund und stark, und er hatte damals dreizehn Sonnen gesehen, wie sie dort sagen, um die Zeit zu berechnen. Denn jeden Winter läßt die Sonne das Land in der Dunkelheit zurück; das nächste Jahr kehrt eine neue Sonne wieder, daß die Menschen aufs neue warm werden und einer das Gesicht des andern sehen kann. Der Vater Kieschs war ein sehr tapferer Mann gewesen, aber er hatte während einer großen Hungersnot seinen Tod gefunden, als er das Leben seines Volkes zu retten versuchte, indem er einen großen Eisbären tötete. In seinem Eifer geriet er ins Handgemenge mit dem Tier; seine Knochen wurden zermalmt, aber der Bär hatte viel Fleisch, und das Volk war gerettet. Kiesch war sein einziger Sohn, von jetzt an lebte er allein mit seiner Mutter. Aber das Volk vergißt schnell, und so vergaß es auch die Tat des Vaters. Da er noch ein Kind und seine Mutter nur eine Frau war, wurden auch sie beide bald vergessen; es dauerte nicht lange, so lebten sie in einem der armseligsten Iglus.

Da wurde eines Abends in dem großen Iglu Klosch Kwans, des Häuptlings, eine Ratsversammlung abgehalten. Bei dieser Gelegenheit enthüllte Kiesch das Blut, das durch seine Adern rann, und das Mannestum, das seinen Rücken aufrecht machte.

Mit der Würde eines Älteren stand er auf und wartete mitten im Geschwätz der vielen Stimmen, bis es still geworden war.

»Es ist wahr, daß mir und meiner Mutter Fleisch zugeteilt wird«, sagte er. »Aber es ist oft alt und zäh, dieses Fleisch, und außerdem hat es mehr Knochen als das Fleisch, das andere erhalten.«

Die Jäger – die ergrauten und weißhaarigen, die lustigen und jungen, waren entsetzt. Etwas Derartiges hatte man noch nie erlebt. Ein Kind, das wie ein erwachsener Mann sprach und ihnen Unannehmlichkeiten ins Gesicht sagte!

Aber Kiesch fuhr ruhig und ernst fort:

»Soviel ich weiß, war mein Vater, Bok, ein großer Jäger. So sage ich. Man hat mir erzählt, daß Bok allein mehr Fleisch heimbrachte als zwei der besten Jäger zusammen. Daß er selbst die Verteilung des Fleisches überwachte und mit eigenen Augen darauf achtete, daß selbst die geringste alte Frau und der geringste alte Mann ihren vollen Anteil erhielten.«

»Das ist zuviel!« riefen die Männer. »Bringt das Kind zu

Bett! Werft das Kind hinaus! Es ist kein erwachsener Mann, der zu Männern reden darf.«

Er wartete ruhig, bis die Erregung sich gelegt hatte.

»Du hast eine Frau, Ugh Gluk«, sagte er. »Und für sie darfst du sprechen. Du auch, Massuk, eine Mutter dazu und darfst für beide sprechen. Meine Mutter hat niemand als mich. Deshalb rede ich. Wie ich sage, finde ich es richtig, daß ich, der Sohn Boks und Ikiegas, die meine Mutter ist und seine Frau war, reichlichen Anteil am Fleisch haben soll, solange es reichlich Fleisch im Stamme gibt, weil Bok auf allzu kühner Jagd gestorben ist. Ich, Kiesch, der Sohn Boks, habe gesprochen.«

Er setzte sich; seine Ohren lauschten aufmerksam und eifrig auf den Sturm von Einspruch und Entrüstung, den seine Worte hervorgerufen hatten.

»Daß ein Knabe in der Ratsversammlung sprechen darf!« knurrte der alte Ugh Gluk.

»Sollen die Säuglinge auf den Armen der Mütter uns Männern erzählen, was wir zu tun haben?« fragte Massuk mit lauter Stimme. »Bin ich ein Mann, den ein Kind, das nach Essen wimmert, zum Narren halten darf?«

Der Zorn stieg allmählich bis zur Siedehitze. Sie befahlen Kiesch, schlafen zu gehen, drohten ihm, daß er überhaupt kein Fleisch mehr bekommen solle, und versprachen ihm blutige Prügel für seine Anmaßung. Kieschs Augen begannen zu funkeln; das Blut unter seiner Haut pochte hart. Inmitten der Verwirrung sprang er wieder auf.

»Hört mich, ihr Männer!« rief er. »Nie mehr werde ich in der Ratsversammlung sprechen, nie mehr, bevor die Männer zu mir kommen und sagen: ›Es ist gut, Kiesch, wenn du zu uns sprichst, es ist gut, und es ist unser Wunsch.‹ Nehmt dies, ihr Männer, als mein letztes Wort. Bok, mein Vater, war ein großer Jäger. Auch ich, sein Sohn, werde gehen und selbst das Fleisch erbeuten, das ich esse. Jetzt gleich mögt ihr wissen, daß die Verteilung des Fleisches, das ich erbeute, gerecht sein soll. Keine Witwe und kein Kranker darf des Nachts weinen, weil sie kein Fleisch haben, solange es starke Männer gibt, die in großem Unbehagen stöhnen, weil sie zuviel gegessen haben. In kommenden Tagen soll es als Schande gelten, wenn kräftige Männer zuviel gegessen haben. Ich, Kiesch, habe gesprochen . . .«

Spott und verächtliches Lachen begleiteten ihn, als er den Iglu verließ, aber sein Mund war fest geschlossen. Als er ging, sah er weder nach rechts noch nach links.

Am nächsten Tage ging er die Küste entlang, dorthin, wo Eis und Land sich treffen. Wer ihn gehen sah, bemerkte, daß er seinen Bogen und eine stattliche Anzahl Pfeile mit knöchernen Spitzen trug. Auf seiner Schulter lag der große Jagdspeer seines Vaters. Es wurde über dies Ereignis viel gelacht und sehr viel geredet. Das war etwas ganz Neues. Noch nie waren Knaben seines Alters auf die Jagd gegangen, und noch dazu allein. Man schüttelte auch die Köpfe und murmelte böse Prophezeiungen; die Frauen sahen Ikiega mitleidig an. Ihr Gesicht war ernst und traurig.

»Es wird nicht lange dauern, so kehrt er zurück«, sagten sie ermutigend.

»Laßt ihn gehen, es wird ihm eine gute Lehre sein«, sagten die Jäger. »Er wird auch bald wiederkommen, in kommenden Tagen wird seine Rede bescheidener und sanft sein.«

Aber ein Tag verging und noch einer, und am dritten wehte ein wilder Sturm, und noch immer war kein Kiesch zurückgekommen. Ikiega raufte sich das Haar und schmierte sich Ruß von Seehundsöl ins Gesicht zum Zeichen ihrer großen Trauer. Die Frauen griffen die Männer mit bitteren Worten an, weil sie den Knaben schlecht behandelt und in den Tod geschickt hatten. Die Männer konnten nichts antworten und schickten sich an, den Knaben zu suchen, sobald der Sturm nachgelassen hatte.

Aber am nächsten Morgen kam Kiesch wieder ins Dorf zurück. Er kam durchaus nicht mit Schamröte auf den Wangen. Auf seiner Schulter trug er eine schwere Last von frisch erbeutetem Fleisch. In seinen Schritten war Gewichtigkeit, in seiner Rede Kühnheit.

»Geht, ihr Männer, mit euren Hunden und Schlitten auf meiner Fährte. Es wird die beste Arbeit eures Tages sein«, sagte er. »Denn es ist noch viel Fleisch draußen auf dem Eise, von einer Bärin und zwei halbwüchsigen Jungen.«

Ikiega strömte vor Freude über, aber er nahm ihre Äußerungen männlich entgegen und sagte:

»Komm, Ikiega, laß uns essen gehen. Dann will ich schlafen, denn ich bin sehr müde.«

Er trat in ihr Iglu und aß gewaltig; dann schlief er zwanzig Stunden hintereinander.

Zuerst hegte man Zweifel, sehr viele Zweifel, und es wurde eifrig hin und her geredet. Das Töten eines Eisbären ist sehr gefährlich, aber dreimal so gefährlich ist es, eine Bärenmutter mit ihren Jungen zu erlegen. Die Männer konnten sich nicht zu dem Glauben durchringen, daß der Knabe Kiesch ganz allein ein solches Wunder verrichtet hätte. Aber die Frauen erzählten von dem frischen Fleisch, das er auf seinem Rücken mitgebracht hatte, und das war natürlich ein überwältigender Grund gegen das allzu große Mißtrauen. Schließlich brachen die Männer auf. Sie murmelten eifrig, wenn es sich wirklich so verhielte, dann hätte er jedenfalls aller Wahrscheinlichkeit nach vergessen, die Tiere zu zerlegen. Nun ist es im äußersten Norden sehr wichtig, daß dies gleich nach dem Töten geschieht, denn sonst gefriert das Fleisch so gründlich, daß selbst die Spitze des besten Messers sich verbiegt.

Es ist auch keine leichte Arbeit, einen steifgefrorenen Bären von dreihundert Pfund auf einen Schlitten zu laden und über die rauhe Eisfläche zu ziehen. Als sie aber die Stelle erreicht hatten, fanden sie nicht nur die Beute, an der sie ja schon gezweifelt hatten, sondern mußten auch feststellen, daß Kiesch die Tiere auf richtige Jägerart zerlegt und sogar ausgenommen hatte.

So begann das Geheimnis um Kiesch – ein Geheimnis, das mit der Zeit immer tiefer und tiefer wurde. Auf seinem nächsten Ausfluge tötete er einen fast ausgewachsenen jungen Bären; auf dem übernächsten einen großen Bären und seine Bärin. Meistens war er drei bis vier Tage fort, aber es war durchaus nichts Ungewöhnliches, daß er eine ganze Woche auf den Eisfeldern blieb. Stets lehnte er es ab, sich an allgemeinen Jagdreisen zu beteiligen, und das ganze Volk wunderte sich.

»Wie macht er es denn?« fragten sie einander. »Er nimmt niemals Hunde mit, die doch so nützlich sind.«

»Warum jagst du nur Bären«, wagte Klosch Kwan einmal zu fragen.

Kiesch gab eine befriedigende Antwort:

»Es ist allgemein bekannt«, sagte er, »daß der Bär das meiste Fleisch hat.«

Man sprach aber im Dorfe auch von Zauberei.

»Er geht mit bösen Geistern auf die Jagd«, behaupteten einige. »Deshalb hat er soviel Erfolg. Wie wäre es sonst möglich, wenn er nicht mit bösen Geistern auf die Jagd ginge?«

»Vielleicht sind es keine bösen, sondern gute Geister«, sagten andere. »Es ist ja bekannt, daß sein Vater ebenfalls ein mächtiger Jäger war. Vielleicht jagt sein Vater mit ihm, damit er sich auszeichnet? Wer kann das wissen?«

Bei alledem blieb sein Glück unabänderlich, und die weniger tüchtigen Jäger hatten oft genug zu tun, um seine

Beute ins Dorf zu schleppen. Bei der Verteilung war er immer sehr gerecht. Wie sein Vater vor ihm getan, so trug auch er Sorge dafür, daß selbst die geringste alte Frau und der geringste alte Mann ihren gerechten Anteil erhielten. Er selbst nahm nicht mehr, als sein Bedarf es erforderte. Und teils dieserhalb, teils wegen seiner Verdienste als Jäger betrachtete man ihn mit Achtung und sogar mit Verehrung. Man sprach bereits davon, ihn nach dem Tode des alten Klosch Kwan zum Häuptling des Dorfes zu machen. Wegen der Taten, die er vollbracht hatte, wollten sie ihn gern wieder in der Ratsversammlung haben, aber er ging nie hin, und sie schämten sich, ihn zu bitten.

»Ich habe die Absicht, mir ein Iglu zu bauen«, sagte er eines Tages zu Klosch Kwan und einigen andern Jägern. »Es soll ein großes Iglu sein, in dem Ikiega und ich behaglich wohnen können.«

»Hm«, nickten die andern ernst.

»Aber ich habe keine Zeit dazu. Meine Arbeit ist die Jagd, sie beansprucht meine ganze Zeit. Deshalb finde ich es nur gerecht, daß die Männer und Frauen dieses Dorfes, die mein Fleisch essen, auch mein Iglu bauen.«

Das Iglu wurde gebaut – nach einem großzügigen Maßstab, so daß es sogar größer wurde als das Iglu Klosch Kwans. Kiesch und seine Mutter bezogen es, und dies war der erste Wohlstand seit Boks Tod, dessen sie sich erfreuen konnte. Es war in diesem Falle nicht nur ein materieller Erfolg, denn dank ihrem wunderbaren Sohne und der Stellung, die er ihr geschaffen hatte, war sie jetzt als die erste Frau des ganzen Dorfes angesehen. Die Frauen begannen sie zu besuchen, fragten sie um Rat und gaben Ikiegas Weisheit wieder, wenn irgendwelche Fragen unter ihnen oder mit den Männern besprochen wurden.

Was aber aller Gedanken hauptsächlich beschäftigte, war das Geheimnisvolle an dem wunderbaren Jagdglück

Kieschs. Eines Tages beschuldigte ihn Ugh Gluk offen der Zauberei.

»Man bezichtigt dich«, sagte Ugh Gluk anzüglich, »daß du mit Geistern verkehrst und deshalb soviel Glück auf der Jagd hast.«

»Ist das Fleisch nicht gut?« fragte Kiesch. »Ist jemand im Dorfe krank geworden, weil er davon gegessen hat? Wie kannst du wissen, ob Zauberei im Spiele ist? Oder sprichst du nur ins Blaue hinein, weil dich der Neid verzehrt?«

Ugh Gluk nahm die Behauptung verwirrt zurück, und die Frauen lachten ihn aus, als er ging. Aber im Rate wurde eines Abends nach langem Hinundhergerede beschlossen, ihn, wenn er nächstes Mal auf die Jagd ging, zu beobachten, um seine Methode kennenzulernen. Bei seinem nächsten Ausflug gingen zwei junge Männer, Bim und Baun, die zu den besten Jägern gehörten, ihm deshalb nach; sie hüteten sich aber sehr, daß er sie nicht entdeckte. Nach fünf Tagen kehrten sie wieder zurück. Die Augen traten ihnen fast aus den Höhlen; ihre Zungen zitterten vor Eifer zu erzählen, was sie gesehen hatten. Der Rat trat sehr schnell in der Hütte von Klosch Kwan zusammen, und Bim begann seinen Bericht.

»Brüder! Wie befohlen, begaben wir uns auf die Fährte Kieschs und wanderten vorsichtig, damit er uns nicht sähe. Schon am Mittag des ersten Tages stieß er auf einen großen Bären. Es war ein sehr großer Bär.«

»Ein unerhört großer Bär«, verbesserte Baun und erzählte darauf selbst weiter. »Aber der Bär hatte keine Lust zu kämpfen, er machte kehrt und zog sich langsam über das Eis zurück. Dies sahen wir von den Klippen der Küste aus. Der Bär kam auf uns zugelaufen, Kiesch verfolgte ihn sehr unerschrocken. Er rief dem Bären grobe Worte nach, schwenkte die Arme und machte einen furchtbaren Lärm. Da wurde der Bär schließlich zornig, stellte sich auf die

Hinterbeine und knurrte. Aber Kiesch ging dem Bären aufrecht entgegen.«

»Ja«, setzte Baun den Bericht fort, »Kiesch ging geradewegs auf den Bären los. Der Bär ging auf ihn los, da lief Kiesch weg. Im Laufen aber ließ er einen kleinen runden Ball auf das Eis fallen. Der Bär blieb stehen, schnupperte daran und verschlang ihn dann. Kiesch lief immer weiter und ließ kleine Bälle fallen, und der Bär verschlang sie alle.«

Man hörte Ausrufe und Äußerungen des Zweifels, Ugh Gluk verhehlte nicht sein Mißtrauen.

»Das haben wir mit unseren eigenen Augen gesehen«, bestätigte Bim.

»Ja, mit unseren eigenen Augen«, sagte Baun. »So ging es weiter, bis der Bär plötzlich auf den Hinterbeinen stand, vor Schmerz laut aufschrie und wie ein Wahnsinniger mit den Vorderpranken um sich schlug. Und Kiesch lief über das Eis in sicherer Entfernung immer weiter. Aber der Bär kümmerte sich nicht um ihn, da er genug mit dem Schlimmen zu tun hatte, was die kleinen Bälle ihm antaten.«

»Ja, ihm antaten«, unterbrach Bim. »Denn er kratzte sich und warf sich wie ein spielendes Hündchen auf dem Eise herum, nur ging aus der Art, wie er knurrte und kreischte, hervor, daß es kein Spiel, sondern Schmerz war. Nie habe ich etwas Ähnliches gesehen.«

»Nein, nie hat man etwas Ähnliches gesehen«, nahm Baun den Faden wieder auf. »Außerdem war es ein gewaltiger Bär.«

»Zauberei«, meinte Ugh Gluk.

»Ich weiß nicht«, antwortete Baun. »Ich berichte nur, was meine Augen gesehen haben. Nach einer Weile wurde der Bär schwach und müde, denn er war sehr schwer und mit ungeheurer Heftigkeit herumgesprungen. Er lief das

Küsteneis entlang und schüttelte den Kopf bald nach der einen, bald nach der anderen Seite und setzte sich immer wieder hin und schrie und weinte. Kiesch verfolgte den Bären, und wir verfolgten Kiesch. Wir folgten ihm an diesem Tag und noch drei Tage. Der Bär wurde immer schwächer und hörte nicht mehr auf, vor Schmerz zu schreien.«

»Es war Zauberei«, rief Ugh Gluk.

»Es war ganz sicher Zauberei.«

»Vielleicht ist es Zauberei gewesen.«

Und Bim sprach an Bauns Statt weiter:

»Der Bär wanderte bald diesen, bald jenen Weg hin und her, vorwärts und rückwärts, immer im großen Kreise, so daß er schließlich wieder an die Stelle kam, wo Kiesch ihn zuerst getroffen hatte. Jetzt war er sehr krank, der Bär, und konnte nicht mehr weiter, so daß Kiesch ganz nahe an ihn heranging und ihn mit dem Speere tötete.«

»Und dann?« fragte Klosch Kwan.

»Dann verließen wir Kiesch, während er den Bären abzog, und liefen hierher, um zu berichten, wie der Bär erlegt wurde.«

Im Laufe desselben Nachmittags, während die Männer noch in der Ratsversammlung saßen, brachten die Frauen das Fleisch des Bären nach dem Dorfe. Als Kiesch heimkam, wurde ihm ein Bote geschickt, um ihn in die Ratsversammlung zu rufen. Aber er ließ antworten, daß er hungrig und müde sei. Im übrigen wäre sein Iglu auch groß genug, um viele Leute aufzunehmen.

So groß war die Neugierde, daß der ganze Rat mit Klosch Kwan an der Spitze aufstand und sich nach dem Iglu von Kiesch begab. Der saß gerade beim Essen, aber er empfing sie alle mit der gebührenden Ehrfurcht und wies ihnen die ihrem Range entsprechenden Plätze an. Ikiega war abwechselnd stolz und verlegen, Kiesch aber war sehr ruhig.

Klosch Kwan gab den Bericht Bims und Bauns wieder, und als er geendet hatte, sagte er mit barscher Stimme:
»Wir wünschen also jetzt eine Erklärung, Kiesch, wie du jagst. Ist Zauberei dabei?«
Kiesch sah auf und lächelte.
»Nein, Klosch Kwan. Es steht einem Knaben nicht zu, mit Hexen und Zauberern Verkehr zu pflegen, und ich selbst kenne keine Zaubersprüche. Ich habe mir nur ein Mittel ausgedacht, mit dem ich die Eisbären ganz leicht töten kann – das ist alles. Es ist Kopfkraft, nicht Zauberkraft.«
»Kann jeder es machen?«
»Jeder.«
Es herrschte eine lange Stille. Die Männer sahen sich an, während Kiesch ruhig weiteraß.
»Und . . . und . . . und willst du es uns mitteilen, Kiesch?« fragte Klosch Kwan schließlich mit zitternder Stimme.
»Ich kann es euch gerne erzählen.« Kiesch legte den Markknochen, den er ausgesogen hatte, fort und stand auf. »Es ist sehr einfach. Hört also!«
Er nahm einen kleinen Fischbeinsplitter und zeigte ihn ihnen. Beide Enden waren scharf wie Nadelspitzen. Dann rollte er ihn zusammen, bis er ganz in seiner Hand verschwand. Als er das Fischbein dann plötzlich wieder losließ, schnellte es sofort wieder auseinander. Hierauf holte er ein Stück Walspeck hervor.
»So«, sagte er. »Man nimmt ein kleines Stück Walspeck auf diese Weise, und höhlt es so aus. Dann legt man das Fischbein, so, sorgfältig zusammengerollt, in die Höhlung und tut noch ein Stück Walspeck darüber. Dann legt man es in die Kälte, bis es zu einem kleinen Ball gefriert. Der Bär verschlingt den kleinen Ball, das Fett schmilzt, das Fischbein mit seinen scharfen Enden schnellt auseinander, der Bär wird krank. Wenn er sehr krank geworden ist,

nun, dann tötet man ihn mit einem Speer. Es ist sehr einfach.«

Ugk Gluk sagte: »Oh!«, und Klosch Kwan sagte: »Ah!«
Alle anderen sagten etwas Ähnliches, jeder auf seine Art.
Und alle verstanden, wie es gemacht wurde.

Dies ist die Geschichte von Kiesch, der vor vielen Jahren
am Rande des nördlichen Eismeeres lebte. Weil er die
Kraft seiner Gedanken und nicht jene der Zauberei übte,
stieg er aus dem einfachsten Iglu zum Häuptling seines
Dorfes empor. Es wird berichtet, daß sein Stamm all die
vielen Jahre, die er lebte, erfolgreich und glücklich war.
Weder die Witwen noch die Kranken brauchten nachts zu
weinen, weil sie nichts zu essen hatten.

Das Unbegreifliche

In der Umgebung, in der Edith Whittlesey lebte, geschah nichts. Man konnte es wirklich kaum ein Ereignis nennen, daß sie im Alter von fünfundzwanzig Jahren ihre Herrin auf einer Reise nach den Vereinigten Staaten begleitete. Das Gleis änderte lediglich seine Richtung. Es war aber immer noch dasselbe gut geschmierte Gleis. Es war ein Gleis, das den Atlantischen Ozean mit Belanglosigkeit überbrückte, so daß das Schiff kein Schiff mitten auf dem Meere war, sondern zu einem umfangreichen Hotel mit vielen Korridoren wurde, das sich schnell und angenehm bewegte und die Wogen mit seiner ungeheuren Masse zur Unterwerfung zwang, bis das Meer nur noch als ein Mühlenteich erschien, der in seiner stillen Behäbigkeit eintönig wirkte. Jenseits des Teiches lief das Gleis weiter quer durch das Land – ein gut gelegtes, einwandfreies Gleis, das an jeder Station für Hotels und zwischen den Stationen für rollende Hotels Sorge trug.

Während ihre Herrin in Chicago sich die eine Seite des sozialen Lebens ansah, lernte Edith Whittlesey die andere kennen. Und als sie den Dienst ihrer Herrin verließ und Frau Edith Nelson wurde, verriet sie – wenn auch nur ganz leise –, daß sie fähig war, das Unbegreifliche zu erfassen und zu meistern. Hans Nelson, ein Einwanderer, von Geburt Schwede und von Beruf Zimmermann, hatte jene Unrast in sich, welche die nordische Rasse auf ihrer großen Abenteurerfahrt immer weiter vorwärts treibt. Er war ein Mann mit gewaltigen Muskeln, war ein wenig beschränkt; aber seine karge Phantasie verband sich mit einer ungeheuren Entschlußkraft. Dazu waren seine Rechtlichkeit und sein Gemüt ebenso gut entwickelt wie sein Körper.

»Ich habe schwer gearbeitet und mir ein bißchen Geld zurückgelegt. Ich werde nach Colorado gehen«, hatte er am Tage nach der Hochzeit zu Edith gesagt. Ein Jahr darauf waren sie in Colorado, wo Hans Nelson zum erstenmal eine Goldmine sah und selbst das Goldfieber bekam. Sein Suchen nach Gold führte ihn durch Dakota, Idaho und das östliche Oregon bis in die Berge Britisch-Kolumbiens. Im Lager und unterwegs blieb Edith Nelson immer bei ihm und teilte sein Glück, seine Entbehrungen und seine Arbeit. Der kurze Schritt der Frau, die sich nur im Hause bewegt, hatte dem weitausholenden Gang des Gebirglers weichen müssen. Sie lernte es, der Gefahr mit klaren, offenen Augen entgegenzusehen, und hatte ein für allemal die panische Angst verloren, die, ein Kind der Unwissenheit, die Städter so leicht packt und sie so töricht wie störrische Pferde macht, so daß sie in starrem Grauen ihr Verhängnis erwarten, statt es zu bekämpfen, oder in blinder, selbstvernichtender Furcht wild davonstürzen, so daß der Weg mit ihren zermalmten Leibern gepflastert wird.

Edith Nelson begegnete an jeder Wegbiegung dem Unbegreiflichen und übte ihren Blick, so daß sie in der Landschaft nicht mehr das Selbstverständliche, sondern das Verborgene sah. Sie, die nie in ihrem Leben gekocht hatte, lernte ohne Verwendung von Hefe oder Backpulver Brot zu backen und in einer Bratpfanne über offenem Feuer Zwieback zu bereiten. Und als die letzte Tasse Mehl und die letzte Speckschwarte verzehrt waren, war sie imstande, dem Bedürfnis des Augenblicks zu entsprechen und

aus Mokassins und weichgegerbtem Leder einen Proviant-
ersatz zu machen, der bis zu einem gewissen Grade
den Mann seelisch aufrechthielt und ihm ermöglichte,
weiterzuwanken. Sie lernte es auch, einem Pferd oder
einem Menschen das Gepäck auf die beste Weise auf den
Rücken zu legen – eine Arbeit, die jeden Städter zur Verzweiflung bringen und seinen Stolz vollkommen vernich-
ten kann. Sie wußte, wie man für jede Art eben die Knoten knüpft, die sich für den besonderen Fall am besten
eignen. Sie verstand auch, mitten im strömenden Regen
Feuer aus feuchtem Holz zu machen, ohne dabei ihre gute
Laune zu verlieren. Kurz, sie meisterte das Unerwartete
in all seinen mannigfaltigen Gestalten. Aber das ganz
große Unerwartete sollte erst jetzt in ihr Leben eintreten
und ihr seinen Stempel aufprägen.

Die Flut der Goldsucher strömte nämlich nordwärts nach
Alaska, und es war natürlich ganz unvermeidlich, daß
Hans Nelson und seine Frau von der gewaltigen Strö-
mung gepackt und nach Klondike geschleudert wurden.
Der Herbst 1897 fand sie beide in Dyea; aber sie hatten
nicht Geld genug, um sich die nötige Ausrüstung für die
Fahrt über den Chilcootpaß zu beschaffen und sie nach
Dawson flößen zu lassen. Hans Nelson arbeitete deshalb
diesen Winter in seinem alten Beruf und half, die aus dem
Boden emporschießende Stadt Skaquay zu bauen.

Er befand sich den ganzen Winter auf dem Sprunge und
hörte immer den Ruf Alaskas. Die Satuya-Bucht rief am
lautesten, so daß der Sommer 1898 ihn und seine Frau in
langen Siwash-Kanus am Labyrinth der verzwickten Küste landen sah. Sie hatten Indianer und noch drei andere
Männer bei sich. Die Indianer setzten sie und ihre Vorräte
in einer einsamen Bucht, ungefähr hundert Meilen jenseits
der Latua-Bucht, an Land und kehrten dann nach Skaquay
zurück. Aber die drei anderen Männer blieben als Mit-

glieder der kleinen organisierten Schar. Jeder hatte einen gleichen Betrag für die Ausrüstung beigesteuert, und der Gewinn sollte gleichmäßig zwischen ihnen geteilt werden. Innerhalb dieser Gruppe hatte Edith Nelson das Kochen für die Gesellschaft übernommen, wofür ihr der Anteil eines Mannes zustand.

Zuerst fällten sie Fichten und bauten eine Hütte mit drei Zimmern. Es war Edith Nelsons Arbeit, diese Hütte in Ordnung zu halten. Die Männer sollten das Gold suchen – und das taten sie auch. Sie sollten das Gold finden – auch das taten sie. Es war kein verblüffender Fund, nur eine minderwertige Grube, wo sie nach langen Stunden schweren Schuftens fünfzehn bis zwanzig Dollar pro Tag und Mann verdienten. Der kurze Sommer Alaskas dauerte diesmal länger als gewöhnlich. Sie nahmen diesen Zufall wahr und warteten mit ihrer Rückkehr nach Skaquay so lange wie möglich. Dann aber war es zu spät geworden. Sie hatten beabsichtigt, die einige Dutzend starke Schar Indianer, die ihre herbstliche Geschäftsreise die Küste hinab machten, zu begleiten. Die Siwashs hatten auch bis zur zwölften Stunde auf die Weißen gewartet, dann aber abfahren müssen. Der Gesellschaft blieb deshalb nichts übrig, als eine zufällige Reisegelegenheit abzuwarten. In der Zwischenzeit wurde die Grube ausgebessert und Brennholz auf Lager gelegt.

Der Spätsommer hatte geträumt und gesäumt, bis der Winter sie ganz unerwartet, mit der Plötzlichkeit des wilden Büffels, überfiel. Er war in einer einzigen Nacht da, und als die Goldsucher aufwachten, heulte der Wind, stob der Schnee, gefror das Wasser. Ein Sturm folgte dem andern; zwischen den Stürmen herrschte eine Stille, die nur von dem Brüllen der Brandung gegen den öden Strand unterbrochen wurde, wo die salzigen Spritzer die Küste mit schneeweißem Eis umsäumten.

In der Hütte ging alles gut. Ihr Goldstaub hatte einen Gesamtwert von ungefähr achttausend Dollar erreicht. Sie konnten zufrieden sein. Die Männer verfertigten Schneeschuhe, gingen auf die Jagd, um frisches Fleisch für die Speisekammer zu beschaffen, und an langen Abenden spielten sie endlose Partien Whist oder Pedro. Jetzt, da die Minenarbeit vorbei war, überließ Edith Nelson das Feuermachen und das Tellerabwaschen den Männern, während sie die Socken stopfte und Kleider instand setzte.

Es gab keine schlechte Laune, keine Verdrießlichkeit, keinen kleinlichen Zank in der engen Hütte, und sie beglückwünschten sich oft zu dem allgemeinen Erfolg ihrer Arbeit. Hans Nelson war nicht sehr begabt, aber umgänglich. Edith hatte schon längst seine unbegrenzte Bewunderung für ihre Fähigkeit, mit anderen Menschen umzugehen, gewonnen. Harkey, ein langer, magerer Texaner, war für einen Mann mit melancholischem Temperament außergewöhnlich freundlich und ein angenehmer Gesellschafter, solange man nur seine Theorie, daß das Gold »wüchse«, nicht angriff. Das vierte Mitglied der Gesellschaft, Michael Dennin, trug mit seinem irischen Witz sehr zu der guten Stimmung in der Hütte bei. Er war ein großer, kräftiger Mann, neigte bei den geringsten Kleinigkeiten zu plötzlichen Zornesausbrüchen, trotzdem verlor er nie seine gute Laune. Dutchy, der fünfte und letzte, war die freiwillige Zielscheibe für alle Witze der Gesellschaft. Er machte sich sogar selbst anheischig, auf eigene Kosten Lachen zu erregen, wenn es galt, die gute Stimmung zu erhalten. Sein wohlüberlegtes Ziel in dieser Welt schien es zu sein, Lachen hervorzurufen. Kein einziger ernster Streit hatte den Frieden bisher gestört. Und jetzt, da jeder sechzehnhundert Dollar als Lohn für die Arbeit eines kurzen Sommers erzielt hatte, herrschte unter ihnen der zufriedene, satte Geist des Erfolges.

Da erfolgte das vollkommen Unbegreifliche. Sie hatten sich eben an den Frühstückstisch gesetzt. Edith und Hans saßen an den beiden Schmalseiten des Tisches, an der einen Längsseite Harkey und Dutchy, so daß sie der Tür den Rücken kehrten. Der Platz auf der anderen Seite war frei; denn Dennin war noch nicht erschienen.

Hans Nelson blickte den leeren Stuhl an, schüttelte langsam den Kopf und sagte mit einem schwerfälligen Versuch, witzig zu sein:

»Er ist sonst immer der erste beim Essen. Das ist höchst sonderbar! Ob er krank ist?«

»Wo ist Michael?« fragte Edith.

»Etwas früher aufgestanden als wir und schon ausgegangen«, antwortete Harkey.

Dutchys Gesicht strahlte vor spöttischer Lustigkeit. Er behauptete, den Grund von Dennins Abwesenheit zu kennen, und gab sich ein höchst geheimnisvolles Aussehen, während die anderen eine Erklärung verlangten. Nachdem Edith einen Blick in das Schlafzimmer der Männer geworfen hatten, setzte sie sich wieder an den Tisch. Hans warf ihr einen fragenden Blick zu, aber sie schüttelte den Kopf.

»Er ist noch nie zu spät zu den Mahlzeiten gekommen«, meinte sie.

»Ich verstehe es nicht«, sagte Hans. »Er hat doch immer einen Appetit wie ein Wolf.«

»Es ist sehr schlimm«, sagte Dutchy, traurig den Kopf schüttelnd.

Sie begannen sich über die Abwesenheit ihres Kameraden lustig zu machen.

»Es ist sehr, sehr traurig«, erklärte Dutchy.

»Was denn?« riefen alle im Chor.

»Der arme Michael!« lautete die sehr sorgenvolle Antwort.

»Nun, sag doch schon, was eigentlich mit Michael los ist!«
rief Harkey.

»Er ist nicht mehr hungrig«, jammerte Dutchy. »Er hat
seinen Appetit verloren. Er liebt das Essen nicht mehr.«

»Wenn man sieht, wie er sich sonst bis über die Ohren in
den Teller vertieft, scheint das doch nicht zu stimmen«,
meinte Harkey.

»Das tut er ja nur, um nicht unhöflich gegen Frau Nelson
zu sein«, gab Dutchy schnell zurück. »Ich weiß Bescheid.
Warum ist er nicht da? Weil er weggegangen ist. Warum
ist er weggegangen? Um sich Appetit zu machen. Wie
macht er sich Appetit? Indem er barfuß im Schnee herum-
läuft. Ach, soll ich das nicht wissen? So machen es die reichen Leute. Die laufen auch herum, wenn sie keinen
Appetit mehr haben. Michael ist der unglückliche Besitzer
von sechzehnhundert Dollar. Er gehört also zu den reichen Leuten. Er hat keinen Appetit mehr. Deshalb jagt er
jetzt nach Appetit. Macht nur die Tür auf, und ihr werdet
sehen, wie er barfuß draußen im Schnee herumspaziert.
Nein, seinen Appetit werdet ihr nicht sehen! Das ist es ja
eben, was ihn traurig macht. Wenn er den Appetit findet,
wird er sofort zum Frühstück erscheinen.«

Sie brachen in fröhliches Lachen über den Unsinn aus, den
Dutchy redete. Kaum war es verklungen, als die Tür sich
öffnete und Dennin eintrat. Alle wandten sich nach ihm
um. Er hatte ein Gewehr in der Hand. Im selben Augenblick, als sie hinsahen, legte er das Gewehr auch schon an
und feuerte zweimal. Beim ersten Schuß fiel Dutchy über
den Tisch, so daß er seine Kaffeetasse umwarf. Sein gelber Haarschopf fiel in den Teller mit dem Elchfleisch.
Seine Stirn wurde gegen den Rand des Tellers vor ihm gedrückt und preßte ihn gegen sein Haar, so daß er einen
Winkel von fünfundvierzig Grad bildete. Harkey war
aufgesprungen, als der zweite Schuß ihn traf und er vorn-

über zu Boden stürzte, während der Ausruf »Mein Gott!« in seiner Kehle erstickte.

Dies war das Unbegreifliche. Hans und Edith waren wie betäubt. Sie saßen noch am Tisch. Ihre Körper waren gestrafft, ihre Augen wie gebannt auf den Mörder gerichtet. Sie sahen ihn nur undeutlich durch den Pulverrauch. Und in der Stille war nichts zu hören als das Tröpfeln von Dutchys Kaffee auf den Boden. Dennin öffnete das Magazin, daß die leeren Hülsen heraussprangen. Während er das Gewehr mit einer Hand hielt, steckte er die andere in die Tasche, um neue Munition hervorzuholen.

Er wollte gerade die Patronen in das Magazin schieben, als Edith Nelson zur Tat schritt. Ganz offensichtlich hatte er die Absicht, sie und Hans zu töten. Vielleicht drei Sekunden lang war sie von der furchtbaren und unfaßbaren Gestalt, in der das Unbegreifliche auftrat, verwirrt und gelähmt gewesen. Dann raffte sie sich auf und begann den Kampf. Sie kämpfte schwer. Wie eine Katze sprang sie auf den Mörder los und packte mit beiden Händen sein Halstuch. Ihr Körpergewicht ließ ihn einige Schritte zurücktaumeln. Er versuchte sie abzuschütteln, ohne sein Gewehr dabei loszulassen. Es war unbequem und unklug, denn ihr kräftiger Körper war wirklich wie der einer Katze. Sie warf sich seitwärts und schleuderte ihn durch ihren Griff nach seiner Kehle fast zu Boden. Er richtete sich auf und machte eine blitzschnelle Drehung. Sie hielt ihn immer noch fest, aber ihr Körper wurde mitgeschwenkt, so daß ihre Füße den Boden nicht mehr berührten – er schleuderte sie durch die Luft, obgleich er durch den Griff ihrer Hände fast erwürgt wurde. Es endete damit, daß sie gegen einen Stuhl schlug. Mann und Frau stürzten zu Boden, wo sie sich in wildem Kampf durch den halben Raum wälzten.

Hans Nelson brauchte eine halbe Sekunde länger als seine

Frau, um sich zu fassen. Seine Nerven und sein Gehirn arbeiteten nicht so schnell wie die ihrigen. Sein Organismus war derber; er brauchte deshalb eine Sekunde länger, um zu verstehen, einen Entschluß zu fassen und zur Tat zu schreiten. Schon ehe Hans aufsprang, war sie auf Dennin losgeflogen und hatte ihn an der Kehle gepackt. Aber Hans besaß ihre kühle Beherrschung nicht. Er befand sich in blinder Raserei, war in wahre Berserkerwut geraten. Im selben Augenblick, als er von seinem Stuhl aufstand, öffnete sich auch sein Mund und stieß ein Geräusch aus, das halb ein Brüllen, halb ein Bellen war. Die beiden Körper wirbelten schon durch den Raum. Immer noch brüllend und bellend beobachtete er sie. Als sie dann zu Boden stürzten, ging er zum Angriff über.

Hans warf sich auf den Liegenden und schlug mit seinen Fäusten wie ein Wahnsinniger auf Michael ein. Es waren Schläge wie von einem Hammer. Als Edith merkte, daß Dennins Körper erschlaffte, löste sie ihren Griff und befreite sich von ihm. Sie blieb ächzend liegen und sah zu. Dennin schien die Schläge gar nicht zu spüren. Er rührte sich nicht einmal. Da wurde ihr klar, daß er bewußtlos sein mußte. Sie rief Hans zu, daß er aufhören sollte. Sie rief noch einmal. Aber er nahm keine Notiz davon. Sie ergriff ihn am Arm und klammerte sich an ihn, aber das verringerte nur die Kraft seiner Schläge.

Es war nicht Überlegung, die sie bewog, zu tun, was sie jetzt tat. Es war auch nicht Mitleid und ebensowenig Gehorsam gegen das Gebot der Religion: »Du sollst nicht . . .« Es war wohl eher ein gewisses Rechtsgefühl, ein Gesetz ihrer Rasse und ihres früheren Lebens, was sie zwang, ihren Körper zwischen ihren Gatten und den hilflosen Mörder zu werfen. Hans hörte erst auf zu schlagen, als ihm klarwurde, daß es seine eigene Frau war, auf die er losschlug. Er ließ sich von ihr beiseite schieben, ungefähr wie ein bissiger, aber gehorsamer Hund sich von seinem Herrn beiseite schieben läßt. Die Ähnlichkeit ging aber noch weiter. Tief in der Kehle knurrte die tierische Wut immer noch weiter. Mehrmals schien es, als wolle er sich wieder auf seine Beute stürzen, ihn hinderte nur, daß seine Frau sich mit ihrem eigenen Körper dazwischenwarf.

Es gelang Edith, ihren Mann immer weiter zurückzuschieben. Sie hatte ihn noch nie in einem solchen Zustand gesehen und empfand vor ihm größere Angst als selbst während des Kampfes vor Dennin. Sie konnte einfach nicht glauben, daß dieses rasende Tier ihr Hans war. Erschüttert und voll Grauen stellte sie plötzlich fest, daß sie sich fürchtete, er könnte wie eine wilde Bestie mit den Zähnen nach ihrer Hand schnappen. Für einige Sekunden zog er sich freilich von seinem Opfer zurück, weil er ihr nicht weh tun wollte; aber eigensinnig beharrte er darauf, wieder anzugreifen. Jedoch sie rang mit ihm, bis die ersten Anzeichen eines vernünftigen Denkens in sein Hirn zurückkehrten und er nachgab.

Dann kamen sie beide wieder auf die Füße. Hans taumelte rückwärts gegen die Wand und lehnte sich dagegen. Es zuckte noch in seinem Gesicht; aber das anhaltende tiefe Knurren in seiner Kehle verging allmählich und verstummte schließlich ganz. Der Augenblick der Reaktion war gekommen. Edith stand mitten im Zimmer. Sie rang die Hände, stöhnte und ächzte. Ihr ganzer Körper zitterte gewaltig.

Die Augen des Mannes sahen noch nichts, Ediths Blicke aber wanderten in wilder Erregung von einer Einzelheit im Zimmer zur andern. Dennin lag da, ohne sich zu rühren. Neben ihm sah sie den Stuhl mit den Beinen nach oben liegen, den sie umgestoßen hatten, als sie durch das Zimmer wirbelten. Da lagen auch die beiden Patronen, die Dennin vergebens in das Magazin seines Gewehrs zu schieben versucht und in der Hand behalten hatte, bis ihn das Bewußtsein verließ. Harkey lag auf dem Boden, wo er gefallen war; das Gesicht war nach oben gewandt. Dutchy hingegen ruhte mit dem Oberkörper auf dem Tisch, sein gelber Haarschopf war in dem Fleisch auf seinem Teller begraben, und der Teller selbst lehnte sich in einem Winkel von fünfundvierzig Grad gegen seinen Kopf. Dieser umgekippte Teller fesselte ihre Aufmerksamkeit. Es lag nicht in der Natur eines Fleischtellers, aufrecht auf dem Tisch zu stehen, selbst dann nicht, wenn ein Mann oder zwei getötet worden waren.

Sie warf noch einen Blick auf Dennin, sah aber gleich darauf wieder den Teller an. Er wirkte so lächerlich! Sie fühlte einen schrecklichen Drang, zu lachen. Dann fiel ihr plötzlich die Stille auf. Sie vergaß den Teller in einer wirren Hoffnung, daß etwas geschehen würde. Das monotone Geräusch, mit dem der Kaffee vom Tisch auf den Boden tropfte, erhöhte die Stille nur. Warum tat Hans gar nichts? Warum sagte er nichts? Sie sah ihn an und wollte etwas sagen, merkte aber, daß ihre Zunge sich weigerte, ihr zu gehorchen. Ein seltsamer Schmerz riß in ihrer Kehle; ihr Mund war trocken und belegt. Sie war nur imstande, Hans anzublicken, der sie ebenfalls stumm anstarrte.

Plötzlich wurde die Stille von einem scharfen metallischen Klirren unterbrochen. Sie schrie auf und warf einen schnellen Blick nach dem Tische. Der Teller war umgefallen. Hans seufzte, als ob er aus tiefem Schlaf erwachte. Das Geräusch des Tellers hatte sie beide zum Leben in einer neuen Welt geweckt. Die Hütte war ein Ausschnitt dieser neuen Welt, in der sie künftig leben und wirken sollten. Die alte Hütte war für allemal verschwunden. Der Gesichtskreis ihres Lebens war ein völlig neuer und

ungewohnter. Das Unbegreifliche hatte seinen Zauber-
mantel über das Gesicht aller Dinge gebreitet, ihre Maße
verändert, ihre Werte verhext und Wirkliches und Un-
wirkliches auf verblüffende Weise miteinander ver-
mischt.

»Mein Gott, Hans!« lauteten die ersten Worte Ediths.
Er antwortete nicht, sondern starrte sie voller Grausen an.
Langsam wanderten seine Blicke durch den Raum und
nahmen zum erstenmal alle Einzelheiten in sich auf. Dann
setzte er sich die Mütze auf und schritt zur Tür.

»Wo gehst du denn hin?« fragte Edith verzweifelt. Seine
Hand lag schon auf dem Türgriff. Er wandte sich ihr
halb zu, während er antwortete:

»Ein paar Gräber schaufeln.«

»Laß mich doch nicht allein, Hans, mit –« ihre Blicke
glitten durch den Raum »– mit dem da.«

»Die Gräber müssen ja geschaufelt werden«, sagte er.

»Aber du weißt ja noch gar nicht, wie viele«, wandte sie
verzweifelt ein. Sie bemerkte seine Unentschlossenheit
und fügte hinzu: »Außerdem will ich mitgehen und dir
helfen.«

Hans trat zum Tisch zurück und putzte mechanisch die
Kerze. Zusammen begannen sie dann die Untersuchung.
Sowohl Harkey wie Dutchy waren tot – furchtbar verstümmelt, weil sie auf so kurze Entfernung erschossen wurden. Hans lehnte es ab, sich Dennin zu nähern, und so war
Edith genötigt, diesen Teil der Untersuchung ganz allein
zu führen.

»Er ist nicht tot«, sagte sie zu Hans.

Er trat zu ihr und betrachtete den Mörder.

»Was sagst du?« fragte Edith, die wieder ein Knurren in
der Kehle ihres Gatten vernommen hatte.

»Ich sage, es ist eine verfluchte Schande, daß er noch
lebt«, lautete die Antwort.

Edith beugte sich über den Körper.

»Laß ihn liegen«, befahl Hans barsch und mit einer ganz fremden Stimme.

Sie warf ihm in plötzlicher Unruhe einen Blick zu. Er hatte das Gewehr, das am Boden lag, aufgehoben und war im Begriff, die Patronen hineinzuschieben.

»Was willst du tun?« rief sie und reckte sich schnell aus ihrer gebeugten Stellung auf.

Hans gab keine Antwort, aber sie sah, wie er das Gewehr an die Schulter hob. Sie ergriff die Mündung und hielt diese hoch.

»Laß mich!« schrie er heiser.

Er versuchte, ihr die Waffe zu entreißen, aber sie kam näher an ihn heran und klammerte sich fest an ihn.

»Hans . . . Hans . . . wach doch auf!« rief sie. »Sei nicht wahnsinnig!«

»Er hat Harkey und Dutchy getötet«, lautete die Antwort. »Ich will ihn dafür töten.«

»Aber das ist unrecht von dir«, wandte sie ein. »Dafür haben wir doch das Gesetz.«

Er deutete höhnisch an, daß er der Wirksamkeit des Gesetzes in dieser Gegend kein Vertrauen entgegenbrächte, wiederholte aber im übrigen mit störrischer, tonloser Stimme:

»Er hat Harkey und Dutchy getötet.«

Lang sprach sie auf ihn ein, aber er begnügte sich damit, immer wieder zu sagen: »Er hat Harkey und Dutchy getötet.« Aber sie konnte sich weder von der Erziehung, die sie in ihrer Jugend genossen, noch von dem Blut, das in ihren Adern rann, lösen. Ihr war der Sinn für alles Gesetzliche angeboren. Richtiges Benehmen war für sie gleichbedeutend mit Befolgung des Gesetzes. Sie sah keinen andern Weg vor sich, den sie gehen durften. Die Art, wie Hans selbst das Gesetz in die Hände nahm, schien ihr durchaus nicht berechtigter als der Mord Dennins. Zweimal Unrecht macht noch lange kein Recht aus, behauptete sie, es gäbe nur eine Möglichkeit, Dennin zu bestrafen, nämlich auf dem Wege des Gesetzes, den die Gesellschaft vorschrieb. Schließlich gab Hans nach.

»Also – gut«, sagte er. »Du sollst deinen Willen haben. Morgen oder übermorgen wirst du das Vergnügen haben, zu erleben, wie er dich oder mich tötet.«

Sie schüttelte wieder den Kopf und streckte die Hand aus, um das Gewehr zu nehmen. Er wollte es ihr schon aushändigen, zögerte aber plötzlich.

»Es ist doch besser, du läßt mich ihn erschießen«, meinte er.

Wieder schüttelte sie den Kopf, und er wollte ihr auch schon das Gewehr geben, als sich die Tür öffnete und ein Indianer, ohne geklopft zu haben, eintrat. Ein starker Windzug und eine Schneewolke begleiteten ihn. Hans und Edith drehten sich beide um und blickten ihn an. Der Eindringling betrachtete den Auftritt, ohne die geringste Aufregung zu zeigen. Seine Augen umfaßten die Toten und den Bewußtlosen mit langem Blick. In seiner Miene zeigte sich keine Überraschung, nicht einmal Neugierde. Harkey lag zu seinen Füßen, aber er nahm scheinbar gar keine Notiz davon. Harkeys Körper gab es einfach nicht für ihn.

»Sehr windig heute«, bemerkte der Indianer zum Gruß. »Geht es sonst allen gut? Sehr gut?«

Hans, der immer noch das Gewehr in der Hand hielt, war überzeugt, daß der Indianer die Toten ihm auf das Konto schrieb. Er warf seiner Frau einen hilfeheischenden Blick zu.

»Guten Morgen, Niguk«, sagte sie. Ihre Stimme verriet, wie schwer ihr das Sprechen wurde. »Nein, es geht nicht sehr gut. Schlimme Geschichte.«

»Guten Abend. Ich gehe jetzt wieder, habe große Eile«, sagte der Indianer. Ohne sich indessen irgendwie zu beeilen, wich er mit großer Sorgfalt einer roten Pfütze auf dem Boden aus, öffnete die Tür und verließ die Hütte.

Der Mann und die Frau sahen sich an.

»Er glaubt, wir hätten es getan«, stöhnte Hans. »Ich hätte es getan.«

Edith schwieg einen Augenblick. Dann sagte sie kurz und kühl:

»Es ist gleichgültig, was er denkt. Das kommt erst in zweiter Reihe. Zunächst haben wir Gräber zu schaufeln. Aber zuallererst wollen wir Dennin binden, daß er nicht weglaufen kann.«

Hans weigerte sich wieder, Dennin anzurühren, aber sie fesselte ihn sicher, band ihm sowohl Hände wie Füße. Dann gingen Hans und sie in den Schnee hinaus. Der Boden war gefroren. Sie konnten ihn selbst mit der Hacke nicht losschlagen. Zuerst sammelten sie deshalb Brennholz, schaufelten den Schnee fort und entzündeten dann auf der gefrorenen Erdkruste ein Feuer. Erst nachdem das Feuer mehr als eine Stunde gebrannt hatte, war die Kruste einige Zoll tief aufgetaut. Sie hoben sie aus und machten dann ein neues Feuer. Auf diese Weise drangen sie immer tiefer in den Boden ein, wenn auch nur zwei bis drei Zoll stündlich. Es war eine schwere, bittere Arbeit. Das Schneegestöber ließ das Feuer nicht aufflackern, der eisige Wind blies durch ihre Kleider und ließ ihre Körper vor Kälte erstarren. Sie sprachen nur wenig miteinander. Der Wind störte jede Unterhaltung. Da sie gar nicht begreifen konnten, welcher Grund Dennin zu der Tat verleitet haben mochte, schwiegen sie darüber. Das Grauen der ganzen Tragödie bedrückte sie. Gegen ein Uhr warf Hans einen Blick nach der Hütte und erklärte, daß er hungrig sei.

»Nein – jetzt nicht, Hans«, sagte Edith. »Ich kann nicht allein zurückgehen und dort eine Mahlzeit zubereiten, solange die Hütte sich in diesem Zustand befindet.«

Als es zwei Uhr geworden war, erbot sich Hans von selber, mit ihr zu gehen. Aber sie gab nicht zu, daß er mit der Arbeit aufhörte. Erst als es vier Uhr geworden war, hatten sie beide Gräber fertig. Sie waren kaum mehr als zwei Fuß tief, aber sie entsprachen ihrem Zweck.

Es war Abend geworden. Hans holte den Schlitten, und die beiden Toten wurden jetzt in Sturm und Dunkelheit zu ihren gefrorenen Gräbern gezogen. Die Bestattung war nicht feierlich. Der Schlitten versank tief in den Schneewehen und war schwer zu ziehen. Die Frau und der Mann hatten seit dem vorhergehenden Tage nichts gegessen; Hunger und Erschöpfung entkräfteten sie. Sie hatten kaum Kraft genug, um dem Winde Widerstand zu leisten, und es gab Augenblicke, da die Windstöße sie umwarfen. Einige Male wurde sogar der Schlitten umgeworfen, und sie mußten die traurige Last wieder darauf verladen.

Die letzten hundert Fuß bis zu den Gräbern ging es einen schroffen Abhang hinauf, und diese Strecke mußten sie wie Schlittenhunde auf allen vieren zurücklegen, indem sie die Arme wie Beine benutzten und ihre Hände tief in den Schnee steckten. Trotzdem wurden sie zweimal vom Gewicht des Schlittens rückwärts gezogen und kollerten den Hügel hinab, Lebende und Tote, Sielen und Schlitten in unheimlichem Durcheinander.

»Morgen werde ich ein Paar Tafeln mit ihren Namen aufstellen«, sagte Hans, als sie die Gräber zugeworfen hatten.

Edith schluchzte. Statt des Gebets war sie nur imstande gewesen, einige Bruchstücke von Sätzen hervorzustammeln. Jetzt mußte ihr Mann sie fast nach der Hütte zurücktragen.

Dennin war inzwischen zum Bewußtsein zurückgekehrt. Er hatte sich in vergeblichen Anstrengungen, sich zu befreien, auf dem Boden hin und her gewälzt. Er beobachtete Hans und Edith mit funkelnden Augen, machte aber keinen Versuch zu sprechen. Hans weigerte sich immer noch, den Mörder anzurühren. Er sah deshalb untätig zu, wie Edith Dennin über den Fußboden in den Schlafraum der Männer schleppte. Aber sosehr sie sich auch abmühte, gelang es ihr doch nicht, ihn vom Boden in das Bett zu heben.

»Laß mich den Kerl doch lieber totschießen, dann sind wir die Sorge mit ihm los«, sagte Hans als letzten Versuch, sie zu beeinflussen.

Edith schüttelte den Kopf und bückte sich zu einem neuen Versuch. Zu ihrer Überraschung ließ sich der Körper jetzt leicht heben, da wußte sie, daß Hans nachgegeben hatte und ihr half. Dann kam das Säubern der Küche. Aber der Fußboden verriet immer noch die Tragödie, die sich hier abgespielt hatte, bis Hans die Oberfläche des befleckten Holzes abgehobelt und die Späne zum Feuermachen im Ofen verwendet hatte.

Die Tage kamen und gingen. Es gab viel Dunkelheit und viel Schweigen, nur vom Getöse des Sturmes und Donnern der gefrierenden Brandung am Strande unterbrochen. Hans gehorchte selbst dem leisesten Befehl Ediths. Sein Eigenwille war wie fortgeweht. Sie hatte gewünscht, Dennin auf ihre Art zu behandeln; deshalb überließ er ihr alles.

Der Mörder war eine ständige Drohung. Immer bestand die Möglichkeit, daß er sich befreite. Sie waren deshalb auch gezwungen, ihn Tag und Nacht zu bewachen. Beständig saßen die Frau und der Mann neben ihm, das geladene Gewehr in der Hand. Zuerst versuchte Edith es mit achtstündigem Wachen, aber die dauernde Anspannung war doch zuviel für sie, und von jetzt an lösten Hans und sie sich jede vierte Stunde ab. Da sie auch schlafen mußten und andererseits doch genötigt waren, Nachtwache zu halten, verbrachten sie die ganze Zeit, in der sie nicht schliefen, mit der Überwachung Dennins. Es blieb ihnen kaum die nötige Zeit, um die Mahlzeiten zu bereiten und Brennholz zu schlagen.

Seit dem ungelegenen Besuch Niguks hatten die Indianer die Hütte gemieden. Edith schickte Hans nach ihrem Dorf, um sie zu bewegen, Dennin in einem Kanu die Küste entlang bis zur nächsten weißen Siedlung oder Handelsstation zu bringen, aber seine Bemühungen waren vergeblich. Da ging Edith selbst hin und sprach mit Niguk über die Angelegenheit. Er war der Häuptling des kleinen Dorfes und war sich seiner Verantwortung voll und ganz bewußt. In wenigen Worten legte er seine Ansicht klar.

»Es ist eine Sorge des weißen Mannes«, sagte er, »sie geht das Siwashvolk nichts an. Wenn mein Volk dir hilft, wird es auch eine Angelegenheit der Siwashs. Wenn die Sorge des weißen Mannes und die Sorge des Siwashvolkes zu einer gemeinsamen Sorge werden, dann wird es eine ernste Sorge, die nicht zu verstehen und ohne Ende sein wird. Aber Sorgen sind nicht gut. Mein Volk tut kein Unrecht. Warum sollte es dir helfen und Sorgen schaffen?«

So mußte Edith Nelson also zur Hütte und zu den sich ewig wiederholenden vierstündigen Wachen zurückkehren. Wenn die Reihe an sie kam und sie, das geladene Gewehr im Schoße, bei dem Gefangenen saß, konnte es geschehen, daß ihre Augen sich schlossen und sie einnickte. Da fuhr sie immer wieder mit einem Ruck auf und griff nach dem Gewehr, während sie dem Gefangenen einen schnellen Blick zuwarf. Ihre Nerven litten darunter, und auf die Dauer ging das nicht mehr. Eine solche Angst hatte sie vor dem Manne, daß sie, selbst wenn sie vollkommen wach war, weder den nervösen Ruck noch den plötzlichen Griff nach dem Gewehr unterdrücken konnte, sobald er sich nur unter der Bettdecke regte.

Es mußte schließlich mit einem Zusammenbruch enden, das wußte sie selbst. Ihre Augen begannen zu flackern, so daß sie sie schließen mußte, um ihnen Ruhe zu verschaffen. Dann wurden die Augenlider von einem Zittern befallen, das sie nicht beherrschen konnte. Um die Spannung noch zu erhöhen, war es ihr unmöglich, die Tragödie selbst zu vergessen. Sie konnte sich nicht von dem Grauen losreißen, das sie an jenem Morgen erlebt hatte, als das Unbegreifliche über die Hütte hereingebrochen war. Bei ihrer täglichen Beschäftigung mit dem Gefangenen mußte sie die Zähne zusammenbeißen und sich selbst geistig und körperlich aufs äußerste zusammennehmen.

Mit Hans verhielt es sich ganz anders. Er war von der Idee besessen, daß es seine Pflicht war, Dennin zu töten. Und jedesmal, wenn er neben dem Gefesselten saß und ihn bewachte, wurde Edith von der Furcht befallen, daß Hans einen neuen roten Gedächtnistag in die Geschichte der Hütte eintragen sollte. Stets verfluchte er Dennin in gräßlichen Worten und behandelte ihn in der gröbsten Weise. Dabei versuchte er tapfer seine Mordlust zu beschwichtigen und konnte zu seiner Frau sagen:

»Allmählich wirst du selbst wünschen, daß ich ihn töten soll, doch dann werde ich es nicht mehr tun können. Es würde mich einfach krank machen.«

Es geschah mehr als einmal, daß sie sich – wenn sie nicht Wache hatte – in den Schlafraum schlich und beobachten konnte, wie die beiden Männer sich mit wilden Blicken wie ein paar Raubtiere anstarrten. In Hans' Augen war die Lust zum Töten, in Dennins der Trotz und die Kampflust einer Ratte, die in eine Ecke gedrängt wird.

»Hans!« konnte sie dann rufen. »Hans, wach doch auf!«

Er kam zu sich und saß verblüfft, Schamröte im Gesicht, aber dennoch durchaus nicht reuevoll da.

Hans wurde deshalb allmählich das zweite Problem, welches das Unbegreifliche Edith Nelson gestellt hatte. Anfangs war es nur die Frage, wie man sich Dennin gegenüber zu benehmen hatte. Ihrer Ansicht nach bestand das richtige Benehmen darin, daß man ihn gefangenhielt, bis er einem regelrechten Gericht zur Aburteilung übergeben werden konnte. Jetzt aber kam auch die Sorge um Hans hinzu. Sie stellte fest, daß seine Gesundheit ebenfalls von der Lösung des Problems abhing. Es dauerte auch nicht lange, so entdeckte sie, daß ihre eigene Kraft und Ausdauer eng mit dieser Frage verknüpft waren. Sie konnte unter der ewigen Spannung zusammenbrechen.

In ihrem linken Arm begann sie unfreiwillige Zuckungen und Bewegungen zu spüren. Wenn sie den Löffel mit dem Essen hob, zitterte die Hand, daß sie stets etwas verschüttete. Sie hielt es für eine Art Veitstanz und fürchtete, daß diese Schwäche weiter um sich greifen könnte. Was geschah, wenn sie zusammenbrach? Und die Vision der kommenden Zeit, da nur Dennin und Hans in der Hütte sein würden, erfüllte sie mit Grauen.

Nach drei Tagen begann Dennin zu reden. Seine erste Frage lautete:

»Was wollt ihr mit mir tun?«

Diese Frage wiederholte er jeden Tag mehrmals. Immer wieder erklärte Edith ihm, daß er überzeugt sein dürfe, dem Gesetz gemäß behandelt zu werden. Dafür stellte sie ihm ihrerseits täglich die Frage:

»Warum hast du es getan?« Auf diese Frage gab er nie Antwort. Dagegen erwiderte er sie stets mit Zorn- und Wutausbrüchen und zerrte an seinen Fesseln, schleuderte ihr wilde Drohungen ins Gesicht und erzählte, was er ihr alles antun würde, wenn es ihm gelänge, sich zu befreien. Gleichzeitig erklärte er, sicher zu sein, daß ihm dies früher oder später gelingen würde.

In solchen Augenblicken spannte sie beide Hähne ihres Gewehrs und machte sich bereit, ihm den bleiernen Tod zu geben, wenn er sich losreißen sollte. Sie zitterte und ihr schwindelte, in solche Spannung und Erregung geriet sie.

Mit der Zeit wurde Dennin umgänglicher. Ihr schien, als ob er des unveränderlichen, dauernden Liegens müde würde. Er begann zu bitten und vorzuschlagen, daß man ihn von seinen Fesseln lösen sollte. Er gab die unglaublichsten Versprechungen. Er würde ihnen nicht das geringste tun. Er würde selbst die Küste abwandern und sich der Polizei stellen. Er bot ihnen seinen Anteil am Golde an. Er war bereit, in die tiefste Wildnis zu gehen und sich nie wieder in zivilisierten Gegenden zu zeigen. Ja, er erklärte sich sogar bereit, Selbstmord zu begehen, wenn sie ihn nur loslassen wollten. Seine Bitten endeten dann regelmäßig mit wildem Gerede, bis sie den Eindruck erhielt, daß er bald von Wahnsinn befallen werden würde. Aber immer wieder schüttelte sie den Kopf und lehnte es ab, ihm die Freiheit zu geben, für die er sich allmählich in eine wahre Leidenschaft hineinredete.

Doch die Wochen vergingen, und er wurde tatsächlich immer umgänglicher. Durch all seine Worte trat immer mehr die Erschöpfung in den Vordergrund.

»Ich bin so müde, so müde«, murmelte er und bewegte den Kopf auf dem Kissen hin und her, als ob er ein verdrießliches Kind wäre. Etwas später begann er leidenschaftlich den Tod zu ersehnen, bat sie, ihn zu töten, und bettelte Hans an, ihn aus seinem Elend zu befreien, so daß er wenigstens im Grabe bequem ruhen könnte.

Die Lage wurde allmählich unmöglich. Die Nervosität Ediths nahm immer mehr zu; sie wußte jeden Augenblick, daß der Zusammenbruch zu erwarten war. Sie konnte sich nie richtig ausruhen, denn immer wurde sie von der Furcht geplagt, daß Hans Dennin töten könnte, während sie schlief.

Der Januar war gekommen; aber es konnten noch Monate vergehen, bevor ein Handelsschiff die Bucht anlief. Außerdem hatten sie nicht damit gerechnet, in der Hütte zu überwintern, und ihr Vorrat an Lebensmitteln ging auf die Neige. Hans war auch nicht imstande, ihn durch die Jagd zu ergänzen. Die Notwendigkeit, den Gefangenen zu überwachen, fesselte ihn ja selbst an die Hütte.

Es mußte etwas geschehen. Edith zwang sich, das ganze Problem wieder aufzurollen und nochmals zu überprüfen. Sie vermochte nicht, das Erbteil ihrer Rasse abzuschütteln, jenes Gesetz, das Blut von ihrem Blute war und das man ihr von Kind auf eingeimpft hatte. Sie wußte, daß alles, was sie auch tat, in Übereinstimmung mit dem Gesetz sein mußte. In den langen Stunden, in denen sie, das Gewehr im Schoße, Wache hielt, während der Mörder sich ruhelos neben ihr hin und her warf und die Stürme draußen tobten, überdachte sie die Entwicklung des Gesetzes auf eigene Faust. Es wurde ihr klar, daß das Gesetz nichts anderes sein konnte als das Urteil und der Wille einer Volksgruppe. Es gab ja kleine Gruppen, überlegte sie – wie z. B. die Schweiz. Es gab sehr große Gruppen, wie die Vereinigten Staaten. Es kam also auch nicht – so überlegte sie – darauf an, wie klein die Gruppe sein möchte. Vielleicht gab es in irgendeinem Lande nur zehntausend Menschen; aber ihr gemeinsamer Wille und ihr Urteil bildeten das Gesetz dieses Landes. Warum sollten dann nicht tausend Menschen eine solche Gruppe bilden können – fragte sie sich.

Und wenn tausend Menschen es konnten, warum sollten dann nicht hundert dasselbe Recht haben? Und sogar fünfzig? Und warum nicht nur fünf? Und ... warum nicht zwei?

Ihre eigene Schlußfolgerung erfüllte sie mit Angst, und sie besprach die Sache mit Hans. Anfangs konnte er sie überhaupt nicht begreifen; als er sie aber endlich verstand, gab er ihr Beispiele, die ihre Auffassung bestätigten. Er erzählte von Versammlungen der Goldsucher, bei denen die Männer einer Gegend zusammenkamen und selbst ihre Gesetze schufen und deren Ausführung überwachten. Es gab Fälle, in denen nur zehn oder fünfzehn Männer dabei waren; aber der Wille der Mehrheit wurde für alle zehn oder fünfzehn Menschen Gesetz. Und jeder, der dieses Gesetz verletzte, wurde bestraft.

Schließlich sah Edith klar den Weg, den sie gehen mußte. Dennin mußte gehängt werden. Hans stimmte ihr bei. Sie beide bildeten zusammen die Mehrheit ihrer Gruppe. Es war der Wille dieser Gruppe, daß Dennin aufgehängt werden sollte. In der Durchführung dieses Willens war Edith ernsthaft bestrebt, die üblichen Formalitäten zu beobachten; aber die Gruppe war so klein, daß Hans und sie gleichzeitig Zeugen, Jury und Richter sein mußten. Und dazu noch Vollstrecker des Urteils.

Sie klagten Dennin der Ermordung Dutchys und Harkeys an, und der Gefangene lag in seinem Bett und lauschte zuerst auf die Zeugenaussage von Hans, dann auf die von Edith. Er weigerte sich, die Frage, ob er schuldig sei oder nicht, zu beantworten, und blieb auch stumm, als sie ihn aufforderten, etwas zu seiner Verteidigung zu sagen. Ohne ihre Plätze zu verlassen, verkündeten Hans und sie dann als Geschworene, daß er des Mordes schuldig war. Als Richterin sprach Edith das Urteil. Ihre Stimme zitterte, ihre Augenlider zitterten, ihr linker Arm zuckte krampfhaft, aber sie führte es durch. »Michael Dennin, binnen drei Tagen von heute ab sollst du an deinem Halse aufgehängt werden, bist du stirbst.«

So lautete das Urteil. Der Gefangene stieß unbewußt einen Seufzer der Erleichterung aus, dann lachte er trotzig und sagte:

»Dann wird das verdammte Bett, denke ich, meinen Rükken nicht mehr quälen, das ist immerhin ein Trost.«

Als das Urteil gefällt war, schien es, als ob sich alle drei erleichtert fühlten. Das machte sich selbst bei Dennin bemerkbar. Seine ganze Verdrießlichkeit und sein Trotz verschwanden, und er sprach freundlich mit seinen Wächtern, ließ sogar hin und wieder seinen alten Witz glänzen. Es schenkte ihm auch große Befriedigung, wenn Edith ihm aus der Bibel vorlas. Sie las aus dem Neuen Testament, und er fühlte die wärmste Anteilnahme für den verlorenen Sohn und für den Räuber am Kreuze.

Als Edith am Tage vor der Hinrichtung die gewöhnliche Frage an ihn stellte:

»Warum hast du es eigentlich getan?« gab Dennin ihr zur Antwort:

»Sehr einfach: weil ich dachte . . .«

Aber sie unterbrach ihn plötzlich, bat ihn zu warten und holte schnell Hans an das Bett. Es war ihre Wache, und er wurde aus dem Schlafe geweckt, rieb sich die Augen und murrte vor sich hin.

»Geh«, sagte sie zu ihm. »Geh und bring Niguk und noch einen Indianer. Michael will ein Geständnis ablegen. Sorge dafür, daß sie kommen. Nimm das Gewehr und zwing sie damit, wenn es nicht anders geht.«

Eine halbe Stunde später betraten Niguk und sein Onkel Hadukwan das Sterbezimmer. Sie kamen unfreiwillig, Hans hatte sie mit seinem Gewehr vor sich hergetrieben.

»Niguk ...«, sagte Edith, »es kann dir und dem Volke kein Nachteil entstehen. Du hast nichts zu tun, als still dazusitzen und zuzuhören.«

Dann legte Michael Dennin, der zum Tode verurteilt war, ein öffentliches Geständnis seines Verbrechens ab. Während er sprach, schrieb Edith seinen Bericht nieder. Die Indianer lauschten, Hans bewachte die Tür, aus Furcht, daß die Zeugen fortlaufen könnten.

Dennin erklärte, daß er seit fünfzehn Jahren seine Heimat nicht gesehen hätte, daß es stets seine Absicht gewesen wäre, mit viel Geld zurückzukehren und seiner Mutter die letzten Lebenstage angenehm zu gestalten.

»Wie hätte ich das mit sechzehnhundert Dollar können?« fragte er. »Ich wollte ja das ganze Gold haben, alle achttausend. Dann hätte ich mit Ehren heimkehren können. Was wäre wohl leichter, dachte ich mir, als euch alle zu töten, in Skaquay zu erzählen, daß ihr von Indianern ermordet worden wäret, und dann nach Irland zu gehen? So wollte ich euch alle totschlagen, aber – wie Harkey zu sagen pflegte – ich schnitt mir einen zu großen Happen ab und konnte ihn nicht schlucken. Das ist mein Geständnis. Ich tat meine Pflicht gegen den Teufel, und jetzt werde ich sie auch gegen Gott tun, wenn er es so will.«

»Niguk und Hadukwan, ihr habt die Worte des weißen Mannes gehört«, sagte Edith zu den Indianern. »Seine Worte stehen hier auf diesem Papier, ihr müßt jetzt eure Zeichen daraufsetzen, so daß weiße Männer, die später kommen, wissen können, daß ihr alles gehört habt.«

Die beiden Siwashs setzten ihre Kreuze neben die Unterschriften der beiden Weißen und erhielten die Aufforderung, am nächsten Tag mit dem gesamten Stamm zu erscheinen, um Zeugen der Ereignisse zu sein. Dann durften sie sich wieder entfernen.

Dennin wurden die Hände so weit gelöst, daß er das

Dokument unterschreiben konnte. Hans war ruhelos, und Edith war sehr elend zumute. Dennin lag auf dem Rücken und starrte zur Decke hinauf, deren Risse mit Moos verstopft waren.

»Jetzt will ich meine Pflicht gegen Gott tun«, murmelte er. Er wandte seinen Kopf Edith zu. »Lies mir vor«, sagte er. »Aus dem Buche da«, fügte er mit einem Schimmer von Humor hinzu. »Vielleicht wird es mir helfen, das Bett zu vergessen.«

Der Tag der Hinrichtung kam klar und kalt. Das Thermometer war auf fünfundzwanzig Grad unter Null gefallen. Es wehte ein kalter Wind, der eisig durch Kleider und Fleisch bis auf die Knochen drang. Zum erstenmal seit vielen Wochen stand Dennin wieder auf den Beinen. Er schwankte hin und her und mußte sich mit seinen gebundenen Händen auf Edith stützen, um nicht zu fallen.

»Donnerwetter, bin ich schwindlig«, sagte er mit der schwachen Andeutung eines Lächelns. Einen Augenblick später fügte er hinzu: »Ich bin froh, daß die Geschichte zu Ende kommt. Das verdammte Bett wäre mein Tod gewesen, glaube ich.«

Als Edith ihm die Pelzmütze aufsetzte und ihm die Klappen über die Ohren zog, lachte er.

»Warum tust du denn das?«

»Weil es so kalt draußen ist«, gab sie zur Antwort.

»Und was, meinst du, wird ein erfrorenes Ohr in zehn Minuten für den armen Michael Dennin bedeuten?« fragte er.

Sie hatte allen Mut für die Ausführung des Urteils zusammengenommen, aber seine Bemerkung wirkte wie ein kalter Windstoß auf ihre Selbstbeherrschung. Bis jetzt war ihr alles wie ein Traum erschienen; aber die brutale Wahrheit seiner Worte öffnete ihr die Augen für die Wirklichkeit, die sich jetzt abspielte.

Dem Irländer entging auch nicht ihre Verwirrrung.

»Es tut mir leid«, sagte er reuevoll, »daß ich dich mit meinem dummen Spaß nervös gemacht habe. Ich habe es nicht so gemeint. Es ist heute ein großer Tag für Michael Dennin, ich bin heiter wie eine Lerche.«

Er begann fröhlich zu pfeifen, aber die Melodie wurde bald trauriger und hörte schließlich ganz auf.

»Ich möchte, daß ein Pfarrer hier wäre«, sagte er melancholisch. Dann fügte er schnell hinzu: »Aber Michael Dennin ist ein viel zu erfahrener Wanderer, um diesen Luxus nicht entbehren zu können, wenn er auf der Reise ist.«

Er war so erschöpft und so ungewohnt, die Beine zu regen, daß der Wind ihn fast umgeworfen hätte, als die Tür geöffnet wurde und er hinaustrat. Edith und Hans gingen an seiner Seite. Sie stützten ihn, während er alle möglichen Späße machte und sich bemühte, sie bei guter Laune zu halten. Nur einmal unterbrach er sich, um zu bitten, seinen Anteil am Golde seiner Mutter in Irland zu schicken.

Sie kletterten einen niedrigen Hügel hinauf und kamen zu einem freien Platz zwischen den Bäumen. Im Schnee stand ein Faß, und rings hatten sich Niguk, Hadukwan und sämtliche Siwashs bis zu den Säuglingen und den Hunden feierlich im Kreise gesetzt. Sie waren alle gekommen, um das Gesetz des weißen Mannes kennenzulernen. Ganz in der Nähe befand sich ein offenes Grab, das Hans in den gefrorenen Boden gegraben hatte.

Dennin betrachtete die Vorbereitungen mit dem Blick eines Kenners. Er sah das Grab, das Faß, die Stärke des Stricks und den Umfang des Astes, über den das Seil gelegt war.

»Ich hätte es selbst nicht besser machen können, Hans, wenn ich es hätte für dich tun sollen.«

Er lachte selbst laut über seinen Witz, aber Hans' Gesicht war zu einer unheimlich mürrischen Maske erstarrt, die nur die Posaune des Jüngsten Gerichts hätte ändern können. Auch ihm war sehr schlecht zumute. Er hatte bisher gar nicht darüber nachgedacht, wie furchtbar es sein mußte, einen bisherigen Kameraden aus der Welt zu schaffen.

Edith hingegen hatte es sich längst klargemacht. Aber das erleichterte ihr die Ausführung in keiner Weise. Sie zweifelte sehr, ob sie imstande sein würde, sich auf den Füßen zu halten, bis alles vorbei war. Unaufhörlich empfand sie das fast unwiderstehliche Bedürfnis, aufzuschreien, zu heulen, sich in den Schnee zu werfen, die Hände vor die Augen zu halten, sich umzudrehen und blind und wild wegzulaufen, in den Wald hinein, einerlei, wohin. Nur durch äußerste Anspannung aller Kräfte gelang es ihr, sich aufrecht zu halten, weiterzugehen und zu tun, was sie tun mußte. Und mitten in allen Sorgen war sie Dennin dankbar für die Art, wie er ihr behilflich war.

»Gib mir mal die Hand«, sagte er zu Hans, mit dessen Hilfe er auf das Faß hinaufkletterte.

Er beugte sich vor, damit Edith das Seil um seinen Hals legen konnte. Dann richtete er sich auf, während Hans das Seil an dem Ast über seinem Kopfe straffzog.

»Michael Dennin, hast du noch etwas zu sagen?« fragte Edith mit einer klaren Stimme, die gegen ihren Willen zitterte.

Dennin scharrte mit den Füßen auf dem Faß, blickte verschämt auf den Boden wie jemand, der seine Jungfernrede halten soll.

Er räusperte sich.

»Ich bin froh, daß es Schluß ist«, sagte er. »Ihr habt mich wie einen richtigen Christen behandelt, und ich danke euch herzlich für eure Freundlichkeit.«

»Dann möge Gott dich als reuigen Sünder empfangen«, sagte sie.

»Ja«, sagte er, und seine tiefe Stimme bildete einen seltsamen Gegensatz zu ihrer zarten. »Möge Gott mich als reuigen Sünder empfangen.«

»Fahr wohl, Michael«, rief sie, und ihre Stimme klang verzweifelt.

Sie stemmte sich mit ihrem ganzen Gewicht gegen das Faß, aber es gelang ihr nicht, es umzuwerfen.

»Hans . . . hilf mir doch . . . schnell!« rief sie mit schwacher Stimme.

Sie merkte, wie ihre letzten Kräfte schwanden, doch immer noch widerstand das Faß ihren Anstrengungen. Hans eilte zu ihr, und das Faß unter den Füßen Michael Dennins fiel um.

Sie wandte sich ab und steckte sich die Finger in die Ohren. Dann begann sie zu lachen, bitter, scharf, hart. Und Hans war so erschüttert, wie er es während der ganzen Tragödie nicht gewesen war. Der Zusammenbruch Edith Nelsons war jetzt da. Sie wußte es mitten in ihrem Anfall selbst und war froh, daß sie die Spannung ertragen hatte, bis alles zu Ende gebracht war. Sie lehnte sich an Hans.

»Führ mich nach der Hütte, Hans«, gelang es ihr noch zu sagen. »Und laß mich ausruhen«, fügte sie hinzu. »Nur ruhen . . . ruhen . . . ruhen . . . ruhen.«

Hans legte seinen Arm um sie, und sie halb tragend, lenkte er ihre hilflosen Schritte. So gingen sie durch den Schnee. Die Indianer aber blieben feierlich sitzen, um die Ausführung des seltsamen Gesetzes der weißen Männer zu sehen, das einen Mann zwang, in der Luft zu tanzen.

Ein wolfartiger Kopf mit melancholischen Augen und von
Reif bedeckt schob die Zeltzipfel beiseite.

»He! Weg mit dir! Siwash! Weg mit dir, du verdammter
Köter«, brüllten die Bewohner des Zeltes im Chor. Bettles
schlug nach dem Hunde mit einem Blechteller, und das
Tier zog sich schleunigst zurück. Louis Savoy band die
Zeltzipfel wieder zu, stieß eine Bratpfanne vom Feuer
und wärmte sich die Hände. Es war sehr kalt draußen.
Vor achtundvierzig Stunden war das Spiritusthermometer
bei achtundsechzig Grad Fahrenheit unter Null zersprun-
gen, und seither hatte die Kälte gleichmäßig zugenommen.
Man konnte nie wissen, wann die Kälteperiode vorbei
war, und in solchen Stunden ist es unklug, falls es nicht
der Wille der Götter ist, sich zu weit vom Ofen wegzu-
wagen oder mehr kalte Luft einzuatmen, als man muß.
Zuweilen tun Menschen es, und zuweilen erfrieren sie sich
dann auch ihre Lungen. Die Folge ist ein trockener, ras-
selnder Husten, und der Reiz ist besonders scharf, wenn
Speck gebraten wird. Und dann – im Laufe des Frühlings
oder Sommers – wird ein Loch in den gefrorenen Boden
geschmolzen. Ein Leichnam wird hineingeworfen, mit
Moos bedeckt und in der Gewißheit liegengelassen, daß
er, wenn die Trompete des Jüngsten Tages ertönt, ganz
unberührt und eiserstarrt auferstehen wird. Den Ungläu-
bigen, die sich skeptisch in bezug auf die Auferstehung des
Fleisches an diesem verhängnisvollen Tage verhalten,

kann man kein geeigneteres Land als Klondike zum Sterben empfehlen. Man darf daraus jedoch nicht schließen, daß es ein gutes Land zum Leben sei.

Es war sehr kalt draußen und auch nicht besonders warm drinnen. Das einzige, was man unter dem Begriff »Meublement« verstehen konnte, war der Ofen, und die Männer zeigten ihre Vorliebe für ihn sehr oft. Der halbe Fußboden war mit Kiefernzweigen bestreut; darüber hatten sie die Schlafdecke gebreitet, und darunter lag der Schnee des Winters. Im übrigen bestand der Fußboden aus mit Mokassins festgetretenem Schnee, der mit Töpfen und Pfannen und all dem andern Gerümpel, das zu einem arktischen Lager gehört, übersät war. Der Ofen glühte rot, und das Feuer prasselte darin, aber kaum drei Fuß entfernt lag ein Eisblock mit scharfen Kanten und so trocken, als sei er eben erst vom Bach gebrochen. Der Druck der Kälte draußen zwang die Wärme im Zelt emporzusteigen. Gerade über dem Ofen, wo das Rohr durch das Zeltdach hinausführte, befand sich ein winziger Kranz trockenen Segeltuchs, darum ein Kranz dampfenden Segeltuchs, und darum wieder ein nasser Ring, der Feuchtigkeit ausschwitzte, aber davon abgesehen waren sowohl Seiten wie Dach des Zeltes mit einer halbzölligen Kruste trockenen, weißen, kristallisierten Reifs bedeckt.

»Oh! Oh! Oh!« Ein junger Bursche, der, bärtig, abgezehrt und müde, in seinem Schlafsack schlief, stöhnte laut vor Schmerz und erhöhte nur, ohne zu erwachen, seine eigene Qual und seine Leiden. Er erhob sich halb aus den Decken, und ein krampfhaftes Zittern durchfuhr ihn, als schauderte er vor der Berührung mit Nesseln zurück.

»Dreht ihn um«, sagte Bettles. »Er hat Krämpfe.« Ein Dutzend williger Kameraden warfen sich über ihn, rollten ihn herum und stießen und traten ihn mit unbarmherzigem Wohlwollen.

»Der Teufel soll die Schlittenreisen holen!« murmelte er leise, während er den Schlafsack beiseite warf und sich aufrichtete. »Ich habe Amerika kreuz und quer durchreist, war Torwart in New York und habe mich auf alle möglichen Arten abgehärtet, und jetzt, da ich eine Pilgerfahrt in dieses von Göttern und Menschen verlassene Land mache, benehme ich mich wie ein weibischer Grieche, der nicht die einfachsten Voraussetzungen hat, ein ordentlicher Mann zu werden!« Er kauerte sich vor dem Feuer zusammen und drehte sich eine Zigarette. »Oh, ich heule nicht. Ich kann meine Medizin schlucken, wenn sie auch scheußlich schmeckt, jawohl, jawohl, aber ich schäme mich ehrlich und redlich, das ist alles. Hier liege ich nun nach dreißig dreckigen Meilen so mitgenommen wie ein Tee saufendes, schlappschwänziges Mutterkind nach einer Landpartie. – Oha! Man kann krank und elend davon werden! Hast du ein Streichholz?«

»Reiß das Maul nicht so auf, Junge!« Bettles reichte ihm das verlangte Streichholz und wurde ganz väterlich. »Vergiß nicht, daß man sich erst daran gewöhnen muß. Du lieber Gott – ich vergesse nie das erste Mal, als ich auf der Schlittenfahrt war! Steif? Ich habe erlebt, daß es ganze zehn Minuten dauerte, bis ich den Mund von einem Wasserloch hochkriegte und wieder auf die Beine kam, und jedes Glied knirschte und knackte und stellte sich an, daß ich ganz verrückt wurde. Krämpfe? Ich bestand nur noch aus lauter Knoten, und es dauerte einen halben Tag, bis die andern mich wieder geradekriegten. Du bist ganz brav – für solch einen jungen Burschen, und du hast das Herz auf dem rechten Fleck. Ehe das Jahr um ist, kannst du uns alte Kerle in Grund und Boden laufen. Und was das beste ist, du hast nicht die Fettschicht, die schon so manchen tüchtigen Mann in Abrahams Schoß geschickt hat.«

»Fettschicht?«

»Ja, das ist etwas, das große und starke Leute haben. Starke Leute sind nämlich nicht die besten, wenn es Schlittenreisen gilt.«

»Das habe ich noch nie gehört.«

»Nie gehört – wie bitte? Na ja, das liegt nun so auf der Hand, daß man gar nicht davon zu reden braucht. Ein großer Körper kann ausgezeichnet für eine gewaltige Kraftanspannung sein, wenn er aber nicht aushält, dann ist er keinen sauren Hering wert, und Ausdauer und Körpergröße gehen nie zusammen im Geschirr. Es gehören kleine, abgehärtete Leute dazu, die sich hinein verbeißen wie ein hungriger Hund in einen Knochen. Teufel auch – die großen Männer können überhaupt nicht mitkommen!«

»Weiß Gott!« fiel Louis Savoy ihm ins Wort. »Das nicht – was ihr sagen – Quatsch! Ich kennen ein Mann, ach, so groß wie ein Büffelochse. Beim Wettlaufen nach Sulphur Creek – ihn zusammen mit ein kleiner Mann, Lon Mc-Fane. Ihr kennen Lon McFane, kleiner Irländer, rotes Haar und grinst. Und sie gehen und gehen und gehen – ganzen Tag und ganze Nacht. Und der große Mann, ihn werden sehr müde und legen sich in Schnee. Und der kleine Mann stoßen und stoßen und stoßen, und dann schließlich nach langer Weg stoßen großer Mann in meine Hütte. Drei Tage vorher ihn kriechen aus meiner Decke. Nie ich sehen großer Mann wie ihn. Nein, nie. Ihn haben, was ihr nennt Fettschicht. Weiß Gott.«

»Na und Axel Gundersen?« sagte Prince. Der große Skandinavier und die traurigen Umstände, unter denen er gestorben war, hatten einen tiefen Eindruck auf den Mineningenieur gemacht. »Er liegt irgendwo dort oben.« Er machte eine Handbewegung in der Richtung des geheimnisvollen Ostens.

»Das war der größte Mann, der je dem Salzwasser den Rücken gekehrt und einem Elch das Leben zum Leibe hinausgerannt hatte – nur durch seine Ausdauer, aber er ist auch die Ausnahme, die die Regel bestätigt. Denkt an seine Frau, Unga – sie wog ihre hundertundzehn Pfund nackt, nur Muskeln und nicht ein bißchen überflüssiges Fett. Sie konnte es in jeder Beziehung mit ihm aufnehmen. Es gab nichts auf, über oder unter der Erde, was sie nicht fertiggebracht hätte.«

»Aber sie liebte ihn«, wandte der Ingenieur ein.

»Das ist es nicht. Es –«

»Hört nun, Brüder«, unterbrach sie Sitka Charley, der sich auf den Proviantkasten gesetzt hatte. »Ihr habt von der Fettschicht von großen Männern und von der Ausdauer und Liebe von Frauen gesprochen – und ihr habt weise Worte gesagt, aber ich entsinne mich an manches, was geschah, als das Land neu war und die Feuer der Männer so weit auseinanderlagen wie die Sterne des Himmels. Damals war es, daß ich mit einem großen Mann mit einer Fettschicht und einem Weibe zu tun bekam. Das Weib war klein, aber ihr Herz war größer als das Büffelherz des Mannes, und sie war mutig und ausdauernd. Und sie reisten einen langen, schlimmen Weg bis zum Salzwasser, und die Kälte war schneidend, der Schnee tief und der Hunger groß. Und die Liebe des Weibes war groß – mehr kann man nicht sagen.«

Er schwieg und hieb mit dem Beil kleine Stücke Eis von dem mächtigen Klumpen, der neben ihm lag. Die warf er in die Goldwäscherpfanne auf dem Ofen, wo das Trinkwasser auftaute. Die Männer rückten näher an ihn heran, und der Mann mit dem Krampf suchte vergebens Linderung für seinen steifen Körper.

»Brüder, mein Blut ist rot – Siwashblut –, aber mein Herz ist weiß wie das eure! Das Blut verdanke ich den Fehlern meiner Väter und das Herz den Tugenden meiner Freunde. Eine große Wahrheit setzte sich in mir fest, als ich ein Knabe war. Ich verstand, daß die Erde euch und den Euern gehörte und daß die Siwash euch nicht standhalten und wie Ren und Bär in der Kälte umkommen mußten. Und deshalb kam ich in die Wärme und saß mit euch an eurem Lagerfeuer, und seht, ich wurde einer der Euern.

Ich habe viel gesehen. Ich habe seltsame Dinge erlebt, auf langen Reisen mit vielerlei Männern. Und aufgrund aller dieser Dinge messe ich eure Handlungen nach euerm Wesen, und ich beurteile Männer und denke meine Gedanken. Und deshalb – wenn ich harte Worte über einen eures Schlages rede, so weiß ich, daß ihr nicht gekränkt darüber sein werdet, und wenn ich gute Worte über eine vom Volke meines Vaters rede, so werdet ihr nicht sagen: ›Sitka Charley ist ein Siwash, und deshalb ist ein unehrliches Licht in seinen Augen, und er weiß nicht die Wahrheit zu reden.‹ Ist es nicht so?« Der ganze Kreis murmelte seine Zustimmung.

»Das Weib hieß Passuk! Ich erwarb sie im ehrlichen Handel von ihren eigenen Leuten, die an der Küste zu Hause waren und deren Chilcat-Totem am Ende eines salzigen Meerarmes lag. Ich fühlte nichts für das Weib, und ich kümmerte mich auch nicht darum, wie sie aussah, denn sie hob kaum die Augen vom Boden, und sie war furchtsam und bange, wie Frauen zu sein pflegen, wenn sie einem Fremden, den sie nie zuvor gesehen, in die Arme geworfen werden. Wie ich euch sage, es war keine Stelle in meinem Herzen, wo sie unterschlüpfen konnte, denn ich stand vor einer weiten Reise und brauchte jemand, um meine Hunde zu füttern und in den langen Tagen auf dem Flusse die Paddel mit mir zu schwingen. Eine Decke genügte für zwei – und deshalb wählte ich Passuk.

Habe ich euch nicht erzählt, daß ich im Dienst der Regierung stand? Wenn nicht, so ist es gut, daß ihr es wißt. Und deshalb wurde ich mit Schlitten und Hunden und gedörrtem Fleisch an Bord eines Kriegsschiffes genommen, und mit mir kam Passuk. Und wir zogen gen Norden, nach dem vereisten Rande des Beringmeers, wo wir an Land gesetzt wurden – ich selbst, Passuk und die Hunde. Ich bekam auch Geld von der Regierung, denn ich war ihr Diener, und Karten über Land, das menschliche Augen nie gesehen hatten, und geschriebene Botschaften. Diese Botschaften waren versiegelt und sehr klug gegen das Wetter gesichert, und ich sollte sie den Walfängerschiffen des Nordlandes überbringen, die am großen Mackenzie-Fluß vom Eise eingeschlossen waren. Nie hat es einen so großen Fluß gegeben – mit Ausnahme unseres Yukon, des Vaters aller Flüsse.

Aber alles dies hat nichts mit der Sache zu tun, denn meine Geschichte betrifft weder die Walfänger noch den Winter, den ich eingeschlossen im Eise am Mackenzie verbrachte. Später, im Frühling, als die Tage länger wurden und der Schnee eine Kruste erhielt, zogen wir nach Süden, Passuk und ich, nach dem Lande Yukon. Es war eine schwere Reise, aber die Sonne zeigte uns, wo wir unsere Füße hinsetzen sollten. Es war damals, wie ich schon sagte, ein nacktes Land, und wir arbeiteten uns mit Stange und Paddel Ströme hinauf, bis wir Forty Mile erreichten. Herrlich war es, wieder einmal weiße Gesichter zu sehen, und deshalb fuhren wir ans Ufer. Aber der Winter war ein strenger Winter. Dunkelheit und Kälte senkten sich über uns, und mit ihnen kam die Hungersnot. Der Verwalter der Company gab jedem Mann vierzig Pfund Mehl und zwanzig Pfund Speck. Bohnen gab es nicht. Und die Hunde heulten beständig, und es gab schlaffe Mägen und gefurchte Gesichter, und starke Männer wurden schwach, und schwache Männer starben. Es herrschte auch viel Skorbut.

Da versammelten wir uns eines Abends im Magazin, und die leeren Regale machten, daß wir unsere eigene Leere desto mehr fühlten. Wir sprachen leise beim Schein des Feuers, denn die Lichter wurden aufgehoben für die, welche noch nach Luft schnappen konnten, wenn der Frühling kam. Wir erörterten die Lage, und irgend jemand sagte, daß einer von uns nach dem Salzwasser ziehen und der Welt von unserem Elend erzählen müßte. Alle Blicke richteten sich auf mich, denn sie hatten gemerkt, daß ich ein großer Schlittenfahrer war. ›Es sind siebenhundert Meilen bis nach Haines Mission am Meere‹, sagte ich, ›und jeder Zoll des Weges muß auf Schneeschuhen zurückgelegt werden. Gebt mir eure besten Hunde und euern besten Proviant – dann will ich hingehen. Und Passuk soll mich begleiten.‹

Alle waren mit mir einig. Aber einer von ihnen stand auf, der lange Jeff, ein Yankee mit schweren Knochen und schweren Muskeln. Dazu war er ein Mann, der gern das große Wort führte. Er sei auch ein mächtiger Schlittenfahrer, sagte er, von klein auf an Schneeschuhe gewöhnt und mit Büffelmilch aufgezogen. Er wollte mit mir gehen, damit er, wenn ich umfiele, der Mission den Bescheid bringen könnte. Ich war jung und kannte die Yankees nicht. Wie konnte ich wissen, daß große Worte gleichbedeutend mit der Fettschicht waren oder daß die Yankees, die die großen Dinge verrichteten, ihren Mund hielten? Und so nahmen wir denn die besten Hunde und den besten Proviant und machten uns auf den Weg, wir drei – Passuk, der lange Jeff und ich.

Nun ja, ihr habt selbst Schnee gestampft und euch an der Schlittenstange abgemüht, und die hochgepreßten Eismassen der Flüsse sind euch nicht unbekannt, und deshalb will ich nicht von der Mühe reden, sondern nur sagen, daß wir einige Tage zehn Meilen machten, andere dreißig, meistens aber nur zehn. Und der beste Proviant war nicht gut, und wir mußten von Anfang an sparen. Ebenso waren die besten Hunde schlecht, und wir hatten genug damit zu tun, sie auf den Füßen zu halten. Am White River wurden unsere drei Schlitten zu zwei Schlitten, und wir waren nur zweihundert Meilen vorwärts gekommen. Aber wir vergeudeten nichts, denn die Hunde, die aus dem Geschirr genommen wurden, mußten denen, die übrigblieben, zur Nahrung dienen.

Nicht ein Lebenszeichen, nicht eine Rauchsäule, ehe wir Pelly erreichten. Hier hatte ich auf Proviant gerechnet, und hier hatte ich gedacht, den langen Jeff zurückzulassen, denn er jammerte und war von der Schlittenreise sehr mitgenommen. Aber die Lungen des Faktors waren angegriffen, seine Augen schimmerten, und sein Depot war beinahe leer; ja, und er zeigte uns das leere Depot des Missionars und sein Grab, das von einem hohen Steinhaufen bedeckt war, um die Hunde fernzuhalten. Es war eine Schar Indianer am Orte, aber keine Kinder und alten Männer. Es war klar, daß nur wenige von ihnen den Frühling sehen sollten.

Und so zogen wir denn weiter, mit leeren Mägen und schweren Herzen und fünfhundert Meilen Schnee und Schweigen zwischen uns und Haines Mission am Meere.

Es war die Zeit der größten Dunkelheit, und zur Mittagszeit stieg die Sonne nicht über den südlichen Horizont. Aber die Eisschraubungen wurden geringer, der Weg besser, und so trieb ich die Hunde an und reiste früh und spät. Wie gesagt, bei Forty Mile mußten wir für jeden Zoll des Weges Schneeschuhe benutzen. Und die Schuhe nagten große Löcher in unsere Füße, und die Risse und Wunden wollten nicht heilen. Und mit jedem Tage wurden diese

Wunden quälender, bis der lange Jeff morgens, wenn wir die Schuhe anzogen, wie ein Kind weinte. Ich ließ ihn vor dem leichten Schlitten gehen, damit er eine Schlittenbahn trete, aber er nahm die Schneeschuhe ab, weil es bequemer war. Daher wurde die Schlittenbahn nicht getreten, seine Mokassins machten große Löcher, und in ihnen wateten die Hunde. Die Hunde waren so mager, daß ihre Knochen fast durch die Haut stießen, und es war nicht gut für sie. Deshalb sprach ich harte Worte zu dem Manne, und er machte mir Versprechungen, brach aber immer wieder sein Wort. Da schlug ich ihn mit der Hundepeitsche, und von da ab wateten die Hunde nicht mehr im Schnee. Er war ein Kind – teils wegen der Schmerzen und teils wegen der Fettschicht.

Aber Passuk. Während der Mann am Feuer lag und weinte, bereitete sie das Essen, und morgens half sie die Schlitten beladen und abends sie abladen. Und sie rettete die Hunde. Immer war sie auf ihren Schneeschuhen an der Spitze und machte den Weg gangbar. Passuk – wie soll ich es euch erklären? –, ich hielt es für selbstverständlich, daß sie diese Dinge tat, und dachte nicht mehr daran, denn meine Gedanken waren mit andern Dingen beschäftigt, und außerdem war ich jung an Jahren und kannte die Frauen nicht sehr. Erst später lernte ich es verstehen.

Und mit dem Mann wurde es immer schlimmer. Die Hunde hatten nicht mehr viel Kraft, aber er setzte sich heimlich auf den Schlitten, wenn die andern vorausfuhren. Passuk sagte, sie wollte den einen Schlitten nehmen, so daß der Mann nichts zu tun hätte. Am Morgen gab ich ihm die Ration, die ihm zukam, und schickte ihn allein fort. Die Frau und ich taten alle Arbeit im Lager, wir beluden die Schlitten und schirrten die Hunde an. Mittags, wenn die Sonne die Schneekruste schmolz, pflegten wir den Mann zu überholen, der dasaß, während die

Tränen ihm auf den Backen gefroren. Abends setzten wir alles instand, stellten seine Ration beiseite und breiteten seinen Schlafsack aus. Wir machten auch ein großes Feuer, damit er uns finden konnte. Und mehrere Stunden später kam er dann angehinkt und verzehrte unter Klagen und Stöhnen sein Essen. Und dann schlief er. Er war nicht krank, dieser Mann. Er war nur müde und erschöpft von der Schlittenreise und schwach vor Hunger. Aber Passuk und ich waren auch müde und erschöpft von der Schlittenreise und schwach vor Hunger, und wir taten alle Arbeit, und er tat nichts. Aber er hatte die Fettschicht, von der Bruder Bettles gesprochen hat. Und wir gaben dem Mann stets seine reichlich bemessene Ration.

Da trafen wir eines Tages zwei Gespenster, die durch die Stille gereist kamen. Es waren ein Mann und ein Junge, und sie waren weiß. Das Eis auf dem Le-Barge-See war gerissen, und durch den Spalt war der größte Teil ihrer Ausrüstung verschwunden. Sie trugen jeder eine Decke über der Schulter. Abends machten wir ein Feuer, an dem sie bis zum Morgen zusammengekauert saßen. Sie hatten ein klein wenig Mehl. Das verrührten sie in warmem Wasser und tranken es. Der Mann zeigte uns acht Tassen Mehl, das war alles, was sie besaßen, und Pelly, wo die Hungersnot ausgebrochen war, lag zweihundert Meilen fort. Sie sagten, nach ihnen käme ein Indianer, mit dem sie ehrlich geteilt hätten, aber er könnte nicht Schritt mit ihnen halten. Ich glaubte nicht, daß sie ehrlich geteilt hatten, denn dann würde der Indianer Schritt mit ihnen gehalten haben. Aber ich konnte ihnen keinen Proviant geben. Sie versuchten, einen Hund zu stehlen – den fettesten, der aber auch sehr mager war –, aber ich hielt ihnen meine Pistole vors Gesicht und sagte, sie sollten ihres Weges gehen. Und sie gingen ihres Weges, wie berauschte Männer, durch die Stille in der Richtung von Pelly.

Ich hatte jetzt noch drei Hunde und einen Schlitten, und die Hunde waren nichts als Haut und Knochen. Wenn man nicht viel Brennholz hat, so brennt das Feuer niedrig, und die Hütte bleibt kalt. So ging es uns. Wenn man zu wenig zu essen hat, beißt die Kälte stark, und unsere Gesichter waren so schwarz und erfroren, daß unsere eigenen Mütter uns nicht erkannt hätten. Und unsere Füße waren sehr wund. Wenn ich morgens zu gehen begann, brachte mich die Anstrengung, nicht laut zu schreien, in Schweiß – so schmerzten die Schneeschuhe. Passuk gab nie einen Laut von sich, sie ging voraus, um uns den Weg zu bahnen. Der Mann heulte.

Der Thirty Mile floß schnell, und die Strömung fraß Eis von unten weg, so daß es viele Löcher und Risse im Eis und viel offenes Wasser gab. Eines Tages fanden wir den Mann, wie er dasaß und sich ausruhte, denn er war, wie er zu tun pflegte, des Morgens vorausgegangen. Aber zwischen uns war offenes Wasser. Er war hinübergekommen, indem er dem Randeis folgte, wo es zu schmal für einen Schlitten war. Dann fanden wir eine Eisbrücke. Passuk wog nicht viel, und sie ging mit einer langen Stange in der Hand voraus für den Fall, daß ich einbrechen sollte. Aber sie war leicht, und ihre Schneeschuhe waren groß, und sie kam hinüber. Dann rief sie die Hunde. Aber die hatten weder Stangen noch Schuhe, und sie brachen ein und wurden unter Wasser fortgerissen. Ich klammerte mich hinten an den Schlitten, bis das Geschirr riß und die Hunde unter dem Eis verschwanden. Es war nicht mehr viel Fleisch an ihnen, aber ich hatte damit gerechnet, daß sie uns für eine Woche Proviant geben sollten, und jetzt waren sie fort.

Am nächsten Morgen teilte ich allen Proviant – es war sehr wenig – in drei Teile. Und ich sagte zum langen Jeff, jetzt könne er Schritt mit uns halten oder nicht, wie er es für gut befände, denn jetzt würden wir leicht und schnell reisen. Aber er erhob seine Stimme und jammerte über seine wunden Füße und andere Beschwerden, und er sagte viele harte Dinge von Kameradschaft. Passuks Füße waren wund, und meine Füße waren wund – ja wunder als die seinen, denn wir hatten mit den Hunden und dem Schlitten gearbeitet und geschleppt. Der lange Jeff schwor, daß er eher sterben wolle, ehe er sich wieder auf die Wanderung begäbe, und da nahm Passuk einen Schlafsack, und ich nahm eine Kasserolle und eine Axt, und wir schickten uns zum Aufbruch an. Aber sie sah den Anteil des Mannes und sagte: ›Es ist falsch, den guten Proviant an einen Säugling zu vergeuden. Es wäre besser, wenn er stürbe.‹ Ich schüttelte den Kopf und sagte: ›Nein – einmal Kamerad, immer Kamerad.‹ Aber sie sprach von den Männern in Forty Mile – sagte, es seien viele und gute Männer, die warteten, daß ich ihnen Proviant zum Frühling verschaffte. Als ich aber immer noch nein sagte, nahm sie schnell meine Pistole, und der lange Jeff ging, wie Bruder Bettles sagt, vor seiner Zeit in Abrahams Schoß. Ich schalt Passuk aus, aber sie war nicht traurig, und sie war auch nicht besorgt. In meinem Herzen wußte ich, daß sie recht hatte.«

Sitka Charley schwieg und warf einige Stücke Eis in die Goldwäscherpfanne auf dem Ofen. Die Männer saßen schweigend da, und es lief ihnen kalt über den Rücken, als sie das Heulen der Hunde hörten, die ihrem Elend in der Kälte vor dem Zelt Luft machten.

»Und Tag für Tag passierten wir – Passuk und ich – im Schnee die Schlafplätze der zwei Gespenster, und wir wußten, daß wir, bis wir das Salzwasser erreichten, froh sein würden, wenn es uns ginge, wie es ihnen ging. Dann trafen wir den Indianer, der auch wie ein Gespenst war und sich auf dem Wege nach Pelly befand. Der Mann und der Junge hätten nicht gleich geteilt, sagte er, und er hätte seit drei Tagen kein Mehl gehabt. Jede Nacht koche er Stücke von seinen Mokassins in einer Tasse und äße sie. Er hatte nicht mehr viel Mokassinfell übrig. Und er war ein Indianer von der Küste und erzählte uns viele Dinge durch Passuk, die seine Sprache verstand. Er war fremd am Yukon und kannte den Weg nicht, aber er wollte nach Pelly. Wie weit es wäre? Zwei Schlafzeiten? Zehn? Hundert? – er wüßte nichts, aber er wollte nach Pelly. Er sei zu weit gegangen, um umzukehren, und es bliebe ihm nur übrig, weiterzugehen.

Er bat nicht um Proviant, denn er konnte sehen, daß wir selbst sehr knapp waren. Passuk sah den Mann und mich an, als sei sie unschlüssig wie ein Schneehuhn, dessen Küken in Not sind. Da wandte ich mich zu ihr und sagte: ›Diesem Manne ist unrecht geschehen. Wollen wir ihm einen Teil unseres Proviants geben?‹ Ich sah ihre Augen wie vor Freude leuchten, aber sie blickte den Mann und mich lange an, und sie preßte die Lippen hart zusammen und sagte: ›Nein. Das Salzwasser ist weit fort, und der Tod lauert auf uns. Er mag lieber diesen fremden Mann nehmen und meinen Mann Charley lassen.‹ Da ging der Mann in die Stille hinein in der Richtung von Pelly. In der Nacht weinte sie. Noch nie hatte ich sie weinen sehen. Es war auch nicht der Rauch vom Feuer, denn das Holz war trocken. Und ich wunderte mich über ihren Kummer und dachte, ihr Frauenmut wäre von der Schlittenreise mit ihrer Dunkelheit und Qual geknickt.

Das Leben ist ein seltsames Ding. Viel habe ich darüber nachgedacht, und lange habe ich gegrübelt, aber mit jedem Tage wird es nicht weniger seltsam, sondern eher mehr. Woher diese Sehnsucht nach dem Leben? Es ist ein Spiel, das keiner gewinnt. Leben heißt schwer arbeiten und Schlimmes erleiden, bis das Alter über uns kommt und wir unsere Hände in die kalte Asche toter Feuer betten. Es ist schwer, zu leben. Unter Qualen tut das Kind seinen ersten Atemzug, unter Qualen gibt der alte Mann seinen Geist auf, und all seine Tage sind voll von Sorgen und Mühen; und doch geht er immer vorwärts in die offenen Arme des Todes, stolpernd, fallend und bis zum letzten kämpfend. Nur das Leben und was zum Leben gehört, schmerzt. Und doch lieben wir das Leben und hassen den Tod. Es ist sehr merkwürdig.

Wir sprachen nur wenig, Passuk und ich, in den langen Tagen, die jetzt folgten. Nachts lagen wir wie Tote im Schnee, und morgens gingen wir wie Tote. Und alle Dinge waren tot. Es gab kein Schneehuhn, kein Eichhörnchen, keinen Schneehasen – nichts. Der Fluß gab nicht einen Laut von sich unter seinen weißen Kleidern. Der Pflanzensaft war in den Bäumen der Wälder gefroren. Und es wurde kalt wie jetzt, und nachts kamen die Sterne näher, sie waren groß und hüpften und tanzten, und am Tage neckten uns die Nebensonnen, bis wir viele Sonnen sahen, und die ganze Luft knisterte und funkelte, und der Schnee war wie Diamantenstaub. Und es war keine Wärme, kein Laut – nur die scharfe Kälte und die Stille. Wie gesagt, wir gingen wie tote Leute, wie in einem Traum, und wir berechneten nicht die Zeit. Nur, daß unsere Gesichter immer dem Salzwasser zugekehrt waren, unsere Seelen sich nach dem Salzwasser sehnten und unsere Füße uns nach dem Salzwasser hin trugen. Eines Nachts lagerten wir am Takheena und wußten es nicht. Unsere Augen ruhten auf dem Weißen Pferd, aber wir sahen es nicht. Unsere Füße betraten den Weg am Cañon, aber sie fühlten es nicht. Wir fühlten nichts. Und wir fielen oft am Wege nieder, aber immer fielen wir, das Gesicht gegen das Salzwasser gerichtet.

Unser letzter Proviant ging dahin, und wir hatten gleich

geteilt, Passuk und ich, aber sie fiel öfter nieder, und bei Caribou waren ihre Kräfte erschöpft. Und am Morgen lagen wir in demselben Schlafsack und erhoben uns nicht, um weiterzugehen. Es war mein Gedanke, hier liegenzubleiben und uns im Tod zu begegnen, Hand in Hand, Passuk und ich, denn ich war alt geworden und hatte die Liebe einer Frau kennengelernt. Und es waren noch achtzig Meilen bis nach Haines Mission, und der große Chilcoot, der hoch über die Baumgrenze emporsteigt, erhob sein sturmumpeitschtes Haupt vor uns. Aber Passuk sprach zu mir, ganz leise, die Lippen an mein Ohr gepreßt, daß ich hören konnte. Und jetzt, da sie meinen Zorn nicht zu fürchten brauchte, sprach sie offen zu mir von ihrer Liebe und von vielen Dingen, die ich nicht verstand.

Und sie sagte: ›Du bist mein Mann, Charley, und ich bin dir eine gute Frau gewesen. Und in all den Tagen, da ich dein Feuer angezündet und dein Essen bereitet und deine Hunde gefüttert und die Paddel geschwungen oder die Fährte für dich getreten, habe ich nicht geklagt. Ich habe auch nie gesagt, daß mehr Wärme in der Wohnung meines Vaters und mehr zu essen am Chilcat war. Wenn du sprachst, lauschte ich. Wenn du befahlst, gehorchte ich. Ist es nicht so, Charley?‹

Und ich sagte: ›Ja, es ist so!‹

Und sie sagte: ›In der ersten Zeit, als du nach Chilcat kamst und mich nicht ansahst, aber mich kauftest, wie man einen Hund kauft, und mich fortführtest, da verhärtete sich mein Herz gegen dich, und es war voller Bitterkeit und Furcht. Aber das ist lange her. Denn du bist freundlich zu mir gewesen, wie ein guter Mann freundlich zu seinem Hunde ist. Dein Herz war kalt, und es war kein Platz darin für mich, aber du hast recht gegen mich gehandelt, und du warst ein gerechter Mann. Und ich war bei dir, wenn du tapfere Taten verrichtetest und in mutigen Unternehmungen anführtest, und ich maß dich mit den Männern anderer Rassen, und ich sah, daß sie dich ehrten, und deine Worte waren weise und deine Zunge wahr. Und ich wurde stolz auf dich, bis du mein Herz erfülltest und alle meine Gedanken dir galten. Du warst die Mitternachtssonne, die in einem goldenen Kreise läuft und nie den Himmel verläßt. Und wo ich hinsah, sah ich stets die Sonne. Aber dein Herz war immer kalt, Charley, und es war kein Platz darin.‹

Und ich sagte: ›Es ist so. Es war kalt, und es war kein Platz darin. Aber das ist vorbei. Jetzt ist mein Herz wie der Schnee, der zur Frühlingszeit fällt, wenn die Sonne zurückgekehrt ist. Alles taut und beugt sich in mir, es ist ein Geräusch von rinnendem Wasser, und grüne Schößlinge sprießen und keimen. Und die Schneehühner schwirren, die Rotkehlchen singen, und alles ist Singen und Klingen – denn die Macht des Winters ist gebrochen, Passuk, und ich habe die Liebe einer Frau kennengelernt.‹

Sie lächelte und machte eine Bewegung, um mir zu bedeuten, daß ich sie enger an mich ziehen sollte. Und sie sagte: ›Ich bin froh.‹ Dann lag sie lange still da und atmete tief, den Kopf an meine Brust geschmiegt. Dann flüsterte sie: ›Hier endet die Reise für mich, und ich bin müde. Aber vorher will ich von andern Dingen reden. Vor langer Zeit, als ich ein kleines Mädchen am Chilcat war, spielte ich einmal allein zwischen den Fellbündeln in der Wohnung meines Vaters, denn die Männer waren auf der Jagd, und Frauen und Knaben schleppten das Fleisch herbei. Es war Frühling, und ich war allein. Ein großer brauner Bär, der eben aus seinem Winterschlaf erwacht war, ausgehungert und mit vor Magerkeit schlotterndem Fell, steckte den Kopf in das Zelt und sagte Uff! Mein

Bruder kam mit dem ersten Fleischschlitten angezogen. Und er schlug nach dem Bären mit einem brennenden Scheit aus dem Feuer, und die Hunde, die vor dem Schlitten angeschirrt waren, stürzten sich auf den Bären. Es gab einen großen Kampf und viel Lärm. Sie taumelten in die Gluten vom Feuer. Die Fellpacken wurden umgestürzt, und das Zelt fiel zusammen. Zuletzt lag der Bär da – tot, die Finger meines Bruders in seinem Maul, und das Gesicht meines Bruders trug Zeichen von seinen Krallen. Hast du den Indianer auf dem Wege nach Pelly dir angesehen – seinen Fäustling, der keinen Daumen hatte, und seine Hand, die er an unserem Lagerfeuer wärmte? Es war mein Bruder, und ich sagte, er solle keinen Proviant haben. Und er ging fort in die Stille ohne Proviant.‹

So, meine Brüder, war die Liebe Passuks, die im Schnee am Caribou starb. Es war eine große Liebe, denn sie verleugnete ihren Bruder um des Mannes willen, der sie auf eine lange Reise und in einen qualvollen Tod geführt hatte. Und so groß war die Liebe dieser Frau, daß sie sich selbst verleugnete. Ehe ihre Augen sich zum letztenmal schlossen, nahm sie meine Hand und steckte sie unter ihre Parka aus Eichhörnchenfell. Und an ihrem Gürtel hing ein wohlgefüllter Beutel, und ich verstand, was der geheime Grund ihrer Schwäche war. Die zweite Hälfte des Proviants war in den wohlgefüllten Beutel gewandert.

Und sie sagte: ›Hier endet die Schlittenreise nur für Passuk, aber dein Weg, Charley, führt weiter über den großen Chilcoot und nach Haines Mission und dem Meere. Und er führt weiter und immer weiter im Schein vieler Sonnen, durch unbekannte Länder und fremde Gewässer, und du wirst satt von Jahren und Ehre und Ehrenbezeigungen. Er führt dich in die Wohnungen vieler Frauen und guter Frauen, aber nie wird er dich zu größerer Liebe führen, als die Liebe Passuks war.‹

Und ich wußte, daß die Frau die Wahrheit sprach. Aber ich wurde von Wahnsinn ergriffen, und ich warf den vollen Beutel von mir und schwor, daß auch für mich die Reise zu Ende sei, bis ihre müden Augen sich von Tränen verschleierten und sie sagte: ›Unter Männern ist Sitka Charleys Namen immer mit Ehren genannt worden, und immer hat er die Wahrheit gesprochen. Soll er jetzt die Ehre vergessen und leere Worte am Caribou sprechen? Denkt er nicht mehr an die Männer von Forty Mile, die uns ihren besten Proviant und ihre besten Hunde gaben? Immer ist Passuk stolz auf ihren Mann gewesen. Laß ihn sich erheben, seine Schneeschuhe anschnallen und seinen Weg gehen, daß er sich seinen Stolz bewahren kann!‹

Und als sie in meinen Armen erkaltete, stand ich auf, nahm den vollen Beutel und wankte davon auf der Schlittenfährte, denn meine Knie waren schwach, mein Kopf schwindelte, und es rauschte mir vor den Ohren und knisterte von Feuerflammen vor meinen Augen. Die Erinnerung an die vergessenen Reisen meiner Knabenzeit stand wieder vor mir. Ich saß an den vollen Töpfen des Potlachs, ich erhob meine Stimme zum Gesange und tanzte zu den Liedern der Männer und der jungen Mädchen und zum Lärmen der Walroßtrommel. Und Passuk hielt meine Hand und ging neben mir. Wenn ich mich schlafen legte, weckte sie mich. Wenn ich stolperte und fiel, hob sie mich auf. Wenn ich mich in dem tiefen Schnee verirrte, führte sie mich auf die Schlittenspur zurück. Und so, wie ein Mann, der seines Verstandes beraubt ist, der seltsame Gesichte hat und dessen Gedanken von Wein benebelt sind, so erreichte ich Haines Mission am Meere.«

Sitka Charley schlug die Zeltzipfel zurück. Es war Mittag. Im Süden – gerade über dem düsteren Henderson-Paß – erhob sich die kalte Sonne. Zu beiden Seiten flammten die Nebensonnen. Glitzernder Reif flimmerte in der Luft wie Altweibersommer. Im Vordergrund, neben der Schlittenspur, saß ein Wolfshund. Die Haare sträubten sich ihm vor Kälte, und er hob seine lange Schnauze gen Himmel und heulte laut.

AUF DER RAST

»Rein damit!«

»Aber sag mal, Kid, wird das nicht ein bißchen zu stark? Whisky und Schnaps ist schon schlimm genug; und dann noch Kognak und Pfeffersauce hinein und –«

»'rein damit. Wer macht diesen Punsch, wie?«

Und Malemute Kid lächelte wohlwollend durch den Dampf. »Wenn du so lange in diesem Lande gewesen wärst wie ich, mein Sohn, und von Kaninchenfährten und Lachsbäuchen gelebt hättest, würdest du wissen, daß nur einmal im Jahre Weihnachten ist. Und Weihnachten ohne Punsch hieße einen Schacht graben, ohne ihn abzuteufen.«

»Laß dir nicht 'reinschwatzen«, sagte der Große Jim Belden zustimmend. Er war von seiner Grube bei Mazy May gekommen, um Weihnachten zu feiern, und hatte, wie alle wußten, die letzten Monate ausschließlich von Rentierfleisch gelebt. »Ihr habt doch nicht vergessen, wie wir die Tanana anführten, was?«

»Nee, weiß Gott. Jungens, das würde eure Herzen erfreut haben, wenn ihr gesehen hättet, wie der ganze Stamm besoffen war – und alles nur durch eine prachtvolle Mischung von Zucker und Sauerteig. Das war vor deiner Zeit«, sagte Malemute Kid und wandte sich an Louis Savoy, einen jungen Goldgräber, der erst vor zwei Jahren gekommen war. »Damals gab es keine weiße Frau im Lande, und Mason wollte gern heiraten. Der Vater von

Ruth war Häuptling der Tanana und erhob Einwände. War mächtig starrköpfig. Na, ich opferte mein letztes Pfund Zucker; es war das feinste Stück Arbeit, das ich je geleistet habe. Ihr hättet nur die Jagd den Fluß hinunter und quer über die Landenge sehen sollen.«

»Aber die Squaw?« forschte Louis Savoy, der große Französisch-Kanadier. Er hatte letzten Winter in Forty Mile von dem tollen Streich gehört.

Da berichtete Malemute Kid, der der geborene Erzähler war, die ungeschminkte Wahrheit über diesen Brautraub des Nordlands. Mehr als einer dieser rauhen Abenteurer fühlte, wie sich ihm das Herz zusammenschnürte, und sehnte sich unbestimmt nach den sonnigen Weiten der Heimat, wo das Leben mehr versprach als unfruchtbaren Kampf gegen Kälte und Tod.

»Wir erreichten den Yukon gerade beim ersten Eisbruch«, schloß er, »und der Stamm war nur eine Meile hinter uns. Aber das war unsere Rettung, denn beim zweiten Eisbruch öffnete sich das Wasser zwischen uns und ihnen, und als sie nach Nuklukyeto kamen, war die ganze Station zu ihrem Empfang vorbereitet. Und was die Trauung betrifft, so frag nur Vater Roubeau hier; er hat die Zeremonie ausgeführt.«

Der Jesuit nahm die Pfeife aus dem Munde, konnte aber seine Befriedigung nur durch ein väterliches Lächeln zu erkennen geben, während Protestanten und Katholiken kräftig applaudierten.

»Donnerwetter!« rief Louis Savoy, den die romantische Geschichte sehr zu fesseln schien. »La petite Squaw; mon Mason brave. Donnerwetter!«

Als dann die ersten Zinnbecher mit Punsch die Runde machten, sprang der stets durstige Bettles auf und stimmte sein Lieblingslied von der Sassafraswurzel an, und der bacchantische Chor brüllte den Refrain.

Malemute Kids furchtbares Gebräu tat seine Wirkung; die Männer aus den Lagern und den weiten Einöden tauten unter seiner Wärme auf, und Scherz, Gelächter, Gesang und Erzählungen aus einer entschwundenen Zeit gingen reihum. Männer, die das Schicksal aus einem Dutzend Länder zusammengewürfelt hatte, tranken sich zu. Der Engländer Prince hielt eine Rede auf »Uncle Sam, das frühreife Kind der Neuen Welt«; der Yankee Bettles trank auf das Wohl der Königin (»Gott segne sie!«), und Louis Savoy stieß mit dem deutschen Händler Meyers auf Elsaß-Lothringen an. Dann erhob sich Malemute Kid, den Becher in der Hand, und blickte auf das fettige Papierfenster, das mit einer drei Zoll dicken Eisschicht bedeckt war.

»Es lebe der Mann, der heute nacht auf der Fahrt ist! Möge sein Proviant reichen, mögen seine Hunde frisch bleiben und seine Streichhölzer nie naß werden!«

Sie hörten das wohlbekannte Knallen der Hundepeitsche, das Heulen der Hunde und das Schurren eines Schlittens, der vor der Hütte anhielt. Die Unterhaltung hörte auf, man wartete, was da kommen sollte.

»Das ist einer von den Alten. Er sorgt zuerst für seine Hunde und dann erst für sich«, flüsterte Malemute Kid, während sie auf das Schnappen der Kiefer und das wolfsartige Knurren und Heulen hörten. Der Fremde trieb offenbar ihre Hunde zurück, während er die seinen fütterte.

Dann ertönte das erwartete Klopfen, scharf und zuversichtlich, und der Fremde trat ein. Vom Licht geblendet, zögerte er einen Augenblick in der Tür und gab ihnen Gelegenheit, ihn genauer zu betrachten. Er war eine seltsame, malerische Gestalt in seiner Polartracht aus Wolle und Pelz. Er maß sechs Fuß und zwei oder drei Zoll, und seiner Größe entsprachen Schulterbreite und Brustweite. Sein glattrasiertes Gesicht war durch die Kälte rosig gefärbt, die langen Wimpern waren weiß von Reif, und die Ohrenklappen sowie der Nackenschutz der großen Wolfsfellmütze hingen lose herab, so daß er, wie er aus der Nacht draußen hereintrat, dem Frostkönig selbst glich. Um seine Mackinawjacke war ein perlengestickter Gürtel geschnallt, in dem zwei große Coltrevolver und ein Jagdmesser steckten, und außer der unvermeidlichen Hundepeitsche trug er eine rauchlose Büchse von schwerstem Kaliber und neuestem Modell. Als er näher trat, sahen sie, daß er sehr angegriffen war, wenn sein Gang auch fest und elastisch war.

Ein verlegenes Schweigen herrschte, aber sein herzliches »Fröhliche Weihnachten, Leute!« brachte die andern gleich wieder in Stimmung, und im nächsten Augenblick schüttelten Malemute Kid und er sich die Hände. Obwohl sie sich noch nie getroffen hatten, kannten sie sich doch vom Hörensagen. Man hieß ihn herzlich willkommen und setzte ihm einen Becher Punsch vor, ehe er Gelegenheit hatte, etwas zu erzählen.

»Wie lange ist es her, daß ein Korbschlitten mit drei Mann und acht Hunden hier vorbeigekommen ist?« fragte er.

»Wohl zwei Tage. Bist du hinter ihnen her?«

»Ja, es ist mein Gespann. Laufen mir gerade vor der Nase davon, die Spitzbuben. Zwei Tage habe ich schon eingeholt – aber jetzt habe ich sie wohl bald.«

»Na, und dann wirst du wohl Funken aus ihnen schlagen?« fragte Belden, um das Gespräch in Gang zu halten, denn Malemute Kid hatte schon die Kaffeekanne hingestellt und war eifrig dabei, Speck und Elchfleisch zu braten.

Der Fremde schlug bedeutungsvoll auf seine Revolver.

»Wann bist du von Dawson aufgebrochen?«

»Um zwölf.«

»Gestern abend natürlich.«

»Heute mittag.«

Ein überraschtes Murmeln ging durch den Kreis, und das mit gutem Grunde, denn es war jetzt gerade Mitternacht, und in zwölf Stunden siebzig Meilen rauhen Flußeises war etwas fast Unerhörtes.

Das Gespräch kam jetzt auf allgemeinere Dinge, und zwar, wie immer, auf Kindheitserinnerungen. Während der Fremde die einfache Kost aß, forschte Malemute Kid aufmerksam in seinen Zügen. Er kam schnell zu dem Ergebnis, daß sie hübsch, offen und ehrlich waren und daß sie ihm gefielen. Der Mann war noch jung, aber Gefahren und Mühsal hatten seine Züge streng gemacht. Obwohl seine blauen Augen freundlich blickten, wenn er mit jemand sprach, und milde, wenn er schwieg, konnte man sich den harten Stahlglanz vorstellen, der sich in ihnen zeigen mußte, wenn es galt, zu handeln, und namentlich, wenn es galt, es mit einer Übermacht aufzunehmen. Die schweren Kinnladen und das viereckige Kinn deuteten auf Eigensinn und Unbezwinglichkeit. Aber trotz allem, was die Natur des Löwen kennzeichnete, zeugten eine gewisse Milde und eine leise Andeutung von Weiblichem von einer weichen Natur.

»Ja, so wurde ich also mit meiner Alten zusammengespleißt«, sagte Belden, indem er den spannenden Bericht von seiner Freierfahrt schloß. »›Hier sind wir, Papa‹, sagte sie. ›Ich will euch gehängt sehen‹, sagte er und wandte sich dann zu mir: ›Jim, mach, daß du wegkommst mit deinen Lumpen. Ich will vor dem Mittagessen ein tüchtiges Stück von den vierzig Morgen gepflügt haben.‹ Und dann wandte er sich zu ihr. ›Und du, Sal, mach, daß du an deine Töpfe kommst.‹ Und dann schnaufte er und gab ihr einen Kuß. Und ihr könnt mir glauben, daß ich froh war – aber das merkte er mir an und rief: ›Also los, Jim!‹ Und ich machte, daß ich hinaus-kam.«

»Warten Kinder auf dich?« fragte der Fremde.

»Nein, Sal starb, ehe eins kam. Deshalb bin ich hier.«

Belden zündete sich nachdenklich die Pfeife an, die gar nicht ausgegangen war. Dann erhellten sich seine Züge, und er fragte:

»Und du, Fremder – verheiratet?«

Statt zu antworten, öffnete der Mann seine Uhr, löste sie von dem Riemen, der ihm als Uhrkette diente, und reichte sie dem andern. Belden trat an die Tranlampe, betrachtete kritisch das Uhrgehäuse, stieß leise einen bewundernden Fluch aus und reichte die Uhr Louis Savoy. Mit zahl-reichen »Donnerwettern!« reichte dieser die Uhr schließ-lich Prince, und man sah, daß dessen Hände zitterten und daß seine Augen einen seltsam sanften Ausdruck annah-men. Und so ging sie von einer rauhen Hand in die an-dere – diese kolorierte Photographie einer Frau, von eben der lieblichen Art, wie solche Männer sie sich in ihrer Phantasie denken, mit einem Kind an der Brust. Die das Wunder noch nicht gesehen hatten, waren wild von Neu-gier, die es gesehen, schweigsam und nachdenklich. Sie konnten dem Hunger, dem Schrecken des Skorbuts, einem plötzlichen Tode zu Wasser und zu Lande ins Auge sehen, aber das kolorierte Bild einer unbekannten Frau mit ihrem Kinde machte sie alle zu Frauen und Kindern.

»Ich habe den Kleinen nie gesehen – es ist ein Junge, schrieb sie, und zwei Jahre alt«, sagte der Fremde, als er den Schatz zurückerhielt. Einen Augenblick betrachtete er das Bild zögernd, dann schloß er die Kapsel schnell und wandte sich ab, aber nicht schnell genug, um die hervor-brechenden Tränen zu verbergen.

Malemute Kid führte ihn zu einer Koje und hieß ihn sich niederlegen.

»Wecke mich Punkt vier. Vergiß es ja nicht«, lauteten seine letzten Worte, und einen Augenblick später atmete er tief im Schlaf der Erschöpfung.

»Donnerwetter, das ist ein Kerl«, meinte Prince. »Drei Stunden Schlaf nach fünfundsiebzig Meilen, und dann wieder los auf die Spur. Wer ist er, Kid?«

»Jack Westondale. Ist seit drei Jahren hier und hat noch nichts gewonnen, außer dem Ruf, daß er wie ein Pferd arbeitet, sonst hat er nur ein Pech nach dem andern gehabt. Ich kenne ihn nicht selbst, aber Sitka Charley hat mir von ihm erzählt.«

»Es muß hart sein, daß ein Mann mit einer so reizenden Frau seine besten Jahre in diesem gottverlassenen Loch verbringen soll, wo ein Jahr soviel ist wie zwei anderswo in der Welt.«

»Sein Fehler ist, daß er einfach ein zu toller Draufgänger und dabei zu eigensinnig ist. Zweimal hat er alles auf eine Karte gesetzt und alles verloren.«

Die Unterhaltung wurde durch den lärmenden Bettles unterbrochen, denn die elegische Stimmung begann zu schwinden. Und bald vergaß man die einförmigen Jahre mit der einfachen Kost und der ewigen Mühsal und überließ sich einer lauten Heiterkeit. Nur Malemute Kid schien nicht mitgerissen zu werden. Immer wieder sah er ängstlich auf seine Uhr. Schließlich nahm er Fausthandschuhe und Biberfellmütze, verließ den Raum und begann in der Vorratskammer zu rumoren.

Er konnte auch die festgesetzte Zeit nicht abwarten, sondern weckte seinen Gast eine Viertelstunde zu früh. Der junge Riese war ganz steif geworden, und er mußte ihn kräftig reiben, um ihn auf die Füße zu bringen. Dann wankte der Mann mit Mühe aus der Hütte, wo er seine

Hunde angeschirrt und alles zum Aufbruch bereit fand. Die Gesellschaft wünschte ihm einen guten baldigen Erfolg, Vater Roubeau gab ihm einen schnellen Segen, und dann gingen die andern wieder in die Hütte; kein Wunder, denn es ist nicht angenehm, sich einer Kälte von vierundsiebzig Grad Fahrenheit unter Null mit ungeschützten Händen und Ohren auszusetzen.

Malemute Kid brachte ihn bis zur Hauptschlittenbahn, schüttelte ihm herzlich die Hand und gab ihm gute Ratschläge.

»Du wirst hundert Pfund Lachsrogen auf dem Schlitten finden«, sagte er. »Für die Hunde ist das ebensoviel wie hundertfünfzig Pfund Fisch, und in Pelly bekommst du kein Hundefutter, wie du vielleicht dachtest.« Der Fremde fuhr zusammen, seine Augen funkelten, aber er unterbrach ihn nicht. »Du kriegst nicht ein Gramm Nahrung für dich oder die Hunde, ehe du Five Fingers erreichst, und das sind gut zweihundert Meilen. Achte auf das offene Wasser auf dem Thirty-Mile-Fluß. Und nimm den Richtweg über den Le-Barge-See.«

»Woher weißt du es? Die Nachricht kann mir doch noch nicht zuvorgekommen sein.«

»Ich weiß nichts und will auch nichts wissen. Aber das Gespann, dem du nachjagst, hat dir nie gehört. Sitka Charley hat es letztes Frühjahr verkauft. Aber er sagte einmal, daß du dich mit mir messen könntest, und ich glaube ihm. Dein Gesicht gefällt mir. Und – also, zum Kuckuck, sieh, daß du ans Salzwasser kommst und zu deiner Frau und –«

Hier zog Kid sich den Handschuh ab und reichte ihm seinen Geldbeutel.

»Nein, das brauche ich nicht«, und die Tränen gefroren auf seinen Wangen, als er krampfhaft Malemute Kids Hand preßte.

»Schone die Hunde nicht. Sobald einer zurückbleibt, schneide ihn los und kaufe dir einen neuen, was du auch dafür geben mußt. Du kriegst welche in Five Fingers, Little Salmon und in Hootalinqua. Und nimm dich vor nassen Füßen in acht«, war sein letzter Rat. »Mach bei jeder Rast ein Feuer und wechsle die Strümpfe.«

Keine fünfzehn Minuten später verkündete Schellengeläut die Ankunft neuer Gäste. Die Tür öffnete sich, und ein Mann von der berittenen Polizei des Nordwest-Territoriums trat, von zwei halbblütigen Hundeführern gefolgt, ein. Wie Westondale waren auch sie schwer bewaffnet und schienen erschöpft zu sein. Die Mischlinge waren die Fahrt gewohnt, und sie hielten sich noch gut; der junge Polizist aber war arg mitgenommen. Die Hartnäckigkeit seiner Rasse hielt ihn jedoch aufrecht. »Wann ist Westondale gefahren?« fragte er. »Er hat hier doch Aufenhalt gemacht, nicht wahr?« Es war eine überflüssige Frage, denn die Fährte antwortete nur zu deutlich.

Malemute Kid hatte Belden einen Blick zugeworfen, der verstand den Wink und antwortete ausweichend: »Das ist schon eine ganze Weile her.«

»Hör, Mann, 'raus jetzt mit der Wahrheit«, sagte der Polizist warnend.

»Du möchtest ihn wohl gern fassen. Hat er in Dawson zuviel Radau gemacht?«

»Er hat Harry McFarland vierzigtausend geraubt und sich einen Scheck auf Seattle gekauft; und wer kann die Auszahlung verhindern, wenn wir ihn nicht einholen? Wann ist er weitergefahren?«

Nicht ein Blick verriet die allgemeine Spannung, denn Malemute Kid hatte das Beispiel gegeben, und der junge Polizist begegnete deshalb überall nur unbeweglichen Gesichtern.

Er trat rasch auf Prince zu und richtete seine Frage an ihn; aber obgleich der Kanadier ein peinliches Gefühl hatte, als er das ernste offene Gesicht seines Landsmannes sah, erzählte er doch nur etwas ganz Unwesentliches vom Zustand der Wege.

Da fragte er Vater Roubeau, und der konnte nicht lügen. »Vor einer Viertelstunde«, antwortete der Priester. »Aber er und seine Hunde haben sich vier Stunden ausgeruht.«

»Fünfzehn Minuten Vorsprung und ausgeruht! Herrgott!« Der arme Bursche wankte halb bewußtlos vor Erschöpfung und Enttäuschung zurück und murmelte etwas von einer zehnstündigen Fahrt von Dawson und daß die Hunde nicht weiterkönnten.

Malemute Kid zwang ihn, einen Becher Punsch zu trinken. Dann wandte sich der junge Mann zur Tür und befahl den Hundeführern, ihm zu folgen. Aber die Wärme und die Aussicht auf Ruhe war zu verlockend, und sie erhoben kräftige Einwände. Kid verstand ihr französisches Patois und folgte gespannt ihrer Unterhaltung.

Sie schworen, daß die Hunde nicht weiterkönnten, daß Siwash und Babette erschossen werden müßten, ehe sie die erste Meile hinter sich hätten, daß es mit den andern kaum besser ginge und daß es für alle Teile das beste wäre, sich auszuruhen.

»Leih mir fünf Hunde!« bat der Polizist Malemute Kid.

Aber Kid schüttelte den Kopf.

»Ich gebe dir einen Scheck über fünftausend auf Kapitän Constantine – hier sind meine Papiere – ich habe Vollmacht, nach Gutdünken zu ziehen.«

Dieselbe stumme Weigerung.

»Dann requiriere ich sie im Namen der Königin.«

Kid lächelte ungläubig, indem er einen Blick auf sein wohlversehenes Arsenal warf, und der Engländer, der seine Ohnmacht einsah, wandte sich zum Gehen. Als die Hundeführer aber immer noch Einwände erhoben, fuhr er wütend auf sie los und schalt sie Weiber und Köter. Das dunkle Gesicht des älteren Mischlings wurde blutrot vor Zorn, er richtete sich auf und schwor, aushalten zu wollen, bis ihm die Haut in Fetzen von den Füßen hinge; und dann würde es ihm ein besonderes Vergnügen machen, den Anführer in den Schnee zu werfen.

Der junge Polizist ging mit Aufgebot seiner ganzen Energie, ohne zu wanken, zur Tür und schützte eine Kraft vor, die er gar nicht besaß. Aber alle sahen es und wußten diese stolze Anspannung zu schätzen. Er konnte jedoch nicht ganz verbergen, daß sein Gesicht vor Schmerz zuckte. Reifbedeckt lagen die Hunde zusammengerollt im Schnee, und es war fast unmöglich, sie auf die Beine zu bekommen. Die armen Tiere heulten unter den Peitschenhieben. Die Führer waren wütend und blutdürstig, sie konnten den Schlitten auch erst in Gang bekommen, als Babette, der Leithund, abgeschnitten war.

»Ein dreckiger Schurke und Lügner!« »Der Blitz soll ihn treffen!« »Ein Dieb!« »Schlimmer als ein Indianer!« Es war klar, daß sie zornig waren – erstens über die Art und Weise, wie sie hinters Licht geführt worden waren, zweitens im Namen der verletzten Moral des Nordlandes, wo Ehrlichkeit die höchste Tugend des Mannes ist. »Und wir haben dem Banditen noch geholfen, als wir schon wußten, was er getan hat.« Alle Augen richteten sich anklagend auf Malemute Kid, der sich aus der Ecke erhob, wo er es Babette bequem gemacht hatte, und schweigend den Rest des Punsches in die Becher schenkte.

»Es ist eine kalte Nacht, Jungens – eine bitterkalte Nacht«, begann er, etwas abweichend, seine Verteidigung. »Ihr habt alle schon Schlittenreisen gemacht und wißt, was das heißt. Tritt keinen Hund, wenn er fertig ist. Ihr habt nur die eine Seite der Sache gesehen. Ein ehrlicherer Mann als Jack Westondale hat nie aus demselben Napf wie ihr oder ich gegessen. Voriges Jahr im Frühling gab er seine ganzen Ersparnisse, vierzigtausend, Joe Castrell, damit er Land von der Regierung für ihn kaufte. Heute wäre er Millionär gewesen. Aber was tut Joe Castrell, während Westondale in Circle City blieb, um einen skorbutkranken Freund zu pflegen? Geht zu McFarland und verspielt das Ganze. Am nächsten Tage lag er tot im Schnee. Und der arme Jack hatte gedacht, im Winter heimzureisen, zu seiner Frau und dem Jungen, den er noch nie gesehen hatte! Denkt daran, er nahm genau, was sein Kompagnon verlor – vierzigtausend. Na, jetzt ist er weg, und was wollt ihr nun dabei machen?«

Kid blickte sich im Kreise um, sah, daß der Zorn sich legte, und hob seinen Becher. »Und nun wollen wir anstoßen auf den Mann, der auf der Fahrt ist. Möge sein Proviant reichen, mögen seine Hunde frisch bleiben und seine Streichhölzer nie naß werden. Gott sei mit ihm, gebe ihm Glück und –«

»Nieder mit der berittenen Polizei!« rief Bettles, und sie stießen mit vollen Bechern an.

DIE LIEBE ZUM LEBEN

Sie humpelten unter Schmerzen den Hang hinunter, und einmal stolperte der vorderste der beiden Männer über einen der herumliegenden Felsblöcke. Sie waren sehr erschöpft und kraftlos. Ihre Gesichter trugen den Ausdruck bitterer Geduld, der eine Folge allzulang ertragener Entbehrungen ist. Sie schleppten schwere Lasten auf dem Rücken, Deckenbündel, die mit Riemen an den Schultern befestigt waren. Auch um die Stirn hatten sie einen Riemen gelegt, um den Druck der Bündel auf die Schultern zu erleichtern. Jeder trug ein Gewehr. Sie gingen gebückt, die Schultern weit vorgeschoben, den Kopf tief hinabhängend, die Augen starr auf den Boden gerichtet.

»Ich wünschte, wir hätten zwei von den Patronen, die wir in unserm Depot liegen haben«, sagte der Mann, der hinterherging.

Seine Stimme hatte einen unheimlich gleichgültigen Klang. Er sprach ohne jeden Eifer, und der vorangehende, der soeben in den milchigen, über die Felsblöcke schäumenden Strom hinaushinkte, würdigte ihn keiner Antwort.

Der andere folgte ihm auf den Fersen. Es fiel ihnen nicht ein, sich die Fußbekleidung auszuziehen, obgleich das Wasser eisig kalt war ... so kalt, daß ihnen die Gelenke schmerzten und die Füße ganz unempfindsam wurden. An einzelnen Stellen ging ihnen das Wasser bis zu den Knien, und beide Männer waren nahe daran, das Gleichgewicht zu verlieren.

Der zweite Mann glitt auf einem glatten Kieselstein aus. Er wäre beinahe gestürzt, kam jedoch mit einer gewaltigen Anstrengung wieder auf die Beine und stieß dabei einen scharfen Schmerzensruf aus. Er schien plötzlich kraftlos und schwindlig zu werden, streckte die freie Hand aus und fuchtelte mit ihr in der Luft herum, wie um eine Stütze zu finden. Als er das Gleichgewicht wiedergefunden hatte, ging er einige Schritte vorwärts, taumelte jedoch abermals, fuchtelte mit den Armen und schien fallen zu wollen. Dann blieb er stehen und sah dem andern Manne nach, der nicht ein einziges Mal den Kopf gedreht hatte.

Eine volle Minute blieb er stehen, als ob er etwas ernst überlegte. Dann rief er laut:

»Hörst du denn nicht, Bill, ich hab' mir den Fuß verstaucht.«

Bill wankte weiter durch den milchigen Strom. Er wandte nicht den Kopf, sah sich nicht um. Der andere stand noch immer da und sah ihn gehen. Und obgleich sein Gesicht ausdruckslos wie zuvor war, glichen seine Augen denen eines verwundeten Hirsches.

Bill erkletterte unterdessen das andere Ufer und setzte seinen Weg fort, ohne sich ein einziges Mal umzudrehen. Der Mann im Fluß beobachtete ihn. Seine Lippen zitterten ein wenig, so daß die langen rauhen Haare des braunen Bartes, der sie verbarg, sich sichtlich bewegten. Er befeuchtete sich die Lippen mit der Zunge.

»Bill!« rief er.

Es war der verzweifelte Hilferuf eines starken Mannes, der in Not war, aber Bill wandte nicht einmal den Kopf. Der Zurückgebliebene sah ihn weitergehen. Sah, wie er grotesk dahinhumpelte, sich mit unsicheren Schritten den sanft ansteigenden Hang zu der dunstigen Kuppe des niedrigen Hügels hinaufschlich. Er sah ihm nach, bis er den Kamm erreicht hatte und hinter dem Horizont verschwunden war. Dann wandte er den Blick ab und ließ ihn langsam in dem engen Kreis schweifen, der jetzt nach Bills Verschwinden alles war, was ihm von der Welt geblieben.

Tief am Horizont glomm fahl die Sonne, fast verborgen hinter gestaltlosen Nebeln und Dämpfen, die wie dichte Massen, aber ohne feste Form und Linien wirkten. Der Mann nahm die Uhr heraus, während er sich mit seinem ganzen Gewicht auf das eine Bein stützte. Es war vier. Und da es schon Ende Juli oder Anfang August sein mußte – er wußte seit einer Woche oder vierzehn Tagen das Datum nicht mehr genau –, zeigte die Sonne jetzt, wenn auch nur ungenau, die Nordwestrichtung an. Er warf einen Blick nach dem Süden – irgendwo dort unten jenseits der öden und windigen Hügel lag – das wußte er – der Große Bärensee. Er wußte auch, daß in dieser Richtung der Polarkreis die Einöden Kanadas durchschnitt. Der Fluß, in dem er jetzt stand, war ein Nebenfluß des Coppermines, der nach Norden strömte und in die Coronation-Bucht und in das Nördliche Eismeer mündete. Er war noch nie dort gewesen, hatte es aber einmal auf einer Karte bei der Hudson Bay Company gesehen.

Wieder durchmaß sein Blick den Kreis der Welt, die ihm geblieben war. Es war kein sehr erheiterndes Schauspiel, das sich ihm darbot. Wo er hinsah – überall derselbe weiche Horizont. Die Hügel waren alle sehr niedrig. Nirgends waren Bäume, nirgends Gebüsch oder Gras zu sehen ... es gab nichts als erschütternde, furchtbare Öde und Einsamkeit. Langsam und leise tauchte unüberwindbare Furcht in seinen Augen auf.

»Bill!« flüsterte er, einmal, zweimal. »Bill!«

Er watete in das milchige Wasser hinein, als ob die ungeheure Öde ihn mit unwiderstehlicher Schwere weiterschob, während sie ihn mit grausamer, brutaler Freude zermalmte. Wie in einem Anfall von Schüttelfrost zitterte er, bis das Gewehr ihm aus der Hand und mit einem Plätschern ins Wasser fiel. Das brachte ihn wieder zu sich. Er bekämpfte seine Angst und nahm sich gewaltsam zusammen. Er bückte sich, suchte im Wasser, bis er sein Gewehr gefunden hatte, und hob es auf. Dann schob er sich das Bündel weiter auf die linke Schulter herauf, als ob er dadurch dem rechten Fuß, den er sich verstaucht hatte, das Gewicht abnehmen wollte. Und langsam und vorsichtig näherte er sich, vor Schmerzen zuckend, dem andern Ufer.

Hier blieb er nicht stehen. Mit einer verzweifelten Anstrengung, die an Wahnsinn grenzte, eilte er, ohne auf den Schmerz zu achten, den Hügel hinan, um den Gipfel zu erreichen, hinter dem sein Kamerad vorhin verschwunden war ... noch grotesker und noch tragikomischer anzusehen, als sein humpelnder, springender Genosse es gewesen. Als er aber den Gipfel erreicht hatte, sah er vor sich nur ein flaches Tal, das von allem Leben entblößt war. Wieder bekämpfte er seine Angst, überwand sie, schob sich das Bündel noch weiter nach links hinüber und taumelte den Hang hinunter.

Die Sohle des Tales war feucht. Dichtes Moos klebte wie nasser Schwamm an den Fersen. Das Wasser quoll bei jedem Schritt, den er machte, unter seinen Füßen hervor. Und jedesmal, wenn er den Fuß wieder hob, gab es ein glucksendes, saugendes Geräusch, wie wenn das Moos nur zögernd seinen Griff um den Mokassin aufgab. Er suchte sich vorsichtig die Stellen aus, wo er den Fuß hinsetzen konnte, und folgte dabei nach Möglichkeit der Fährte seines Kameraden zwischen den Felsblöcken, die sich wie kleine Inseln aus dem Meere von Moos erhoben.

Obgleich allein, war er doch nicht verloren. Er wußte,

daß er ein Stück weiter hin eine Stelle erreichen mußte, wo abgestorbene Tannen und Kiefern verwachsen und verdorrt das Ufer eines kleinen Sees umsäumten, der in der Sprache der Eingeborenen Titchinniechilie hieß. Das Land selbst wurde das »Land der kleinen Zweige« genannt. Und durch diesen See strömte ein kleiner Fluß, dessen Wasser nicht milchig war. An diesem Fluß wuchs auch Schilf, dessen entsann er sich noch, aber Wald war nicht da. Diesem Fluß wollte er bis zur ersten Wasserscheide folgen. Die wollte er dann überschreiten, bis er den nächsten Fluß traf, der nach Westen floß und der ihn bis zu dem größeren Dease-Fluß führen mußte. Hier würde er unter einem umgekippten Kanu und mit vielen großen Steinen bedeckt ihr Depot finden. In diesem Depot befanden sich Munition für sein leeres Gewehr, Angelhaken und -leinen, ja sogar ein kleines Netz – kurz, alles Gerät, das zum Fangen und Töten der verschiedenen Tiere notwendig war. Dort würde er auch Mehl – freilich nicht sehr viel –, ein Stück Räucherspeck und einige Bohnen finden.

Wahrscheinlich wartete auch Bill dort auf ihn. Sie konnten dann gemeinsam den Dease bis zum Großen Bärensee hinunterpaddeln. Den überquerten sie dann in südlicher Richtung, immer weiter nach Süden, bis sie den Mackenzie erreichten. Und weiter, immer weiter nach Süden würden sie ziehen. Während der Winter ihnen vergeblich nachlief und die Eiskruste selbst die Strudel erstarren ließ und die Tage kalt und klingend klar machte, würden sie selbst immer weiter nach Süden wandern, bis sie eine behagliche Station der Hudson Bay Company erreichten, wo der Wald hoch und reich wuchs und wo es Lebensmittel ohne Ende gab.

Solche Gedanken schossen durch den Kopf des Mannes, der sich langsam und mühselig vorwärts kämpfte. Aber wenn er auch große Anforderungen an seinen Körper stellte, so war doch der Kampf, den er mit seiner Seele führte, nicht weniger hart. Vergebens versuchte er sich vorzutäuschen, daß Bill ihn gar nicht verlassen hätte, daß Bill sicher beim Depot auf ihn warten würde. Er war gezwungen, aus allen Kräften an diesem Glauben festzuhalten, denn sonst wäre er gar nicht imstande gewesen weiterzuschreiten; er hätte sich einfach hingelegt und wäre gestorben. Und als der düster glimmende Sonnenball langsam hinter dem nordwestlichen Hügelrand verschwunden war, ging er in Gedanken, immer wieder, jeden Zoll durch, den Bill und er südwärts ziehen mußten, um dem kommenden Winter zu entfliehen. Und ein Mal über das andere stellte er sich die Lebensmittel im Depot und die, welche er bei der Hudson Bay Station erhalten würde, vor Augen. Seit zwei Tagen hatte er nichts zu essen bekommen, und schon seit langem hatte er nicht gegessen, was er zu essen wünschte. Manchmal blieb er stehen und pflückte die blassen Moosbeeren, steckte sie in den Mund, kaute und verschlang sie. Eine Moosbeere besteht aber nur aus einem kleinen, von etwas Flüssigkeit umgebenen Samen. Im Munde verschwindet die Flüssigkeit, und der Samen, der übrigbleibt, schmeckt bitter und scharf. Der Mann wußte genau, daß die Beere keinen Nährwert hatte, aber er kaute sie trotzdem mit einer Hoffnungsfreudigkeit, die größer als alles Wissen war und sich den Teufel um alle praktischen Erfahrungen scherte. Gegen neun Uhr stieß er sich den Zeh an einem Stein, und vor lauter Müdigkeit und Schwäche stolperte er und stürzte. Er lag einige Zeit auf dem feuchten Boden, ohne die Kraft zu haben, wieder aufzustehen. Dann gelang es ihm, die Gepäckriemen abzustreifen, und mühselig und schwerfällig setzte er sich auf. Es war noch nicht ganz dunkel geworden, und in der zögernden Dämmerung suchte er mit den Händen auf dem Boden, um etwas Moos zu finden, das trocken genug war. Als er einen kleinen Haufen zusammengeschabt hatte, machte er ein Feuer – ein schwach glimmendes, rauchendes Feuer – und stellte den Zinntopf auf, um Wasser zu kochen.

Er öffnete sein Bündel, und das erste, was er dann tat, war, daß er seine Streichhölzer zählte. Es waren im ganzen siebenundsechzig. Er zählte sie dreimal, um seiner Sache sicher zu sein. Dann teilte er sie in drei Häufchen und packte jedes für sich in Ölpapier ein. Das erste Häufchen tat er hierauf in seinen leeren Tabaksbeutel, das zweite in das Schweißleder seines arg mitgenommenen Hutes, während er das dritte auf der Brust unter dem Hemd verbarg. Als das getan war, überkam ihn plötzlich ein panischer Schrecken, er packte sie alle wieder aus und zählte sie noch einmal. Es waren immer noch siebenundsechzig.

Er trocknete seine Fußbekleidung am Feuer. Die Mokassins waren zu durchnäßten Fetzen geworden. Die Überzugstrümpfe waren durchlöchert, seine Füße zerschunden und blutig. In seinem Fußgelenk hämmerte es, und er untersuchte es deshalb. Es war so stark geschwollen, daß es ebenso dick wie das Knie war. Er riß einen langen Streifen von einer seiner beiden Decken und band ihn straff um das Fußgelenk. Er riß weitere Streifen ab und band sie um seine Füße, damit sie ihm gleichzeitig als Strümpfe und als Mokassins dienen konnten. Dann trank er den ganzen Topf heißes Wasser aus, zog seine Uhr auf und kroch in seinen Schlafsack.

Er schlief wie ein Toter. Die kurze Dunkelheit um Mitternacht kam und schwand. Im Nordosten ging die Sonne auf – oder richtiger gesagt: die Dämmerung brach drüben an, denn die Sonne selbst blieb hinter grauen Wolken verborgen.

Um sechs Uhr wachte er auf. Er lag ruhig auf dem Rükken, starrte in den grauen Himmel empor und fühlte nur das eine, daß er hungrig war. Als er sich auf die Seite legte und sich auf den Ellbogen stützte, hörte er zu seinem Staunen ein lautes Schnarchen und sah einen Rentierbullen, der ihn wachsam und neugierig betrachtete. Das Tier war kaum zwanzig Schritt von ihm entfernt, und im selben Augenblick schoß dem Mann die Vision und der Geschmack eines Rentierbratens, der auf dem Feuer zischte und schmorte, durch den Kopf. Mechanisch streckte er die Hand nach dem leeren Gewehr aus, zielte und drückte ab. Der Bulle schnaufte und lief in weiten Sprüngen davon. Seine Hufe klapperten und schlugen, während er über die Felsblöcke hinübersetzte.

Der Mann fluchte und schleuderte das leere Gewehr weit von sich. Laut stöhnend versuchte er, auf die Beine zu kommen. Das war eine langsame und schwierige Arbeit. Die Füße, die noch nicht an ihre neuen Hülsen gewöhnt waren, mühten sich ab und glitten hin und her; jedes Beugen und Strecken gelang nur durch eine ungeheure Willensanstrengung. Als er endlich auf den Füßen stand, brauchte er wieder lange Zeit, um sich aufzurichten und wie ein normaler Mensch dazustehen.

Er kroch auf eine kleine Bodenerhöhung und sah sich um. Es gab keinen Baum, keinen Strauch – nur ein graues Meer von Moos, das von dem grauen Felsen, den grauen Pfützen und den kleinen grauen Bächlein kaum zu unterscheiden war. Der Himmel war ebenfalls grau. Keine Sonne oder auch nur die Andeutung einer Sonne war zu sehen. Er ahnte nicht mehr, wo Norden sein mochte, und hatte ganz den Weg vergessen, den er in der vorigen Nacht hierhergewandert war. Aber er war nicht verloren. Das wußte er. Bald kam er in das »Land der kleinen Zweige«. Er hatte das Gefühl, daß es irgendwo links vor ihm liegen mußte, gar nicht so weit entfernt – vielleicht schon hinter dem nächsten Hügel.

Er kehrte zu seinem Lagerplatz zurück, um sein Bündel für die Weiterfahrt zu schnüren. Zunächst vergewisserte er sich, daß alle drei Päckchen Streichhölzer vorhanden waren, gab sich aber nicht die Mühe, sie noch einmal zu zählen. Dagegen zögerte er lange und nachdenklich, als er einen strotzenden Beutel aus Elchleder wieder einpacken wollte. Der Beutel war nicht groß. Er konnte ihn in seinen beiden Händen verbergen. Er wußte genau, daß das Ding nur ein Gewicht von fünfzehn Pfund hatte ... genau so viel wie das ganze übrige Bündel ... aber es machte ihm immerhin gewisse Schwierigkeiten. Er blieb einen Augenblick stehen und starrte den dicken elchledernen Beutel an. Schließlich nahm er ihn doch, während er einen mißtrauischen Blick um sich warf, als ob die Einöde versuchen könnte, ihm den Beutel zu stehlen. Und als er endlich aufstand, um seine Tageswanderung anzutreten, befand sich der Beutel unter den Sachen, die er auf seinem Rücken trug.

Er bog nach links ab. Hie und da blieb er stehen, um Moosbeeren zu essen. Sein Fußgelenk war jetzt ganz steif, er hinkte stärker als zuvor, aber der Schmerz in dem Fuß war nichts gegen die Qualen, die ihm sein leerer Magen verursachte. Der Hunger begann sehr weh zu tun. Er fühlte ihn immer stärker und schmerzhafter, bis er nicht mehr imstande war, seine Gedanken auf den Weg zu richten, den er einschlagen mußte, um nach dem »Lande der kleinen Zweige« zu gelangen. Die Moosbeeren vermochten nichts gegen die Schmerzen. Sie machten nur durch ihre beißende Schärfe seine Zunge und seinen Schlund ganz wund.

Er erreichte ein Tal, wo Bergschneehühner sich auf flatternden Flügeln von Felsblöcken und Moosbeerensträuchern in die Luft erhoben. »Kerr . . . Kerr . . . Kerr . . .«, schrien sie. Er warf ihnen Steine nach, konnte sie aber nicht treffen. Er legte sein Bündel auf den Boden und pirschte sich an sie heran, wie eine Katze an einen Sperling. Die scharfen Steine zerrissen ihm die Hosen, bis seine Knie eine Fährte von Blut hinterließen. Aber der Schmerz, den der Hunger verursachte, war so groß, daß er sonst nichts empfand. Er schlüpfte durch das feuchte Moos, seine Kleider wurden durchnäßt, sein Körper zitterte vor Kälte, aber er merkte es gar nicht, so furchtbar brannte das Fieber des Hungers. Und immer wieder erhoben die Schneehühner sich und umflatterten ihn, bis ihm ihr ewiges »Kerr . . . Kerr . . . Kerr . . .« wie ein blutiger Hohn erschien. Und er verfluchte sie und rief ihnen laut ihren eigenen Schrei zu.

Einmal stolperte er sogar über ein Schneehuhn, das wahrscheinlich eingeschlafen war. Er hatte es gar nicht bemerkt, bis es aus seinem steinigen Winkel ihm direkt ins Gesicht flatterte. Er haschte nach dem Vogel, aber seine Bewegung war ebenso erschrocken und ungeschickt wie der Flug des Schneehuhns aus dem Versteck, und so blieben ihm nur ein paar Schwungfedern in der Hand. Als er es wegfliegen sah, fühlte er einen flammenden Haß gegen den Vogel, als hätte der ihm etwas Furchtbares angetan. Dann kehrte er um und lud sich das Bündel wieder auf die Schultern.

Im Laufe des Tages erreichte er auch andere Täler und Schluchten, wo es reichlich Wild gab. Eine ganze Herde von Rentieren kam an ihm vorbei . . . vielleicht zwanzig. Und das Schlimmste war, daß sie innerhalb Schußweite gingen und daß seine Büchse leer war. Er empfand eine wahnsinnige Lust, ihnen nachzulaufen, und war überzeugt, sie einholen zu können. Ein schwarzer Fuchs spazierte einmal dicht vor seiner Nase vorbei – mit einem

Schneehuhn im Maul. Der Mann schrie auf. Aber obgleich der Fuchs tödlich erschrak und in großen Sprüngen flüchtete, ließ er doch das Schneehuhn nicht fallen.

Am späten Nachmittag ging der Mann an einem milchigen Fluß entlang, der voll Kalk und an einzelnen Stellen mit Schilf bewachsen war. Er riß die Schilfhalme so nahe an der Wurzel wie möglich ab und pflückte ein Stück heraus, das ungefähr wie ganz junge Zwiebelkeimlinge aussah und nicht länger als ein Bildernagel war. Es war zart, und als seine Zähne sich darin vergruben, knackte es knusprig, so daß er dachte, eine delikate Speise gefunden zu haben. Aber die Fibern waren zäh. Es bestand aus ungenießbaren Fasern, die von Wasser durchtränkt waren, ganz wie die Moosbeeren. Nährwert hatten sie überhaupt nicht. Und doch schleuderte er sein Gepäck fort und kroch auf Händen und Knien in das Schilf. Er kaute und fraß wie ein Vieh.

Er war sehr müde und hatte oft genug nur den einen Gedanken, sich hinzulegen und auszuruhen – ganz still zu liegen und zu schlafen. Aber er wurde unaufhaltsam weitergetrieben – nicht so sehr durch den Wunsch, das »Land der kleinen Zweige« zu erreichen, wie durch den ewig nagenden Hunger. Er suchte in den kleinen Pfützen nach Fröschen und grub mit seinen Nägeln in der Erde nach Würmern, obgleich er ganz genau wußte, daß es so hoch im Norden weder Frösche noch Würmer gab.

Vergebens untersuchte er den kleinsten Tümpel, bis er endlich, als die Dämmerung schon längst angebrochen war, in einer Pfütze einen einsamen Fisch entdeckte. Er war nicht größer als eine Elritze. Dennoch steckte der Mann seinen Arm bis zur Schulter in das eisige Wasser, aber der Fisch entschlüpfte ihm. Er griff mit beiden Händen nach ihm, doch das Wasser wurde durch den milchigen Bodenschlamm so getrübt, daß er kaum etwas sehen konnte. In seiner Aufregung fiel er auch noch selbst in die Pfütze und wurde bis zum Leibe naß. Und jetzt war das Wasser so trübe geworden, daß alles weitere Suchen zwecklos war. Er mußte deshalb warten, bis es schließlich wieder klar geworden war.

Dann erneuerte er seine Anstrengung, den Fisch zu fangen. Aber er war zu ungeduldig. Deshalb nahm er seinen Zinnbecher aus dem Bündel und begann die Pfütze leer zu schöpfen. Zuerst arbeitete er wie ein Wilder drauflos, bespritzte sich selbst mit dem Wasser und schleuderte das Wasser nicht weit genug, so daß es wieder in die Pfütze lief. Dann nahm er sich zusammen und machte es mit größerer Sorgfalt. Er bemühte sich, ruhig und kühl zu bleiben, obgleich sein Herz gegen die Brust hämmerte und seine Hände zitterten. Nach einer halben Stunde anstrengender Arbeit war die Pfütze fast leer. Kaum eine Tasse voll war noch übrig. Aber – jetzt war kein Fisch mehr da. Nach langem Suchen fand er dann eine verborgene Ritze im Steingrund, durch die der Fisch in eine größere Pfütze, die daneben lag, entschlüpft war ... und diese Pfütze war so groß, daß er sie nicht einmal im Laufe eines Tages und einer Nacht hätte leeren können. Hätte er nur eine Ahnung vom Vorhandensein der Ritze gehabt, so hätte er sie gleich mit einem Stein versperren können, und der Fisch wäre ihm leicht zur Beute gefallen.

So dachte er und versuchte aufzustehen, sank aber müde auf dem feuchten Boden um. Anfangs sprach er leise mit sich selbst, dann begann er immer lauter in die unbarmherzige Einöde hinauszurufen, die um ihn her brütete. Und zuletzt wurde er von einem krampfhaften, tränenlosen Schluchzen gerüttelt.

Er machte ein Feuer und wärmte sich durch große Schlucke brühheißen Wassers. Dann bereitete er sich am felsigen Ufer des Stromes ein Lager, wie er es am Abend zuvor getan hatte. Das letzte, was er tat, war, daß er untersuchte, ob seine Streichhölzer trocken waren. Dann zog er seine Uhr auf. Die Decken waren feucht und klamm. In seinem Fußgelenk hämmerte der Schmerz. Aber er dachte nur an eines: daß er hungrig war. Und in seinem unruhigen Schlaf träumte er von Festen und Banketten und von wunderbaren Gerichten, die ihm auf alle mögliche Art und Weise vorgesetzt wurden.

Er wachte frierend und elend auf. Keine Sonne war zu sehen. Das Grau der Erde und des Himmels war noch tiefer geworden, noch undurchdringlicher. Ein rauher Wind wehte, und die ersten Schneefälle hatten die Gipfel der Hügel mit weißem Schimmer verhüllt. Die Luft um ihn wurde dichter und weißer, während er Feuer machte und Wasser kochte. Es war ein nasser Schnee, halbwegs Regen, und die Flocken waren groß und klamm. Anfangs zerschmolzen sie, sobald sie den Boden berührten, aber es fielen immer mehr, und schließlich verhüllten sie die Erde, verlöschten das Feuer und verdarben ihm seinen Vorrat an trockenem Moos, das er zum Feuermachen gesammelt hatte.

Dies war für ihn ein Zeichen, daß er schnell sein Gepäck nehmen und vorwärts gehen sollte, wenn er auch nicht wußte, wohin. Weder das »Land der kleinen Zweige« noch Bill oder das Depot unter dem umgekippten Kanu am Dease-Fluß interessierten ihn jetzt. Es gab für ihn nur ein einziges Wort: »Essen«, und das beherrschte ihn vollkommen. Er war vor Hunger fast wahnsinnig geworden. Er kümmerte sich gar nicht um die Richtung, die er einschlug, solange sie ihn durch die Schluchten führte. Instinktiv fand er unter dem nassen Schnee die wässerigen Moosbeeren. Sein Gefühl half ihm, mitten im Schnee das Schilfgras zu finden und es mit der Wurzel herauszuziehen. Das war jedoch eine Nahrung, die nach nichts schmeckte und in keiner Beziehung befriedigte. Er fand auch ein Kraut, das einen säuerlichen Geschmack hatte, und aß alles, was er davon finden konnte. Aber es war nur sehr wenig, denn es war eine Kriechpflanze, die unter einer mehrzölligen Schneekruste kaum zu finden war.

Diese Nacht schlief er ohne Feuer und ohne heißes Wasser zum Trinken. Wie zerschlagen kroch er in seinen Schlafsack, um den unruhigen Schlaf des Hungernden zu schlafen. Der Schnee wurde zu einem kalten Regen. Sehr, sehr oft wachte er auf, weil es ihm eisig auf sein nach oben gewandtes Gesicht tropfte. Es wurde Tag – ein grauer Tag ohne Sonne. Es hatte aufgehört zu regnen. Sein Hunger war nicht mehr so ätzend. Der schmerzhafte, fast unerträgliche Drang nach Essen war vorbei, hatte sich erschöpft. Es war nur ein stumpfer, dumpfer Schmerz im Magen geblieben, aber dieser Schmerz störte ihn nicht so sehr. Er war auch wieder vernünftiger geworden und imstande, seine Gedanken auf das »Land der kleinen Zweige« und das Depot am Dease-Fluß zu konzentrieren.

Er riß den Rest einer Decke in Streifen und verband damit seine blutenden Füße. Dann machte er sich einen neuen Verband um das verletzte Fußgelenk und bereitete sich auf eine lange Tagesreise vor. Als er sein Bündel zu packen begann, machte er wieder lange und nachdenklich bei dem dicken elchledernen Beutel halt. Aber schließlich entschloß er sich, ihn mitzunehmen.

Der Schnee war durch den Regen geschmolzen, und nur die Gipfel der Hügel schimmerten noch weiß. Die Sonne kam zum Vorschein, und es gelang ihm, die Himmelsrichtungen festzustellen, wenn er auch leider erkennen mußte, daß er sich verirrt hatte. Wahrscheinlich war er an einem der vorhergehenden Tage zu weit nach links abgeschwenkt. Er bog deshalb scharf nach rechts ab, um der

möglichen Abweichung von seiner Richtung entgegenzu-
wirken.

Obgleich die Schmerzen, die der Hunger ihm verursachte,
längst nicht mehr so schlimm waren, konnte er doch merken, daß er sehr schwach geworden war. Er mußte öfters
haltmachen, um auszuruhen, wenn er Moosbeeren oder
mit Schilf bewachsene Stellen aufsuchte. Er merkte, daß
seine Zunge dick und geschwollen war und sich anfühlte,
als ob sie mit feinen Haaren bewachsen wäre, und er
hatte einen bittern Geschmack im Munde. Sein Herz
machte ihm viel Sorge. Sobald er einige Minuten gegangen
war, begann es unbarmherzig zu klopfen: dump, dump,
dump ... und dann wieder hüpfte es wie wild, mit quä-
lenden, flatternden Schlägen, die ihn erschreckten und
seine Schritte schwach und unsicher machten.

Mitten am Tage hatte er das Glück, in einer großen
Pfütze zwei Elritzen zu finden. Es war unmöglich, das
Wasser auszuschöpfen, aber er war heute ruhiger als am
vorhergehenden Tage, und es gelang ihm, sie in seinem
Zinnbecher zu fangen. Sie waren freilich nicht länger als
sein kleiner Finger, aber merkwürdigerweise hatte er
keinen besonderen Hunger. Der dumpfe Schmerz in seinem Magen wurde immer dumpfer und schwächer. Es
war fast, als ob der Magen allmählich einschliefe. Er verzehrte die Fische roh und kaute sie mit peinlichster Sorgfalt, denn er aß ja überhaupt nur aus rein vernunftmäßigen Gründen, nicht weil er einem Bedürfnis gehorchte.
Er hatte nicht die geringste Lust zu essen, aber er wußte,
daß er essen mußte, um zu leben.

Im Laufe des Abends fing er noch drei Elritzen. Zwei
davon verzehrte er gleich, die dritte hob er sich für das
Frühstück am nächsten Tag auf. Die Sonne hatte hie und
da Streifen von Moos getrocknet, so daß es ihm möglich
wurde, Feuer zu machen und sich mit heißem Wasser zu

erwärmen. An diesem Tage hatte er nicht mehr als zehn Meilen zurückgelegt. Und am nächsten Tage wanderte er, sooft sein hart klopfendes Herz es ihm erlaubte, legte aber auf diese Weise nur fünf Meilen zurück. Sein Magen verursachte ihm nicht mehr das geringste Unbehagen. Der Hunger schien einfach eingeschlafen zu sein. Er befand sich jetzt auch in einem gänzlich unbekannten Lande, und er sah schon viele Rentiere, außerdem auch zahlreiche Wölfe. Oft hörte er ihr Heulen durch die Einöde, und einmal sah er drei Wölfe in kurzer Entfernung seinen Weg kreuzen.

Wieder eine Nacht. Als er gegen Morgen erwachte, war er noch ruhiger und vernünftiger geworden. Er löste den ledernen Riemen, mit dem der Elchlederbeutel zugebunden war. Ein gelber Strom von grobem Goldstaub und Klumpen ergoß sich durch die Öffnung. Er teilte das Gold in zwei ungefähr gleiche Haufen. Die eine Hälfte verpackte er in ein Stück von einer Decke und verbarg es hinter einem hervorspringenden Felsblock, die andere Hälfte tat er in den Sack zurück.

Zum Wickeln seiner Füße mußte er jetzt schon Streifen von seiner letzten Decke schneiden. Sein Gewehr behielt er noch immer bei sich, lagen doch in ihrem Depot am Dease-Fluß Patronen.

Es war ein nebliger Tag, und leider erwachte der Hunger jetzt wieder. Er fühlte sich sehr schwach und litt an einem Schwindel, der ihn hin und wieder vollkommen blind machte. Es war schon längst nichts Ungewöhnliches mehr, daß er strauchelte und stürzte. Und einmal, als er stolperte, fiel er gerade in ein Schneehuhnnest. Es waren vier erst vor kurzem ausgekrochene Kücken darin; sie waren vielleicht einen Tag alt, kleine Klumpen pulsierenden Lebens, jedes kaum mehr als ein Happen, und er verschlang sie gierig. Er steckte sie sich lebendig in den

Mund, zerkaute sie wie Eierschalen zwischen seinen Zähnen. Das Muttertier schlug unter lautem Gekreisch auf ihn ein. Mit seinem Gewehr als Keule versuchte er den Vogel zu erschlagen, aber das Tier entkam. Er schleuderte ihm Steine nach, und es gelang ihm, einen Flügel zu zerschmettern. Aber der Vogel entflatterte, bevor er ihn fangen konnte, lief, den verstümmelten Flügel nachschleppend, fort, während er ihn humpelnd verfolgte.

Die kleinen Kücken hatten seinen Appetit nur verschärft. Er hüpfte und hinkte mit seinem kranken Fußgelenk dahin. Ab und zu warf er mit Steinen nach dem Vogel, dann und wann schrie er mit heiserer Stimme. Dann wieder humpelte und hüpfte er in grimmigem Schweigen. Mürrisch und geduldig raffte er sich wieder auf, wenn er hinfiel. Und immer wieder rieb er sich mit der Hand die Augen, wenn der Schwindel ihn zu überwältigen drohte.

Die Verfolgung führte ihn über sumpfiges Gelände in die Tiefe der Schlucht hinab, und dort fand er plötzlich im feuchten Moos Fußstapfen. Es waren nicht die seinigen – das sah er sofort. Es mußte Bills Fährte sein. Aber er konnte nicht stehenbleiben, denn die Schneehuhnmutter lief vor ihm her. Zuerst wollte er sie fangen und dann umkehren und die Fußspuren untersuchen.

Er ermüdete das Schneehuhn allmählich – gleichzeitig aber ermüdete er sich selber. Das Huhn lag, nach Atem ringend, auf der Seite – nur wenige Schritt von ihm entfernt. Und er lag ebenfalls auf der Seite, hatte aber nicht Kraft genug, um hinzukriechen. Und als er sich erholt hatte, hatte der Vogel es auch getan und flatterte fort, als der Mann gerade die Hand ausstreckte, um ihn zu ergreifen. Die Jagd war zu Ende. Die Nacht brach herein, und der Vogel war damit endgültig entkommen. Vor lauter Schwäche stolperte er und schlug vornüber zu Boden, das Bündel auf dem Nacken. Es dauerte lange, ehe er sich überhaupt rühren konnte. Dann wälzte er sich auf die Seite, zog seine Uhr auf und blieb bis zum nächsten Morgen liegen.

Wieder kam ein nebliger Tag. Die Hälfte seiner letzten Decke hatte er bereits als Fußlappen verwendet. Er war nicht mehr imstande, die Fährte Bills zu finden. Sie war ihm auch völlig gleichgültig. Sein Hunger trieb ihn jetzt wieder weiter, nur dachte er mit Staunen, ob Bill sich vielleicht auch verirrt hätte. Gegen Mittag wurde ihm das Schleppen des schweren Bündels zu ermüdend. Abermals teilte er das Gold in zwei Häufchen, ließ diesmal aber das eine einfach auf den Boden strömen. Im Lauf des Nachmittags warf er auch die andere Hälfte fort. Jetzt blieben ihm überhaupt nur noch eine halbe Decke, der Zinnbecher und das Gewehr.

Eine unangenehme Halluzination begann sich seiner zu bemächtigen. Er war ganz überzeugt, daß er noch eine Patrone übrig hatte. Sie lag in der Kammer des Stutzens, und er hatte sie bisher einfach übersehen. Andererseits aber wußte er die ganze Zeit, daß die Kammer leer war. Die Halluzination wollte jedoch keiner vernunftmäßigen Überlegung weichen. Er konnte sie für Stunden verdrängen, dann aber öffnete er doch schnell die Kammer und mußte feststellen, daß sie leer war. Und die Enttäuschung war genauso bitter, wie wenn er wirklich erwartet hätte, eine Patrone zu finden.

Eine halbe Stunde lang trottete er weiter. Dann tauchte die verrückte Halluzination wieder in seinem Gehirn auf. Und abermals bekämpfte er sie, und dennoch blieb sie hartnäckig, bis er, um sich zu vergewissern und sich von ihr zu befreien, wiederum die Gewehrkammer öffnete und feststellte, daß nichts vorhanden war. Zu andern Zeiten wanderten seine Gedanken seltsamere Wege. Und während er wie ein lebloser Automat weiterwankte, nagten höchst merkwürdige Pläne und Einfälle wie Würmer in seinem Gehirn. Aber all diese Ausflüge aus der Wirklichkeit waren doch nur von kurzer Dauer, denn der stechende Schmerz, den der Hunger verursachte, rief ihn immer wieder zurück. Einmal wurde er von einem solchen Ausflug in die Welt der Phantasie ganz plötzlich durch ein Gesicht zurückgerufen, das ihn beinahe die Besinnung gekostet hätte. Er schwankte, taumelte und wankte wie ein Betrunkener, der sich vergebens bemüht, das Gleichgewicht zu bewahren. Vor ihm stand ein Pferd! Ein richtiges Pferd! Er wollte seinen Augen nicht trauen. Um ihn her lag ein dichter Nebel, der von flimmernden Lichtflecken gesprenkelt war. Er rieb sich wie ein Wilder die Augen, um klar sehen zu können ... und bei Gott: Es war kein Pferd, sondern ein großer brauner Bär! Das Tier beobachtete ihn mit kriegerischer Neugierde.

Der Mann hatte sein Gewehr schon halb an die Schulter gehoben, als er sich klarmachte, daß er ja keine Patrone darin hatte. Er senkte es wieder und zog sein Jagdmesser aus der mit Glasperlen bestickten Scheide an seiner Hüfte. Es war sehr scharf. Und es hatte eine scharfe Spitze. Er wollte sich auf den Bären stürzen und ihn töten. Aber sein Herz begann wieder sein warnendes Pochen: dump ... dump ... dump ... Dann kam das wilde Hüpfen und das aufgeregte Flattern, der eiserne Ring, der sich um seine Stirn preßte, und dann kroch das Schwindelgefühl langsam und schleichend durch sein Gehirn.

Sein verzweifelter Mut wurde von einer mächtigen Woge von Angst besiegt. Was sollte er in seiner verdammten Schwäche tun, wenn das Tier ihn angriff? Er nahm sich zusammen und stellte sich in seine imposanteste Positur, faßte das Messer fest und starrte den Bären scharf an. Das mächtige Tier machte mit plumper Bewegung einige Schritte vorwärts, stellte sich auf die Hinterbeine und ließ versuchsweise ein Knurren hören. Wenn der Mann lief, würde es ihm nachlaufen ... aber er lief nicht. Jetzt war er von der Kühnheit der Angst beseelt. Auch er knurrte, wild, schreckenerregend. Und verlieh auf diese Weise der Angst Stimme, die dem Lebenswillen so nahe verwandt und mit den tiefsten Wurzeln des Lebens verbunden und verwachsen ist.

Der Bär entfernte sich langsam, während er drohend knurrte, sich aber in Wirklichkeit selbst vor dem seltsamen Geschöpf, das so aufrecht und furchtlos dastand, fürchtete.

Der Mann aber rührte sich nicht. Wie eine Statue blieb er stehen, bis die Gefahr verschwunden war. Dann gab er der Schwäche nach und sank erschöpft und zitternd in das feuchte Moos.

Wieder raffte er sich auf und wanderte weiter. Aber jetzt hatte er eine neue Art von Furcht kennengelernt. Es war nicht die Furcht vor dem passiven Tod des Verhungerns, sondern die, durch äußere Gewalt vernichtet zu werden, ehe die Entbehrungen das letzte Streben, das den Willen zum Leben aufrechthielt, in ihm vernichtet hätten. Da waren zum Beispiel die Wölfe. Ihr Heulen erscholl von allen Seiten in der Einöde und verwandelte die Luft in eine Werkstatt der Drohung, der Vernichtung und dunkler Gefahren. Und so erfüllt war die Luft von diesen schreckeneinflößenden Tönen, daß er sich selbst dabei ertappte, wie er die Arme emporstreckte und sich körperlich dagegenstemmte, als ob es die Wand eines vom Winde umtobten Zeltes wäre.

Wieder und wieder kreuzten die Wölfe in kleinen Rudeln von zwei oder drei Stück seinen Weg. Aber sie hielten sich von ihm weg. Sie waren nicht zahlreich genug, und außerdem jagten sie die Rentiere, die nicht kämpften, während sie nie wissen konnten, ob dieses seltsame Geschöpf, das auf zwei Beinen aufrecht herumlief, nicht vielleicht doch kratzte oder biß.

Im Laufe des späten Nachmittags kam er an eine Stelle, wo abgenagte Knochen verrieten, daß die Wölfe ein Tier getötet hatten. Es war, wie er aus den Überresten feststellte, ein Rentierkalb, das noch vor einer Stunde munter herumgelaufen und äußerst lebendig gewesen war. Er betrachtete die Knochen, die so sauber abgenagt waren, als ob man sie gewaschen und poliert hätte, und die noch einen rosigen Ton zeigten, weil das Leben, das in ihren Zellen gewirkt hatte, noch nicht endgültig erloschen war. Konnte es geschehen, daß, ehe der Tag zu Ende gegangen, von ihm selbst nichts weiter übrig war? So war das Leben ja. Ein eitles und flüchtiges Etwas. Und nur das Leben war eine Qual. Der Tod hatte keine Stacheln. Der Tod war nur Schlaf. Er bedeutete Aufhören. Ruhe. Frieden. Warum in aller Welt wollte er da nicht gerne sterben?

Aber er moralisierte nicht allzulange. Er hockte im Moos und begann an den Resten vom Leben zu saugen, die noch von dem zarten Rosa der lebendigen Kraft getönt waren. Der süße Geschmack vom Fleisch, der nur leise und unwillkürlich wie eine Erinnerung war, machte ihn vollkommen verrückt. Seine Kiefer umschlossen die Knochen und kauten drauflos. Zuweilen war es der Knochen, bisweilen aber auch seine Zähne, die zersprangen. Dann zermalmte er die Knochen zwischen zwei Steinen, mahlte sie zu einem Brei, den er schluckte. Hin und wieder quetschte er sich bei der Eile auch die Finger, und doch fand er einen Augenblick Zeit, darüber zu staunen, daß es nicht besonders weh tat, wenn er die Finger versehentlich mit dem schweren Stein traf.

Es kamen schreckliche Tage mit Schnee und Regen. Er wußte gar nicht mehr, wann er lagerte und wann er wieder aufbrach. Er wanderte ebensooft nachts wie am Tage. Er blieb liegen, wo er zufällig umfiel, und kroch weiter, sobald der sterbende Lebenswille in ihm aufflakkerte und ein wenig klarer brannte. Als Einzelwesen kämpfte er überhaupt nicht mehr. Es war das Leben selbst in ihm, das ihn vorwärts trieb. Er litt nicht mehr. Seine Nerven waren abgestumpft und unempfindlich geworden. Aber seine Seele wurde von wunderbaren Visionen und herrlichen Träumen erfüllt.

Und die ganze Zeit ging er und sog und nagte an den zersplitterten Knochen des Rentieres, denn er hatte die letzten elenden Reste aufgesammelt und schleppte sie überall mit sich. Er überquerte keine Wasserscheiden oder Hügel mehr, sondern folgte rein mechanisch einem großen Fluß, der durch ein weites, seichtes Talgelände strömte. Er sah weder das Tal noch den Fluß. Er sah nichts als seine Visionen. Seele und Körper krochen weiter Seite an Seite, aber doch jede für sich, so dünn war der Faden, der beide miteinander verband.

Er kam plötzlich richtig zum Bewußtsein, als er auf einem Felsen auf dem Rücken lag. Die Sonne schien klar und warm. Aus weiter Ferne hörte er das Quieken der Rentierkälber. Er hatte eine unklare Erinnerung an Regen, Wind und Schnee, ob er aber zwei Tage oder zwei Wochen vom Sturm herumgeschleudert worden war, das ahnte er nicht.

Eine Zeitlang blieb er unbeweglich liegen und ließ den freundlichen Sonnenschein auf sich herabströmen und seinen mißhandelten Körper mit wundervoller Wärme sättigen. Ein herrlicher Tag, dachte er. Vielleicht würde es ihm gelingen, festzustellen, wo er war. Mit einer schmerzhaften Anstrengung wälzte er sich auf die Seite. Unter ihm strömte ein breiter, langsam fließender Fluß. Er kam ihm verblüffend unbekannt vor. Langsam folgte er ihm mit den Augen: der Fluß schlängelte sich in weiten Windungen durch öde, nackte Hügel, die öder und nackter waren als irgendwelche Hügel, die er je gesehen hatte. Langsam, wohlüberlegt, ohne Erregung oder größeres Interesse als sonst folgte er mit den Augen dem Lauf des unbekannten Stromes bis zum Horizont und sah, daß er sich dort in einen klaren, hell schimmernden See ergoß. Noch immer spürte er keine Erregung. Es ist höchst seltsam, dachte er, es muß eine Vision oder eine Fata Morgana sein – irgendeine Gaukelei seines verworrenen Geistes. Er wurde in dieser Annahme auch dadurch bestärkt, daß er ein Schiff entdeckte, das mitten auf dem schimmernden See vor Anker lag. Er schloß einen Augenblick die Augen und öffnete sie dann wieder. Merkwürdigerweise blieb die Vision immer noch. Und doch war es gar nicht seltsam. Er wußte genau, daß es keinen See und kein Schiff mitten im öden Lande geben konnte, genau wie er wußte, daß er keine Patrone mehr in seinem leeren Stutzen hatte.

Er hörte hinter sich ein sonderbares Schnaufen – ein halberstricktes Würgen oder Husten. Infolge seiner unerhörten Schwäche und Steifheit vermochte er sich nur sehr langsam auf die andere Seite zu wälzen. In unmittelbarer Nähe sah er nichts, aber er wartete geduldig. Wieder vernahm er das Husten und Schnaufen, und jetzt erblickte er gerade vor sich, keine fünf Schritt entfernt, den grauen Kopf eines Wolfs zwischen zwei zackigen Steinen hervorlugen. Die aufrechtstehenden Ohren waren nicht ganz so spitz, wie er sie sonst an Wölfen bemerkt hatte. Die Augen schienen entzündet und blutunterlaufen. Der Kopf hing schlaff und verzweifelt herab. Das Tier blinzelte immerfort in den Sonnenschein. Er hatte den Eindruck, daß es krank sein müßte. Als er hinsah, schnaufte und hustete es wieder.

Das ist doch, zum Teufel, dachte er, unbedingt etwas Wirkliches. Und er drehte sich deshalb wieder auf die andere Seite, um auch hier die wirkliche Umgebung zu sehen, die die Vision ihm vorhin verhüllt hatte. Aber der See lag immer noch schimmernd da, und das Schiff war genauso deutlich zu erkennen wie vorher. War es denn trotz allem etwas Wirkliches? Er schloß die Augen längere Zeit und dachte nach. Dann kam die Erleuchtung über ihn. Er war in nordöstlicher Richtung gewandert, von der Dease-Wasserscheide bis ins Coppermine-Tal. Dieser schimmernde See war nichts anderes als das Polarmeer. Das Schiff mußte ein Walfänger sein, das von der Mündung des Mackenzie ostwärts, weit ostwärts abgetrieben war. Jetzt lag es in der Coronation-Bucht vor Anker. Er entsann sich der Karte von der Hudson-Bucht, die er vor langer Zeit einmal gesehen hatte, und alles erschien ihm jetzt klar und vernünftig.

Er setzte sich auf und überlegte, was er im Augenblick tun könnte. Die Fußlappen, die er sich aus seinen Decken gemacht hatte, waren schon ganz durchlöchert, und seine Füße waren ungestalte Klumpen von rohem Fleisch. Seine letzte Decke war auch schon längst dahin. Gewehr und Messer hatte er ebenfalls verloren. Irgendwo hatte er auch seinen Hut liegenlassen und damit das Päckchen Streichhölzer, das er unter das Band gesteckt hatte. Aber die, welche er auf seiner Brust trug, und die im Tabakbeutel waren in Sicherheit, in Ölpapier gewickelt. Er sah auf die Uhr. Sie zeigte, daß es bereits elf war, und sie ging merkwürdigerweise immer noch. Er hatte sie also offenbar immer aufgezogen.

Er war ruhig und gefaßt. Obgleich äußerst kraftlos, empfand er doch keine Schmerzen. Er war nicht einmal hungrig. Der Gedanke an Essen war ihm sogar unangenehm, und was er in bezug auf Essen tat, geschah nur aus Vernunftgründen. Er riß sich die Hosen bis zu den Knien ab und wickelte sie um seine Füße. Auf irgendeine geheimnisvolle Weise war es ihm gelungen, seinen Zinnbecher zu behalten. Er wollte etwas heißes Wasser trinken, ehe er die Wanderung nach dem Schiffe antrat, von der er bereits voraussah, daß sie furchtbar werden würde.

Seine Bewegungen waren sehr langsam. Er zitterte, wie wenn er einen Schlaganfall gehabt hätte. Er wollte aufstehen, um trockenes Moos zu sammeln, mußte sich aber damit begnügen, auf Händen und Füßen herumzukriechen. Einmal kroch er ganz nahe an den kranken Wolf heran. Das Tier zog sich zögernd von ihm zurück, während es sich um das Maul leckte ... mit einer Zunge, die kaum Kraft genug besaß, um sich überhaupt bewegen zu können. Der Mann sah, daß sie nicht die gewöhnliche gesunde, rote Farbe hatte. Sie war von einem gelblichen Braun und, soweit er sehen konnte, mit einem körnigen, halbtrocknen Schleim belegt.

Als er eine Menge heißen Wassers hastig getrunken hatte, fand der Mann, daß er imstande war, aufzustehen und sogar weiterzuwandern, jedenfalls so gut, wie man es von einem sterbenden Manne erwarten durfte. – Jede Minute beinahe war er genötigt haltzumachen, um auszuruhen. Seine Schritte waren schwach und unsicher, genau wie die Schritte des Wolfes, der ihm nachtrottete. Und als die Nacht kam und die Finsternis die schimmernde See und das Schiff verhüllte, wußte er, daß er ihnen nur um vier Meilen näher gekommen war.

Die ganze Nacht hörte er das Schnaufen und Husten des kranken Wolfes, und hin und wieder vernahm er aus der Ferne das Quieken der Rentierkälber. Rings um ihn war Leben genug, aber es war ein starkes, gesundes Leben, höchst lebendig und lebenslustig. Und er wußte auch, daß der kranke Wolf an der Fährte des kranken Menschen kleben würde in der Hoffnung, daß der Mann zuerst sterben würde. Als er am Morgen aufwachte und die Augen öffnete, sah er, wie der Wolf ihn mit traurigen und hungrigen Augen anstarrte. Das Tier hockte da, die Rute zwischen den Beinen, wie ein elender und verzweifelter Köter. In dem schneidend kalten Morgenwind zitterte und grinste es mutlos, als der Mann es mit einer Stimme anredete, die kaum mehr als ein heiseres Flüstern war.

Die Sonne stieg strahlend empor, und den ganzen Morgen stolperte und strauchelte der Mann vorwärts, dem Schiff auf der schimmernden See zu. Das Wetter war wundervoll. Es war der kurze Spätsommer dieser Breitengrade. Er dauerte vielleicht eine Woche. Morgen oder übermorgen konnte er schon vorbei sein.

Am Nachmittag stieß der Mann auf eine Fährte. Es war ein anderer Mensch gewesen, der nicht mehr gegangen, sondern sich auf allen vieren weitergeschleppt hatte. Er dachte, daß es wohl Bill gewesen sein müßte, dachte es aber dumpf und gleichgültig. Er empfand nicht einmal irgendwelche Neugierde dabei. In Wirklichkeit hatte ihn die Fähigkeit, sich zu erregen und sich rühren zu lassen, längst verlassen. Er war auch nicht mehr imstande, Schmerz zu empfinden: Magen und Nerven hatten sich bereits schlafen gelegt. Es war nur das Leben selbst, das ihn weitertrieb. Er war sehr müde, sehr erschöpft, aber er weigerte sich zu sterben. Und weil das Leben in ihm sich zu sterben weigerte, aß er immer noch Moosbeeren und Elritzen und trank heißes Wasser. Deshalb behielt er auch den kranken Wolf im Auge.

Er folgte der Fährte des andern Mannes, der auf allen vieren weitergekrochen war, bis er schließlich zu einer Stelle kam, wo die Fährte aufhörte. Hier fand er einige frisch abgenagte Knochen und die Fährten vieler Wölfe im feuchten Moose. Er fand auch einen elchledernen

Beutel, der genau wie der seine war. Scharfe Zähne hatten ihn zum Teil zerrissen. Er hob ihn auf, obgleich sein Gewicht fast zu schwer für seine schwachen Finger war. Bill hatte das Gold also bis zum letzten mitgeschleppt. Ha, ha ... Jetzt konnte er den guten Bill auslachen! Er allein blieb am Leben und brachte den Beutel mit dem Golde zu dem Schiff in der schimmernden See. Sein Lachen war heiser und gespensterhaft; es klang wie das Krähen eines Raben, und der Wolf schloß sich ihm an und begann melancholisch zu heulen. Der Mann hörte plötzlich auf zu lachen. Wie konnte er über Bill lachen – falls es wirklich Bill war –, wenn diese Knochen, die so rosig und so sauber abgenagt aussahen, tatsächlich die Knochen Bills waren?

Er wandte sich ab. Gut, Bill hatte ihn schmählich im Stich gelassen. Aber dennoch wollte er das Gold nicht nehmen und auch nicht an Bills Knochen saugen! Bill würde es freilich getan haben, wenn die Lage die umgekehrte gewesen wäre, überlegte er, während er weiterhumpelte.

Er gelangte zu einem größeren Tümpel. Als er sich darüber beugte, um nach Elritzen zu sehen, riß er seinen Kopf schnell zurück, als ob er gestochen worden wäre. Er hatte sein eigenes Spiegelbild im Wasser gesehen. So gräßlich war es, daß seine Empfindsamkeit, die sonst eingeschlafen war, lange genug wach blieb, um einen furchtbaren Eindruck auf ihn zu machen. Es waren drei Elritzen im Tümpel, der indessen zu groß war, um ihn trockenlegen zu können. Und nachdem er verschiedene vergebliche Versuche gemacht hatte, sie zu fangen, verzichtete er darauf. Er hatte nämlich Angst, daß er infolge seiner schrecklichen Erschöpfung selbst hineinfallen und ertrinken könnte. Und aus demselben Grunde wagte er es auch nicht, sein Leben dem Fluß anzuvertrauen, obgleich er sonst auf einem der vielen Stämme, die mit der

Strömung trieben, den Strom hätte hinabreiten können. An diesem Tage verringerte sich die Entfernung zwischen ihm und dem Schiffe um drei Meilen, am nächsten nur um zwei ... denn jetzt kroch er auf allen vieren, wie Bill es getan. Und als der fünfte Tag vergangen war, befand er sich noch sieben Meilen vom Schiff entfernt und war sich darüber klar, daß er höchstens eine Meile am Tage zurücklegen konnte. Der Spätsommer dauerte immer noch an, und er kroch abwechselnd und ruhte sich erschöpft aus. Und die ganze Zeit hindurch hustete und ächzte der kranke Wolf hinter ihm her. Allmählich waren auch seine Knie zu blutigen Fleischklumpen wie die Füße geworden, und obgleich er ein Stück von seinem Hemd abriß und sie damit verband, hinterließ er doch eine rote Fährte auf Moos und Steinen. Als er einmal einen Blick zurückwarf, sah er, wie der Wolf gierig die blutigen Spuren ableckte, und erkannte klar und deutlich, wie es ihm ergehen würde ... wenn ... ja, wenn er nicht selbst den Wolf erwischte. Dann begann eine so grauenhafte Tragödie des Lebens, wie sie je gespielt worden ist ... ein kranker Mann, der auf allen vieren kriecht, ein kranker Wolf, der hinterherhumpelt. Zwei sterbende Geschöpfe, die ihre fast leblosen Körper durch die Einöde schleppen und sich gegenseitig nach dem elenden Rest von Leben trachten.

Wäre es ein gesunder Wolf gewesen, es hätte den Mann gar nicht so gestört. Aber der Gedanke, daß er Futter für den Magen dieses ekligen und fast schon verreckten Geschöpfes werden würde, stieß ihn ab. Seine Gedanken begannen wieder weite Wege zu wandeln. Halluzinationen überwältigten ihn, und die Augenblicke klaren Bewußtseins wurden immer kleiner.

Ein Schnaufen dicht neben seinem Ohr weckte ihn aus seiner Ohnmacht. Es war der Wolf, der jetzt ungeschickt zurücksprang, dabei das Gleichgewicht verlor und erschöpft hinfiel. Es sah lächerlich aus, aber der Mann war nicht in der rechten Stimmung, sich darüber zu amüsieren. Ebensowenig empfand er irgendwelche Angst. Das Stadium der Furcht hatte er hinter sich. Aber sein Gehirn war wieder klar geworden, und er blieb liegen und überlegte. Das Schiff war nur vier Meilen entfernt. Er konnte es ganz deutlich sehen, wenn er sich den Nebel aus den Augen rieb, und er sah auch die weißen Segel eines kleinen Bootes, welches das Wasser des schimmernden Sees durchschnitt. Er wußte indessen, daß er nie imstande sein würde, diese letzten vier Meilen zu kriechen. Und doch war er trotz dieses verhängnisvollen Wissens – vollständig ruhig ... Er wußte sogar, daß er nicht einmal eine halbe Meile zu kriechen vermochte. Und dennoch wünschte er, am Leben zu bleiben. Es schien ihm ganz irrsinnig, sterben zu wollen, nachdem er so viel ausgehalten hatte. Das Schicksal stellte zu große Ansprüche an ihn. Und selbst jetzt, da er dem Tode nahe war, wollte er nicht sterben. Es war freilich der reine Wahnsinn, aber dennoch verachtete er den Tod noch in dem Augenblick, da er ihn am Kragen packte. Er weigerte sich zu sterben.

Er schloß die Augen und legte sich mit unendlicher Vorsicht zurecht. Er nahm sich zusammen, um nicht in die quälende Ohnmacht zu sinken, die wie eine steigende Flut alle Quellen seines Wesens überschwemmte. Es war fast wie das Meer, dieses tödliche Ohnmachtsgefühl, das immer stieg und stieg und Stück für Stück sein Bewußtsein verschlang. Zuweilen tauchte er vollkommen darin unter und schwamm mit unsicheren Schlägen durch das große Vergessen. Und dann gelang es ihm dank irgendeinem seltsamen Element seiner Seele immer wieder, einen neuen Streifen von Willen zu finden, so daß er wieder mit stärkeren Zügen weiterschwimmen konnte.

Unbeweglich blieb er auf dem Rücken liegen. Er konnte den Atem des Wolfes hören, der sich langsam näher schlich. Immer näher kam das Tier, immer näher, obgleich es eine Ewigkeit dauerte. Aber er rührte sich nicht. Jetzt war der Wolf an seinem Ohr. Die rauhe trockene Zunge rieb wie Sandpapier die Haut seiner Wange. Seine Hände stießen hin ... oder jedenfalls wollte er, daß sie hinstießen. Die Finger waren gekrümmt wie die Krallen eines Raubvogels – aber sie schlossen sich nur um die leere Luft. Schnelligkeit und Entschluß erfordern Stärke, und der Mann, der hier am Boden lag, besaß keine mehr.

Die Geduld des Wolfes war erschütternd. Aber die des Mannes war nicht weniger unheimlich. Einen halben Tag blieb er unbeweglich liegen, überwand die Bewußtlosigkeit, die sich an ihn heranschlich, und wartete auf dies Geschöpf, das sich an ihm sättigen wollte – und an dem er sich zu sättigen entschlossen war. Hin und wieder quoll die Woge der Ohnmacht über ihn herein, und er träumte lange Träume. Aber stets – ob wachend oder träumend – wartete er auf das Schnaufen des Tieres und die rauhe Liebkosung der Zunge.

Er hörte nicht einmal das Atmen des Tieres und glitt nur langsam aus irgendeinem Traum auf, um die Zunge an seiner Hand zu spüren. Er wartete immer noch. Die Pfoten begannen leise zuzudrücken, und der Druck wurde stärker ... Der Wolf spannte seine letzten Kräfte an, um die Zähne in die Beute zu setzen, auf die er so lange gewartet hatte. Aber auch der Mann hatte lange gewartet, und die eine erschöpfte Hand schloß sich um den Kiefer. Der Wolf konnte nur schwach kämpfen, aber die Hand hatte auch nicht viel Kraft. Deshalb gelang es der andern Hand nur sehr schwerfällig und langsam, sich zu einem zweiten Griff zu heben. Fünf Minuten darauf ruhte das ganze Gewicht des Mannes auf dem Vorderteil des Wolfes. Die Hände hatten nicht Kraft genug, das Tier zu erwürgen, aber der Mann drückte sein Gesicht dicht an die Kehle des Wolfes und sein Mund füllte sich mit Haaren.

Als eine halbe Stunde vergangen war, fühlte er ein warmes Rieseln durch seinen Hals. Angenehm war es nicht. Es war ungefähr, wie wenn er geschmolzenes Blei in den Magen goß, und nur eine starke Willensanspannung ermöglichte es ihm. Darauf drehte der Mann sich auf den Rücken und schlief ein.

An Bord des Walfängerschiffes »Bedford« befanden sich die Mitglieder einer wissenschaftlichen Expedition. Vom Deck sahen sie ein seltsames Ding am Ufer. Es bewegte sich den Strand hinunter auf das Schiff zu. Sie waren nicht imstande, festzustellen, was es sein mochte, und da sie Forscher waren, kletterten sie in das Großboot, das längsseits am Schiffe lag, und gingen an Land, es sich anzusehen. Und da erblickten sie etwas, das lebendig war, aber kaum Anspruch darauf erheben konnte, ein Mensch genannt zu werden. Es war blind und bewußtlos. Er kroch am Boden wie ein unheimliches Gewürm. Die meisten Anstrengungen, die es machte, waren vergeblich, aber es war voll zäher Energie, und es wand und krümmte und schlängelte sich weiter, so daß es vielleicht ein halbes Dutzend Schritte in der Stunde weiterkam.

Drei Stunden später lag der Mann in einer Koje des Walfängers »Bedford«. Tränen strömten über seine ausgemergelten Wangen, als er berichtete, wer er war und was er durchgemacht hatte. Er schwätzte auch unzusammenhängendes Zeug von einer Mutter, von dem sonnigen Kalifornien und von einem Heim zwischen Orangenhainen und Blumen.

Es dauerte nicht mehr viele Tage, so saß er mit den Gelehrten und den Offizieren des Schiffes bei Tisch. Er machte ein ganz dummes Gesicht, als er die vielen Gerichte sah, und folgte mit ängstlichen Blicken jedem Bissen, der im Munde eines anderen verschwand. Und jedesmal, wenn der Bissen verschwunden war, kam ein seltsamer Ausdruck von tiefem Bedauern in seine Augen. Sein Verstand war völlig intakt, aber dennoch haßte er bei jeder Mahlzeit die andern Männer. Er wurde von der Furcht geplagt, daß die Lebensmittel nicht ausreichen könnten. Er fragte den Kapitän, den Koch, den Kajütsjungen über die Lebensmittelbestände aus. Sie gaben ihm unzählige Male beruhigende Erklärungen. Aber er hatte nicht den Mut, ihnen zu glauben, und bat händeringend, den Vorratsraum besichtigen und mit eigenen Augen die Bestände feststellen zu dürfen.

Man sah, daß der Mann immer dicker wurde. Er nahm tatsächlich mit jedem Tag an Umfang zu. Die Gelehrten schüttelten die Köpfe und versuchten allerlei Erklärungen. Sie setzten seine Rationen bei den Mahlzeiten herab, aber dennoch wurde er immer dicker, und man konnte sehen, wie sein Körper in unheimlicher Weise unter dem Hemd anschwoll.

Die Matrosen grinsten. Sie wußten nämlich Bescheid. Und als die Forscher ihn überwachen ließen, dauerte es nicht lange, so wußten sie auch Bescheid. Sie sahen, wie er sich nach dem Frühstück nach vorn schlich und sich wie ein Bettler mit ausgestreckter Hand einem Matrosen näherte. Der Seemann grinste und reichte ihm einen Brocken von einem Zwieback. Er nahm ihn gierig, betrachtete ihn, wie ein Armer einen Goldklumpen betrachten würde, und steckte ihn unter sein Hemd. Von den andern grinsenden Matrosen bekam er ähnliche Geschenke.

Die Forscher waren diskret und ließen ihn gewähren. In aller Stille untersuchten sie aber seine Koje. Und da entdeckten sie, daß die Koje mit Zwiebäcken gefüttert war.

Die Matratzen waren mit Zwiebäcken ausgestopft. Jeder Winkel und jede Ritze waren mit Zwiebäcken ausgefüllt. Und doch war sein Verstand völlig in Ordnung. Er wollte sich nur gegen die Möglichkeit eines neuen Verhungerns sichern – das war alles.

Die Forscher erklärten, daß er gesund werden würde. Und er war es auch, schon ehe die »Bedford« in der Bucht von San Francisco vor Anker ging.

DIE MÄNNER DES SONNENLANDES

Mandell ist ein unbekanntes Dorf am Gestade des Polarmeeres. Es ist nicht groß, und seine Bewohner sind friedlich, noch friedlicher als die umwohnenden Stämme. Es
wohnen in Mandell wenige Männer und viele Frauen.
Dies ist der Grund für die Ausübung einer gesunden und
notwendigen Vielweiberei. Die Frauen setzen mit Eifer
Kinder in die Welt, und die Geburt eines Knaben wird
mit allgemeinem Jubel begrüßt. Und dann lebt Aab-Waak
dort, dessen Kopf stets auf der einen Schulter ruht, als
wäre sein Hals einmal müde geworden und hätte sich
dann für immer geweigert, seine gewohnte Pflicht zu
tun.

Die Ursache zu alledem – Friedlichkeit, Vielweiberei und
Aab-Waaks müdem Hals – liegt Jahre zurück, in der Zeit,
da der Schoner »Search« in der Mandellbucht vor Anker
ging und Tyee, der Häuptling, einen Plan schmiedete, wie
der Stamm plötzlich zu Reichtum gelangen solle. Noch
heute erinnert sich das Volk in Mandell dessen, was geschah, und erzählt es mit gedämpfter Stimme, dieses Volk,
das mit den westlich davon lebenden »Hungrigen« verwandt ist. Die Kinder rücken enger zusammen, wenn die
Geschichte erzählt wird, und wundern sich, klug wie sie
sind, über die Dummheit derer, die ihre Eltern hätten sein
können, wenn sie nicht die Männer des Sonnenlandes herausgefordert und ein bitteres Ende gefunden hätten.

Es begann damit, daß sechs Mann von der »Search« mit

schwerer Ausrüstung an Land kamen und sich in Negaahs Iglu einquartierten, als gedächten sie, sich hier häuslich niederzulassen. Sie bezahlten zwar recht gut für die Unterkunft mit Mehl und Zucker, aber Negaah grämte sich sehr, weil Mesahchie, seine Tochter, ihr Schicksal gewählt hatte und Nahrung und Decke mit Bill, dem Anführer der weißen Männer, teilte.

»Sie ist ihren Preis wert«, klagte Negaah der Versammlung um das Beratungsfeuer, als die sechs weißen Männer eingeschlafen waren. »Sie ist ihren Preis wert, denn wir haben mehr Männer als Frauen, und die Männer bieten hoch. Der Jäger Ounenk bot mir einen neuen Kajak und eine Büchse, die er bei den Hungrigen erstanden hatte. Das wurde mir geboten, und seht, nun ist sie fort, und ich habe nichts bekommen.«

»Ich bot auch auf Mesahchie«, brummte eine Stimme in nicht allzu mißmutigem Tone, und Peelos breites, freundliches Gesicht zeigte sich einen Augenblick im Lichtschein.

»Du auch«, bestätigte Negaah. »Und andere ebenfalls. Warum ist eine solche Unruhe über den Männern des Sonnenlandes?« fragte er recht verdrießlich. »Warum bleiben sie denn nicht zu Hause? Das Schneevolk wandert ja auch nicht ins Sonnenland.«

»Frag sie lieber, warum sie hergekommen sind«, erklang eine Stimme aus der Dunkelheit, und Aab-Waak drängte sich in die erste Reihe vor.

»Ja! Warum sind sie gekommen?« riefen viele Stimmen, und Aab-Waak gebot mit einer Handbewegung Schweigen.

»Männer graben nicht ohne Grund in der Erde«, begann er. »Ich weiß das noch von den Walleuten, die auch aus dem Sonnenland stammten und ihr Schiff im Eise verloren. Ihr erinnert euch alle der Walleute, die in ihren halb zerstörten Booten zu uns kamen und, als der Frost kam und der Schnee das Land bedeckte, mit Hunden und Schlitten südwärts zogen. Und ihr erinnert euch, wie sie auf den Frost warteten und wie einer von ihnen in der Erde zu graben begann. Dann gruben zwei und drei und schließlich alle, unter großer Spannung und Unruhe. Was sie aus der Erde gruben, wissen wir nicht, denn sie jagten uns fort, so daß wir es nicht sehen konnten. Später aber, als sie weg waren, sahen wir nach und fanden nichts. Aber es ist viel Erde da, und sie durchwühlten nicht alles.«

»Ja, Aab-Waak, ja!« rief das Volk bewundernd.

»Und daher denke ich«, schloß er, »daß einer der Männer des Sonnenlandes es dem andern erzählt und daß diese Männer des Sonnenlandes es so erfahren haben und nun hergekommen sind, um in der Erde zu graben.«

»Aber wie kann es sein, daß Bill unsere Sprache spricht?« fragte ein eingeschrumpfter alter kleiner Jäger. »Bill, den unsere Augen nie zuvor gesehen haben?«

»Bill ist zu andern Zeiten im Schneelande gewesen«, antwortete Aab-Waak, »sonst könnte er nicht die Sprache des Bärenvolkes reden, die die gleiche wie die der Hungrigen, also der der Mandeller sehr ähnlich ist. Denn es sind viele Männer aus dem Sonnenlande unter dem Bärenvolke, aber nur wenige unter den Hungrigen und kein einziger unter den Mandellern gewesen, ausgenommen die Walleute und die, die jetzt in Negaahs Iglu schlafen.«

»Ihr Zucker ist sehr gut«, bemerkte Negaah, »und ihr Mehl auch.«

»Sie haben große Reichtümer«, fügte Ounenk hinzu. »Gestern war ich auf ihrem Schiffe und sah ungeheuer sinnreiche Geräte aus Eisen und Messer und Büchsen und Mehl und Zucker und seltsame Nahrungsmittel ohne Ende.«

»So ist es, Brüder!« Tyee erhob sich und jubelte innerlich über das ehrerbietige Schweigen, mit dem das Volk ihn ehrte. »Sie sind sehr reich, diese Männer des Sonnenlandes. Zudem sind sie Toren. Denn seht! Sie kommen hierher zu uns, kühn und blind und ohne an ihren großen Reichtum zu denken. Eben jetzt schnarchen sie, und wir sind zahlreich und unerschrocken.«

»Vielleicht sind sie auch unerschrocken und große Kämpfer«, wandte der eingeschrumpfte kleine alte Jäger ein.

Aber Tyee warf ihm einen Blick zu. »Nein, das scheint mir nicht so. Sie leben im Süden, unter der Bahn der Sonne, und sind weichlich wie ihre Hunde. Erinnert ihr euch der Hunde der Walleute? Unsere Hunde fraßen sie am zweiten Tage, weil sie weichlich waren und nicht zu kämpfen verstanden. Die Sonne ist warm und das Leben bequem in den Sonnenländern, und die Männer sind wie Weiber und die Weiber wie Kinder.«

Köpfe nickten Beifall, und die Frauen streckten den Hals aus, um zu lauschen.

»Es heißt, sie seien gut gegen ihre Frauen, die nicht viel Arbeit verrichten«, kicherte Likita, ein breithüftiges, gesundes junges Weib, die Tochter Tyees.

»Du möchtest wohl Mesahchies Spuren folgen, wie?« rief er zornig. Dann wandte er sich schnell zu den Männern des Stammes: »Seht ihr, Brüder, so sind die Männer des Sonnenlandes. Sie blicken auf unsere Frauen und nehmen sie eine nach der andern. Wie Mesahchie ihnen gefolgt ist und Negaah um seinen Preis gebracht hat, so will Likita ihnen folgen, und so wollen sie es alle, und wir sind die Betrogenen. Ich habe mit einem Jäger des Bärenvolkes gesprochen, und ich weiß es. Hier sind einige der Hungrigen unter uns; laßt sie sprechen und sagen, ob meine Worte wahr sind.«

Die sechs Jäger vom Stamme der Hungrigen bezeugten

die Wahrheit seiner Worte, und jeder von ihnen erzählte dem neben ihm Sitzenden von den Männern des Sonnenlandes und ihren Sitten. Murren ertönte von den jüngeren Männern, die sich Frauen suchen sollten, und von den älteren, die Töchter zu guten Preisen abzugeben hatten, und ein leises Summen von Wut wurde lauter und deutlicher.

»Sie sind sehr reich und haben sinnreiche Geräte aus Eisen, Messer und zahllose Büchsen«, hetzte Tyee, und sein Traum von plötzlichem Reichwerden begann feste Gestalt anzunehmen.

»Ich werde mir Bills Büchse nehmen«, erklärte Aab-Waak plötzlich.

»Nein, die soll mein sein!« rief Negaah. »Denn der Preis für Mesahchie muß einberechnet werden.«

»Friede! O Brüder!« Tyee beschwichtigte die Versammlung mit einer Handbewegung. »Laßt Frauen und Kinder in ihre Iglus gehen. Dies ist Männerrede; laßt sie nur für Männerohren sein.«

»Es sind Büchsen genug für uns alle«, sagte er, als die Frauen sich widerwillig zurückgezogen hatten. »Ich zweifle nicht, daß es zwei Büchsen für jeden Mann sein werden, gar nicht zu reden vom Mehl, Zucker und von den andern Dingen. Und leicht wird alles auszuführen sein. Die sechs Männer des Sonnenlandes in Negaahs Iglu töten wir heute nacht, wenn sie schlafen. Morgen gehen wir friedlich zum Schiffe, um Handel zu treiben, und wenn die Gelegenheit günstig ist, töten wir dort alle ihre Brüder. Und morgen abend halten wir Schmaus, sind lustig und teilen uns ihre Reichtümer. Und der Geringste soll mehr haben, als selbst der Reichste zuvor besaß. Ist es weise, was ich gesprochen habe, Brüder?«

Ein leises, beifälliges Gemurmel antwortete ihm, und die Vorbereitungen für den Überfall begannen. Die sechs

Hungrigen waren mit Büchsen bewaffnet und reichlich mit Munition versehen, wie es sich für Angehörige eines wohlhabenderen Stammes geziemte. Von den Mandell-Leuten besaßen jedoch nur wenige eine Büchse, und die waren fast alle entzwei. Außerdem herrschte allgemeiner Mangel an Pulver und Patronen. Diese Armut an Kampfwaffen wurde indessen reichlich aufgewogen durch eine Unzahl von Pfeilen und Wurfspeeren mit Knochenspitzen zum Fernkampf und stählernen Messern russischen und amerikanischen Fabrikats für den Nahkampf.

»Macht keinen Lärm«, lauteten die letzten Anweisungen Tyees, »aber es müssen auf jeder Seite des Iglus viele stehen, und zwar so nahe, daß die Männer des Sonnenlandes nicht durchbrechen können. Und dann wirst du, Negaah, mit sechs von den jungen Männern hinter dir, zu ihnen hineinkriechen. Nehmt keine Büchsen mit, denn die gehen meistens los, wenn man es gerade am wenigsten erwartet, sondern legt die Stärke eurer Arme in eure Messer.«

»Und denkt daran, daß Mesahchie nichts geschieht, denn sie ist ihren Preis wert«, flüsterte Negaah heiser. Flach auf dem Boden liegend, konzentrierte sich das kleine Heer um den Iglu, und hinter den Kriegern kauerten, begeistert und erwartungsvoll, viele Frauen und Kinder, die dem Morde beiwohnen wollten. Die kurze Augustnacht war fast vorbei, und in der grauen Dämmerung konnte man undeutlich die kriechenden Gestalten Negaahs und der jungen Männer unterscheiden. Auf Händen und Knien krochen sie immer weiter, bis sie in dem langen Gange verschwanden, der in die Hütte führte. Tyee stand auf und rieb sich die Hände. Alles ging gut. In dem großen Kreis hob sich erwartungsvoll Kopf auf Kopf. Jeder malte sich die Szene seiner Phantasie entsprechend aus – die schlafenden Männer, die Messerstiche und den plötzlichen Tod in der Finsternis.

Der laute Ruf eines der Männer des Sonnenlandes durchbrach die Stille, und ein Schuß knallte. Und dann erhob sich ein furchtbares Getöse im Iglu. Ohne Überlegung stürzte der ganze Kreis vor und drängte sich um den Eingang. Drinnen begann ein halbes Dutzend Repetiergewehre zu knattern, und die auf einen engen Raum zusammengedrängten Mandeller waren machtlos. Die vordersten kämpften wild, um aus dem Bereich der feuerspeienden Büchsen vor ihnen zu kommen, und von hinten drängte man ebenso wild zum Angriff vorwärts. Die Kugeln der schweren Kaliber gingen durch ein halbes Dutzend Menschen auf einmal, und der Gang, der vollgestopft von kämpfenden, hilflosen Männern war, wurde zu einer Schlachtbank. Die ziellos in die Menge abgefeuerten Büchsen fegten sie hinweg wie ein Maschinengewehr, und gegen diesen ständigen Strom des Todes konnte niemand vorrücken.

»Nie hat es dergleichen gegeben!« stöhnte einer der Hungrigen. »Ich guckte nur hinein, und da lagen die Toten aufgestapelt wie die Robben nach dem Schlagen auf dem Eise!«

»Sagte ich nicht, daß es kampfgeübte Männer seien?« schwatzte der eingeschrumpfte Jäger.

»Das war zu erwarten«, antwortete Aab-Waak keck. »Wir kämpften in einer Falle, die wir uns selbst gestellt hatten.«

»O ihr Toren!« schalt Tyee. »Ihr Söhne von Toren! So war es nicht gemeint. Nur Negaah und die sechs jungen Leute sollten hineingehen. Meine Weisheit ist größer als die der Männer des Sonnenlandes, aber ihr macht sie zuschanden und raubt mir ihre Früchte.«

Keiner antwortete, aber alle Augen hefteten sich auf den Iglu, der sich undeutlich und riesig von dem klaren Nordosthimmel abhob. Durch ein Loch im Dache stieg der Pulverrauch in langsamen Spiralen in die unbewegliche Luft empor, und hin und wieder kam ein Verwundeter beschwerlich in das graue Licht herausgekrochen.

»Jeder soll seinen Nebenmann nach Negaah und den sechs jungen Leuten fragen«, befahl Tyee.

Nach einer Weile kam die Antwort: »Negaah und die sechs jungen Leute sind tot.«

»Und viele andere sind auch tot«, jammerte eine Frau im Hintergrunde.

»Um so größerer Reichtum bleibt für die Überlebenden«, tröstete Tyee grimmig. Dann wandte er sich an Aab-Waak und sagte: »Geh und hol viele mit Tran gefüllte Robbenfelle. Die Jäger sollen sie über die hölzerne Außenseite des Iglus und des Ganges ausgießen. Und dann zündet sie an, ehe die Männer des Sonnenlandes Löcher für ihre Büchsen in den Iglu schlagen können.«

Er hatte noch nicht ausgesprochen, als sich schon ein Loch im Lehm zwischen den Balken zeigte und eine Büchsenmündung herausgestreckt wurde. Einer der Hungrigen griff sich mit der Hand an die Seite und schnellte in die Luft. Noch ein Schuß durchbohrte seine Lunge und brachte ihn zu Fall. Tyee und die anderen sprangen beiseite, um aus der Schußlinie zu kommen, und Aab-Waak schalt auf die Männer mit den Tranfellen. Unter Vermeidung der Schießscharten, die sich jetzt auf allen Seiten des Iglus bildeten, entleerten sie die Felle auf das trockene Treibholz, das der Mandellfluß aus den holzreichen Ländern im Süden herabgeführt hatte. Ounenk lief mit einem brennenden Scheit vor, und die Flammen schlugen hoch. Es vergingen viele Minuten, ohne daß etwas geschah, und sie hielten ihre Waffen bereit, während das Feuer um sich griff. Tyee rieb sich vergnügt die Hände, während der trockene Bau brannte und knisterte. »Jetzt haben wir sie in der Falle, Brüder!«

»Und niemand kann mir Bills Büchse streitig machen«, erklärte Aab-Waak.

»Außer Bill selbst«, quiekte der alte Jäger. »Seht, da kommt er!«

In eine angesengte und geschwärzte Decke gehüllt, sprang der große weiße Mann zu dem flammenden Eingang heraus, und dicht hinter ihm kamen Mesahchie und die fünf anderen Männer des Sonnenlandes. Die Leute vom Stamme der Hungrigen versuchten, den Angriff mit einer schlecht gezielten Salve abzuwehren, während die Mandell-Leute einen Schauer von Speeren und Pfeilen schleuderten. Aber die Männer des Sonnenlandes warfen im Laufen ihre brennenden Decken ab, und man sah, daß jeder von ihnen auf der Schulter ein Päckchen Munition trug. Das war das einzige, was sie von ihren Besitztümern gerettet hatten. In schnellem, wohlüberlegtem Laufe durchbrachen sie den Kreis und stürzten gerade auf die große Klippe los, die sich eine halbe Meile hinter dem Dorfe schwarz in den klaren Tag erhob.

Aber Tyee ließ sich auf das Knie nieder und zielte mit seiner Büchse auf den letzten der Männer des Sonnenlandes.

Ein lauter Schrei ertönte, als er abdrückte. Der Mann fiel vornüber, kam wieder halb auf die Beine, fiel aber wieder. Ohne sich um den Pfeilregen zu kümmern, kehrte ein anderer Mann des Sonnenlandes um, beugte sich über ihn und hob ihn auf die Schulter. Aber die mit Speeren bewaffneten Mandeller näherten sich ihm, und ein kräftig geschleuderter Spieß durchbohrte den Verwundeten. Er schrie laut und erschlaffte schnell, während sein Kamerad ihn zu Boden sinken ließ. Unterdessen hatten Bill und die drei andern haltgemacht und schickten nun den vorrükkenden Speerschleuderern einen Schauer von Blei entgegen. Der fünfte Mann des Sonnenlandes beugte sich über seinen getroffenen Kameraden, fühlte sein Herz, schnitt dann kaltblütig das Päckchen ab und erhob sich mit der Munition und den beiden Büchsen in der Hand.

»Nun, ist er nicht ein Narr?« rief Tyee und machte im Vorwärtsstürmen einen Luftsprung, um nicht auf den krampfhaft zitternden Körper eines Mannes vom Stamme der Hungrigen zu treten.

Seine eigene Büchse war in Unordnung geraten, so daß er sie nicht gebrauchen konnte, und er rief, daß irgend jemand mit dem Speer nach dem Manne des Sonnenlandes werfen solle, der kehrtgemacht hatte, um Deckung hinter dem schützenden Feuer zu suchen. Der alte kleine Jäger wiegte seinen Speer auf dem Wurfholz, schwang im Laufen den Arm zurück und schleuderte die Waffe.

»Beim Körper des Wolfs, sage ich, das war ein guter Wurf!« lobte Tyee, als der Fliehende vornüberstürzte, so daß der Speer, aufrecht zwischen seinen Schultern haftend, langsam hin und her schwankte. Der eingeschrumpfte kleine Mann hustete und setzte sich nieder. Ein roter Streifen zeigte sich auf seinen Lippen, dann wälzte sich ein dicker Strom hervor. Er hustete wieder, und ein seltsam pfeifender Ton begleitete seine Atemzüge.

»Sie fürchten sich auch nicht, sie sind große Kämpfer«, pfiff er und tastete unsicher mit den Händen in die Luft. »Und seht! Jetzt kommt Bill!« Tyee sah auf. Viele Mandeller und einer der Hungrigen hatten sich über den Gefallenen, der sich auf die Knie erhoben hatte, gestürzt und ihn mit ihren Speeren durchbohrt, so daß er wieder zurücksank. In einer Sekunde sah Tyee vier von ihnen unter den Kugeln der Männer des Sonnenlandes fallen. Der fünfte, der noch unverwundet war, ergriff die beiden Büchsen; als er sich aber erhob, um zu fliehen, wurde er durch den Schlag einer Kugel, die ihn am Arme traf, beinahe herumgewirbelt, von einem zweiten zum Stehen gebracht und von einem dritten zu Boden geworfen. Im nächsten Augenblick war Bill da, um die Päckchen abzuschneiden und die Büchsen zu holen.

Dies sah Tyee, und er sah seine eigenen Leute fallen, als sie in zerstreuter Ordnung vorrückten, und plötzlich spürte er Zweifel und beschloß liegenzubleiben, wo er war, um mehr zu sehen. Aus irgendeinem unbegreiflichen Grunde lief Mesahchie zu Bill zurück, aber ehe sie ihn erreicht hatte, sah Tyee, wie Peelo vorsprang und sie mit seinen Armen umschlang. Er versuchte, sie über seine Schulter zu werfen, aber sie klammerte sich an ihn und zerriß und zerkratzte ihm das Gesicht. Dann stellte sie ihm ein Bein, und beide fielen schwer zu Boden. Als sie wieder auf die Füße kamen, hatte Peelo den Griff gewechselt, so daß sein Arm unter ihrem Kinn lag und sein Handgelenk auf ihre Kehle drückte und sie würgte. Er begrub das Gesicht an ihrer Brust, fing die Schläge ihrer beiden Hände mit seinem dicken, verfilzten Haar auf und begann sie langsam vom Kampfplatz wegzuschleppen. Aber in diesem Augenblick prallten sie gegen Bill, der mit den Waffen seiner gefallenen Kameraden zurückkam. Als Mesahchie ihn sah, wirbelte sie ihr Opfer herum und hielt es fest. Bill schwang die Büchse in der Rechten und schlug zu, fast ohne stehenzubleiben. Tyee sah Peelo wie vom Blitz getroffen zu Boden sinken und den Mann des Sonnenlandes mit Negaahs Tochter fliehen.

Eine Gruppe Mandeller machte unter Führung eines vom Stamme der Hungrigen einen nutzlosen Sturmangriff, der unter dem prasselnden Feuer zusammenbrach.

Tyee schnappte nach Luft und murmelte: »Wie Reif in der Morgensonne.«

»Ich sagte es ja, sie sind große Kämpfer«, flüsterte der

alte Jäger matt, vom Blutverlust sehr geschwächt. »Ich weiß es. Ich habe es gehört. Sie sind Seeräuber und Robbenjäger, sie schießen schnell und sicher, denn das ist ihr Leben und ihre Arbeit.«

»Wie Reif in der Morgensonne«, wiederholte Tyee, indem er sich zusammenkauerte und hinter dem sterbenden Manne Deckung suchte, um nur hin und wieder hervorzulugen.

Man konnte es nicht länger einen Kampf nennen, denn kein Mandeller wagte sich vor, und andererseits waren sie den Männern des Sonnenlandes zu nahe gekommen, um wieder zurück zu können. Drei versuchten es, indem sie verstreut wie Kaninchen liefen, aber der eine fiel mit gebrochenem Bein, der zweite erhielt eine Kugel durch den Leib, und der dritte, der sich drehte und schlängelte, fiel am Rande des Dorfes. Der Stamm kauerte sich daher in Löchern zusammen und wühlte sich auf freiem Felde in den Staub ein, während die Kugeln der Männer des Sonnenlandes über die Ebene dahinfuhren.

»Beweg dich nicht«, bat Tyee, als Aab-Waak am Boden zu ihm hinkroch. »Beweg dich nicht, guter Aab-Waak, oder du bringst den Tod über uns.«

»Der Tod hat viele von uns geholt«, lachte Aab-Waak, »daher wird es, wie du sagst, großen Reichtum zwischen uns zu teilen geben. Mein Vater liegt hinter dem großen Felsen dort und atmet kurz und schnell, und neben ihm liegt mein Bruder, als hätte man einen Knoten in ihn geschlagen. Aber ihr Teil soll mein Teil werden, und das ist gut.«

»Wie du sagst, guter Aab-Waak, und wie ich gesagt habe; aber ehe wir teilen können, müssen wir etwas zu teilen haben, und die Männer des Sonnenlandes sind noch nicht tot.«

Eine Kugel prallte von einem Felsblock vor ihnen ab und

flog mit gellendem Pfeifen in ihrem zweiten Fluge tief über ihren Häuptern dahin. Tyee duckte sich und schauderte, aber Aab-Waak grinste und versuchte ihr vergebens mit den Augen zu folgen. »So schnell fliegen sie, daß man sie nicht einmal sehen kann«, bemerkte er.

»Aber viele von uns sind tot«, fuhr Tyee fort.

»Und viele sind noch übrig«, lautete die Antwort.

»Und sie pressen sich dicht an die Erde, denn sie haben gelernt, wie man kämpfen muß. Dazu sind sie zornig geworden. Und wenn wir die Männer des Sonnenlandes auf dem Schiffe getötet haben, so sind nur noch vier hier auf dem Lande übrig. Es dauert vielleicht lange, bis wir sie getötet haben, aber schließlich wird es doch geschehen.«

»Wie können wir zum Schiff gelangen, wenn wir nicht hier und nicht dort gehen können?« fragte Tyee.

»Es ist eine schlechte Stelle, wo Bill und seine Brüder liegen«, erklärte Aab-Waak. »Wir können von allen Seiten über sie herfallen, und das ist nicht gut. Daher suchen sie die Klippe in den Rücken zu bekommen, um dort zu warten, bis ihre Brüder vom Schiff ihnen zu Hilfe kommen.«

»Nie sollen sie vom Schiff kommen, ihre Brüder! Ich habe es gesagt.«

Tyee schöpfte wieder Mut, und als die Männer des Sonnenlandes die Prophezeiung erfüllten und sich nach der Klippe zurückzogen, war ihm so leicht ums Herz wie nur je.

»Es sind nur noch drei von uns übrig!« klagte einer vom Stamme der Hungrigen, als man sich zur Beratung versammelte.

»Dafür soll statt zwei Büchsen jeder vier haben«, lautete Tyees Erwiderung.

»Wir haben gut gekämpft.«

»Ja, und sollte es sein, daß nur zwei von euch übrigbleiben, so würdet ihr sechs Büchsen jeder bekommen. Darum kämpft gut.«

»Und wenn keiner von ihnen übrigbleibt?« flüsterte Aab-Waak schlau.

»Dann bekommen wir die Büchsen, du und ich«, antwortete Tyee ebenfalls flüsternd.

Um aber die Männer vom Hungrigen Volke günstig zu stimmen, machte er einen von ihnen zum Führer des Zuges gegen das Schiff. Diese Abteilung umfaßte volle zwei Drittel des Stammes und ging in einer Entfernung von einem Dutzend Meilen, mit Fellen und andern Handelswaren beladen, an die Küste. Die Zurückgebliebenen bildeten einen weiten Halbkreis um die Brustwehr, die Bill und seine Männer des Sonnenlandes aufzuwerfen begonnen hatten. Tyee war sich schnell über den Nutzen einer Sache klar, und er ließ sofort seine Leute kleine Schützengräben auswerfen.

»Die Zeit wird vergehen, ehe sie es gewahr werden«, sagte er zu Aab-Waak, »und wenn sie beschäftigt sind, werden sie nicht so sehr an die Gefallenen oder an ihre eigenen Beschwerden denken. Und im Dunkel der Nacht können wir uns weiter vorschieben, so daß die Männer des Sonnenlandes, wenn sie im Morgenrot Ausschau nach uns halten, uns ganz nahe finden werden.«

In der Mittagshitze machten die Männer eine Arbeitspause und nahmen eine Mahlzeit von Stockfisch und Robbentran ein, die ihnen von den Frauen gebracht wurde. Einige riefen nach den Nahrungsmitteln, die die Männer des Sonnenlandes in Negaahs Iglu hatten, aber Tyee weigerte sich, sie auszuteilen, ehe die, welche das Schiff angreifen sollten, zurückgekehrt waren. Es wurde hin und her über den Ausfall geredet, aber auf einmal ertönte ein dumpfes Dröhnen vom Meere her über das Land. Wer gute Augen hatte, sah eine dichte Rauchwolke, die sich schnell auflöste und die ihrer Behauptung nach gerade über dem Schiff der Männer des Sonnenlandes schwebte. Tyee meinte, es müsse ein Kanonenschuß sein. Aab-Waak wußte es nicht, dachte aber, daß es irgendein Signal sein müsse. Auf jeden Fall, sagte er, sei es Zeit, daß etwas geschehe.

Fünf bis sechs Stunden später erblickte man einen Mann, der allein über die breite Ebene vom Meere heraufkam, und Frauen und Kinder strömten ihm in einer großen Schar entgegen. Es war Ounenk, nackt, atemlos und verwundet. Das Blut rann ihm noch aus einer Schramme an der Stirn über das Gesicht herab. Sein linker Arm hing furchtbar verstümmelt und hilflos an seiner Seite. Aber am merkwürdigsten von allem war ein wildes Licht in seinen Augen, das die Frauen nicht verstanden.

»Wo ist Peshack?« fragte eine alte Squaw.

»Und Olitlie?« – »Und Polak?« – »Und Mah-Kuk?« stimmten andre ein.

Aber er sagte nichts, sondern drängte sich nur durch die lärmende Menge und wankte auf Tyee zu. Die alte Squaw erhob das Trauergeheul, und die Frauen stimmten eine nach der andern mit ein, während sie sich hinten anschlossen. Die Männer krochen aus ihren Schützengräben und liefen zurück, um sich um Tyee zu scharen, und man bemerkte, wie die Männer des Sonnenlandes auf ihre Barrikade kletterten, um sehen zu können.

Ounenk machte halt, wischte sich das Blut aus den Augen und blickte sich um. Er versuchte zu sprechen, aber seine trockenen Lippen klebten aufeinander. Likita brachte ihm Wasser, und er grunzte und trank wieder.

»War es ein Kampf?« fragte Tyee schließlich. »Ein guter Kampf?«

»Ho! ho! ho!« So plötzlich und wild lachte Ounenk, daß alle schwiegen. »Nie hat es einen solchen Kampf gegeben!

Das sage ich, Ounenk, der ich so manchen Kampf mit Tieren und Menschen ausgefochten habe. Und ehe ich es vergesse, laßt mich große und weise Worte sprechen. Die Männer des Sonnenlandes kämpfen gut und lehren uns Mandeller kämpfen. Und wenn wir lange genug kämpfen, werden wir große Kämpfer wie die Männer des Sonnenlandes, oder – wir sind tot. Ho! ho! ho! Das war ein Kampf!«

»Wo sind deine Brüder?« Tyee schüttelte ihn, daß der Verwundete vor Schmerzen schrie.

Ounenk wurde ruhiger. »Meine Brüder? Sie sind nicht mehr.«

»Und Pome-Lee?« rief einer der Hungrigen. »Pome-Lee, der Sohn meiner Mutter?«

»Pome-Lee ist nicht mehr«, sagte Ounenk eintönig.

»Und die Männer des Sonnenlandes?« fragte Aab-Waak.

»Die Männer des Sonnenlandes sind nicht mehr.«

»Aber das Schiff der Männer des Sonnenlandes und ihr Reichtum, ihre Büchsen und anderen Dinge?« fragte Tyee.

»Weder das Schiff der Männer des Sonnenlandes noch ihr Reichtum oder ihre anderen Dinge, nichts ist mehr. Nichts. Ich bin allein.«

»Und du bist ein Narr.«

»Das kann sein«, antwortete Ounenk unbewegt. »Ich habe gesehen, was mich wohl zu einem Narren machen konnte.«

Tyee schwieg, und alle warteten, bis es Ounenk gefiele, seine Geschichte zu erzählen.

»Wir nahmen keine Büchsen mit, o Tyee«, begann er endlich, »keine Büchsen, meine Brüder – nur Messer und Jagdbogen und Speere. Und zu je zweien und dreien kamen wir in unsern Kajaks zum Schiffe. Sie freuten sich, als sie uns sahen, die Männer des Sonnenlandes, wir breiteten unsere Felle aus, sie holten ihre Handelswaren, und alles ging gut. Und Pome-Lee wartete – wartete, bis die Sonne hoch am Himmel stand und sie sich zum Essen gesetzt hatten. Da stieß er den Schrei aus, und wir fielen über sie her. Nie hat es einen solchen Kampf gegeben und nie solche Kämpfer. Die Hälfte erschlugen wir im ersten Augenblick, aber die Hälfte, die übrigblieb, wurde zu Teufeln, und sie vervielfältigten sich und kämpften überall wie die Teufel. Sie stellten sich mit dem Rücken gegen den Mastbaum, und wir umgaben sie mit einem Kreis unserer Toten, ehe sie selbst starben. Und einige nahmen zwei Büchsen und schossen, indem sie beide Augen offenhielten, und sie schossen sehr schnell und sicher. Und einer nahm eine große Büchse, aus der er eine Menge kleiner Kugeln auf einmal schoß. Seht her!« Ounenk zeigte auf sein Ohr, das sauber von einem Rehposten durchbohrt war.

»Aber ich, Ounenk, durchstieß ihn von hinten mit meinem Speere. Und so töteten wir sie alle irgendwie – alle außer dem Häuptling. Und ihn umringten wir, viele von uns, und er war allein, aber da stieß er einen lauten Schrei aus, brach durch und lief in das Innere des Schiffes, während fünf oder sechs von uns sich an ihn hängten. Und da, als der Reichtum des Schiffes unser und nur der Häuptling, den wir auch bald töten mußten, noch unten war, ja, da ertönte ein Krachen wie von allen Büchsen der Welt – ein mächtiges Krachen! Und wie ein Vogel flog ich in die Luft, und das lebende Mandellervolk und die toten Männer des Sonnenlandes, die kleinen Kajaks, das große Schiff, die Büchsen, der Reichtum – alles flog in die Luft. Darum sage ich, Ounenk, der diese Geschichte erzählt, daß ich der einzige bin, der übrigblieb.«

Tiefes Schweigen senkte sich auf die Versammlung. Tyee blickte Aab-Waak mit entsetzten Augen an, sagte aber nichts. Selbst die Frauen waren zu erstaunt, um über die Toten zu jammern.

Ounenk sah sich stolz um. »Ich bin der einzige, der übrigblieb«, wiederholte er.

Aber in diesem Augenblick knallte eine Büchse von Bills Barrikade, und es klatschte scharf gegen Ounenks Brust. Er schwankte hintenüber und richtete sich mit einem Ausdruck von Verblüffung wieder auf. Er schnappte nach Luft, und seine Lippen verzogen sich zu einem grimmigen Lächeln. Seine Schultern fielen zusammen, und seine Knie knickten ein. Er schüttelte sich wie ein Mann, der im Begriff ist einzuschlafen, und raffte sich wieder auf. Aber das Zusammenfallen und Einknicken begann wieder, und er sank langsam, ganz langsam zu Boden.

Es war eine ganze Meile bis zum Graben der Männer des Sonnenlandes, aber der Tod hatte den Abstand überbrückt. Ein mächtiges Wutgeschrei erhob sich, in dem viel Rachgier und gedankenlose tierische Wildheit lag. Tyee und Aab-Waak versuchten, das Mandellvolk zurückzuhalten, wurden aber beiseite gestoßen und konnten nichts als sich umdrehen und dem wahnsinnigen Ansturm zusehen. Aber es fiel kein Schuß von den Männern des Sonnenlandes, und ehe die Hälfte der Strecke zurückgelegt war, wurden viele durch die geheimnisvolle Stille erschreckt, machten halt und warteten. Die wilderen Geister stürmten weiter, sie hatten wieder die Hälfte des übriggebliebenen Abstandes zurückgelegt, und immer noch gab der Graben kein Lebenszeichen von sich. In einer Entfernung von zweihundert Ellen verlangsamten sie den Lauf und sammelten sich; bei hundert Ellen blieben sie, an zwanzig Mann, mißtrauisch stehen und berieten sich. Da wurde die Barrikade von einer Rauchwolke gekrönt, und sie zerstreuten sich wie eine Handvoll kleiner Steine, die aufs Geratewohl hingeworfen werden. Vier fielen und noch vier, und sie fielen weiter schnell, immer einer oder zwei zugleich, bis nur einer übrig war, und der jagte in voller Flucht zurück, während der Tod ihm um die Ohren pfiff. Es war Nok, ein junger Jäger, langbeinig und hochgewachsen, und er lief, wie er nie zuvor gelaufen war. Er fuhr über die nackte Ebene wie ein Vogel, schwang sich auf und segelte und sprang von einer Seite auf die andere. Die Büchsen im Graben donnerten in einer mächtigen Salve, sie knallten durcheinander, aber immer noch schwang Nok sich auf, tauchte nieder und schwang sich immer wieder unbeschädigt auf. Das Schießen ließ nach, als hätten die Männer des Sonnenlandes es aufgegeben, ihn zu treffen, und Nok zickzackte immer weniger in seinem Fluge, bis er bei jedem Sprunge geradeaus flog. Und wie er schnell und geradeaus so sprang, kläffte eine einzelne Büchse aus dem Graben, und Nok ballte sich mitten in der Luft zusammen und kam als ein Klumpen auf die Erde, flog durch den Aufprall wieder hoch und landete als ein zerschmettertes Häufchen.

»Wer ist so schnell wie das schnellbeschwingte Blei?« grübelte Aab-Waak.

Tyee brummte und wandte sich ab. Der Fall war erledigt, und es gab Wichtigeres zu denken. Ein Mann vom Stamme der Hungrigen und vierzig von seinen eigenen Kriegern, darunter einige Verwundete, waren noch übrig, und man hatte noch mit vier Männern des Sonnenlandes zu rechnen.

»Wir halten sie in ihrem Loch an der Klippe fest«, sagte er, »und wenn der Hunger sie gepackt hat, so töten wir sie, als ob es Kinder wären.«

»Aber warum kämpfen?« fragte Oloof, einer der jüngeren Männer. »Der Reichtum der Männer des Sonnenlandes ist nicht mehr; es ist nur übrig, was sich in Negaahs Iglu befindet, ein elender Rest ...« Er brach hastig ab, denn eine Kugel pfiff scharf an seinem Ohr vorbei.

Tyee lachte höhnisch. »Nimm das als Antwort. Was könnten wir sonst tun mit diesen wahnsinnigen Menschen des Sonnenlandes, die nicht sterben wollen?«

»Welche Torheit!« protestierte Oloof, während er im stillen die Ohren spitzte, ob nicht eine neue Kugel käme. »Es ist nicht recht, daß sie so kämpfen, diese Männer des Sonnenlandes. Warum wollen sie nicht einen leichten Tod sterben? Sie sind Toren, daß sie nicht wissen, daß sie doch des Todes sind, und uns so viel Mühe machen.«

»Zuerst kämpften wir, um großen Reichtum zu gewinnen, jetzt tun wir es, um unser Leben zu retten«, faßte Aab-Waak in Kürze die Lage zusammen.

Nachts ertönte Lärm in den Gräben, und Schüsse wurden gewechselt. Und am Morgen fand man Negaahs Iglu von den Besitztümern der Männer des Sonnenlandes geräumt. Sie hatten sie selbst geholt, wie ihre Fährten zeigten, als die Sonne aufging. Oloof kroch auf den Rand der Klippe, um große Steine in den Graben hinabzuschleudern, aber die Klippe hing über, und so schleuderte er statt dessen Scheltworte und Beleidigungen hinunter und versprach ihnen bittere Foltern, wenn das Ende gekommen sei. Bill schickte ihm Hohnworte in der Sprache des Bärenvolkes zurück, und Tyee, der den Kopf aus dem Graben hervorstreckte, um zuzusehen, erhielt einen tiefen Streifschuß an der Schulter.

Und in den traurigen Tagen, die jetzt folgten, und den wilden Nächten, in denen sie die Gräben näher an den Feind heranführten, wurde viel davon gesprochen, ob es nicht klug sei, die Männer des Sonnenlandes entwischen zu lassen. Aber davor fürchteten sie sich, und die Frauen erhoben stets ein Geschrei bei dem Gedanken. Sie hatten viel von den Männern des Sonnenlandes gesehen und hatten keine Lust, noch mehr zu sehen. Die ganze Zeit hindurch war die Luft von dem Pfeifen und Klatschen der

Kugeln erfüllt, und die ganze Zeit hindurch wuchs die Verlustliste. Im goldenen Morgengrauen ertönte der schwache, ferne Knall einer Büchse, und eine Frau streckte getroffen am fernen Rande des Dorfes die Hände hoch. In der Mittagshitze hörten die Männer in den Gräben das gellende Pfeifen und wußten, daß ihr Tod geflogen kam, und im grauen Abendschein spritzte der Staub in kleinen Wölkchen bei dem schwachen Feuer auf. Und durch die Nächte klang das langgezogene, jammernde »Wa-hoo-ha-a, wa-hoo-ha-a!« der trauernden Frauen.

Wie Tyee vorausgesagt hatte, kam es schließlich so weit, daß der Hunger die Männer des Sonnenlandes packte. Und während eines zeitigen Herbststurmes kroch einer von ihnen in der Dunkelheit in die Gräben und stahl eine Menge Stockfische. Aber er konnte nicht wieder zurückkommen, und die Sonne fand ihn, wie er sich vergebens im Dorfe zu verstecken suchte. So kämpfte er denn den großen Kampf ganz allein in einem engen Kreis des Mandellvolkes, erschoß vier mit seinem Revolver, und ehe sie ihn ergreifen und foltern konnten, kehrte er die Waffe gegen sich selber und starb.

Das warf Schwermut über das Volk. Oloof stellte die Frage: »Wenn nur ein Mann sich so kühn verteidigt, ehe er stirbt, was werden dann die drei tun, die noch übrig sind?«

Dann stellte Mesahchie sich auf die Barrikade und rief die Namen dreier Hunde, die in die Nähe gekommen waren. Das war Fleisch und Leben – und das schob den Tag der Abrechnung hinaus und goß Verzweiflung in die Herzen des Mandellvolkes. Und die Flüche eines ganzen Geschlechtes wurden über Mesahchies Haupt ausgeschüttet.

Die Tage schleppten sich hin. Die Sonne eilte gen Süden, die Nächte wurden immer länger, und es kam ein Hauch von Frost in die Luft. Und immer noch hielten die Männer des Sonnenlandes ihren Graben. Unter diesem endlosen Druck sank der Mut, und Tyee grübelte tief und ernsthaft. Dann erließ er die Botschaft, daß alle Felle und Häute im ganzen Stamme gesammelt werden sollten. Die ließ er zu großen Rollen wickeln und legte hinter jede Rolle einen Mann.

Als der Befehl gegeben wurde, war der kurze Tag beinahe verstrichen, und es war eine langwierige Arbeit, die großen Ballen Fuß für Fuß vorwärts zu rollen. Die Kugeln der Männer des Sonnenlandes klatschten und schlugen in sie, ohne sie zu durchdringen, und die Männer heulten vor Begeisterung. Aber die Dunkelheit brach herein, und Tyee, der jetzt seines Erfolges sicher war, ließ die Ballen in die Gräben zurückholen.

Am nächsten Morgen begann das Vorrücken im Ernst, während im Graben der Männer des Sonnenlandes ein unheimliches Schweigen herrschte. Anfangs rückten die Ballen sich langsam mit weiten Zwischenräumen näher, während der Kreis sich verengerte. In einer Entfernung von hundert Ellen waren sie einander ganz nahe gekommen, so daß Tyees Befehl, anzuhalten, flüsternd von einem Flügel zum andern lief. Der Graben gab kein Lebenszeichen von sich. Sie warteten lange und gespannt, aber nichts regte sich. Das Vorrücken begann wieder, und das Manöver wiederholte sich in einem Abstand von fünfzig Ellen. Immer noch kein Zeichen, kein Laut. Tyee schüttelte den Kopf, und selbst Aab-Waak hegte Zweifel. Aber wieder wurde Befehl zum Vorrücken gegeben, und sie rückten vor, bis Ballen neben Ballen lag und eine feste Schanze aus Fellen und Häuten sich von der Klippe rings um den Graben wieder bis zu Klippe erstreckte. Tyee blickte sich um und sah, wie Frauen und Kinder sich wie dunkle Schatten in den verlassenen Gräben scharten. Er sah vorwärts nach dem schweigenden Graben. Die Männer bewegten sich nervös, und er ließ einen um den anderen Ballen vorrücken. Diese neue Linie bewegte sich vorwärts, bis wieder wie zuvor Ballen an Ballen stieß. Dann schob Aab-Waak aus eigenem Antriebe einen Ballen allein vor. Als er gegen die Barrikade stieß, wartete er lange. Dann warf er Steine in den Graben hinüber, bekam aber keine Antwort, und schließlich erhob er sich mit großer Vorsicht und guckte hinunter. Ein Teppich von leeren Patronenhülsen, einige reingenagte Hundeknochen und eine sumpfige Stelle, wo das Wasser aus einer Felsspalte herabträufelte, begegneten seinem Blick. Das war alles. Die Männer des Sonnenlandes waren weg.

Ein Murmeln von Hexerei und unbestimmten Klagen ertönten, und düstere Blicke wurden gewechselt, die Tyee unheimliche Dinge prophezeiten, die noch geschehen konnten, und er atmete erleichtert auf, als Aab-Waak den Spuren am Fuße der Klippe folgte.

»Die Höhle!« rief Tyee. »Sie sahen meine Weisheit mit den Fellballen voraus und flohen in die Höhle!« Die Klippe war von einem Labyrinth unterirdischer Gänge durchbohrt, die in der Mitte, wo der Graben gegen die Felswand stieß, zusammenliefen. Dorthin folgten die Männer des Stammes Aab-Waak unter vielen Ausrufen, und als sie die Stelle erreichten, konnten sie deutlich sehen, daß die Männer des Sonnenlandes in die einige zwanzig Fuß hohe Mündung geklettert waren.

»Jetzt ist es geschehen«, sagte Tyee und rieb sich die Hände. »Jetzt gebiete ich, daß alle sich freuen sollen, denn jetzt sind sie in der Falle, diese Männer des Sonnenlandes – in der Falle. Die jungen Leute sollen hinaufklettern und den Eingang der Höhe mit Steinen füllen, so daß Bill und seine Brüder und Mesahchie vom Hunger gequält werden, bis sie zu Schatten werden und unter Fluchen in Stille und Finsternis sterben.«

Rufe, die Jubel und Erleichterung ausdrückten, begrüßten diese Worte, und Howgah, der letzte vom Stamme der Hungrigen, kletterte den steinigen Hang hinauf und kauerte sich am Rande der Öffnung zusammen. Aber im selben Augenblick ertönte ein scharfer Knall, dann noch einer, während er sich verzweifelt an den glatten Felsrand klammerte. Mit widerstrebender Schwäche ließ er los und stürzte zu Tyees Füßen nieder, zitterte einen Augenblick wie ein riesiger Gallertklumpen und lag dann still da.

»Wie konnte ich wissen, daß sie so große Kämpfer seien und sich nicht fürchteten?« fragte Tyee unter dem Drange, sich zu verteidigen, bei der Erinnerung an die düsteren Blicke und die unbestimmten Klagen.

»Wir waren viele und glücklich«, erklärte einer der Männer geradezu. Ein anderer ließ die lüsternen Finger mit seinem Speere spielen.

Aber Oloof gebot ihnen Schweigen. »Hört, meine Brüder! Es gibt einen andern Weg! Als Knabe fand ich ihn zufällig eines Tages, als ich oben auf dem Hange spielte. Er ist von den Felsen verborgen, und niemand kommt dorthin. Er ist sehr schmal, man kriecht ein weites Stück auf dem Bauche, und dann ist man in der Höhle. Heute nacht wollen wir geräuschlos hineinkriechen und die Männer des Sonnenlandes von hinten überraschen. Und morgen wird Friede sein, und nie wieder werden wir in den kommenden Jahren mit Männern des Sonnenlandes kämpfen.«

»Nie mehr!« tönte es im Chor von den müden Männern.

»Nie mehr!« Und Tyee stimmte mit ein. Am Abend sammelte sich die Schar von Frauen und Kindern um den bekannten Eingang der Höhle, die Erinnerung an ihre Toten im Herzen und Steine, Speere und Messer in den Händen. Die mehr als zwanzig Fuß zur Erde konnte keiner der Männer des Sonnenlandes hoffen, lebend hinunterzugelangen. Im Dorfe blieben nur die Verwundeten zurück, während alle gesunden und beweglichen Männer – es waren noch dreißig – Oloof nach dem heimlichen Zugang folgten. Es waren hundert Fuß unwegsame Felsen und unsicher aufgehäufte Steine zwischen ihnen und der Erde, und aus Furcht, die Steine durch Hand oder Fuß in Unordnung zu bringen, kroch immer nur ein Mann auf einmal in den Gang. Oloof, der zuerst kam, rief leise den nächsten, daß er kommen solle, und verschwand drinnen. Ein Mann folgte, noch einer, ein dritter und so fort, bis nur Tyee übrig war. Er hörte das Rufen des letzten Mannes, wurde aber von einem plötzlichen Zweifel gepackt und blieb zurück, um nachzudenken. Eine halbe Stunde später schwang er sich zur Öffnung empor und guckte hinein. Er konnte fühlen, wie eng der Gang war, und die Dunkelheit vor ihm wirkte gleichsam massiv. Die Furcht vor dem Raum zwischen den Erdwänden ließ ihn erstarren, und er konnte sich nicht hineinwagen. Alle Toten, von Negaah, dem ersten der Mandeller, bis zu Howgah, dem letzten der Hungrigen, setzten sich zu ihm. Aber er zog das Unheimliche ihrer Gesellschaft dem Entsetzen vor, das er in dem dichten Dunkel lauern spürte. Er hatte lange dort gesessen, als etwas Weiches und Kaltes leise gegen seine Wange flatterte, und er wußte, daß es der erste Winterschnee war, der fiel. Dann kam die schwache Morgendämmerung und hierauf der klare Tag, und dann hörte er einen leisen Kehllaut, ein Schluchzen, das näher kam und deutlicher wurde. Er ließ sich über den Rand gleiten, setzte die Füße auf den ersten Felsvorsprung und wartete.

Das Schluchzen kam langsam näher, aber endlich, nach manchem Stocken war es da, und er war sicher, daß es von keinem Manne des Sonnenlandes ausgehen konnte. Daher streckte er die Hand dem Laut entgegen, aber wo ein Kopf hätte sein sollen, fühlte er die Schulter eines

Mannes, der sich auf die Ellenbogen stützte. Den Kopf fand er hinterher, nicht aufrecht, sondern herabhängend, so daß der Scheitel auf dem Boden des Ganges ruhte.

»Bist du es, Tyee?« fragte der Kopf. »Denn ich bin es, Aab-Waak, hilflos und geknickt wie ein schlecht geworfener Speer. Mein Kopf liegt im Schmutze, und ich kann nicht ohne Hilfe hinunterklettern.«

Tyee kroch hinein und lehnte ihn mit dem Rücken gegen die Wand, aber der Kopf hing auf die Brust herab und schluchzte und jammerte.

»Ai-oo-o, ai-oo-o!« kam es. »Oloof hatte vergessen, daß Mesahchie auch das Geheimnis kannte, und sie hat es den Männern des Sonnenlandes verraten, sonst hätten sie nicht am andern Ende des Ganges gewartet. Und darum bin ich ein geknickter Mann und hilflos – ai-oo-o, ai-oo-o!«

»Und starben sie, die verfluchten Männer des Sonnenlandes, am andern Ende des Ganges?« fragte Tyee.

»Wie konnte ich wissen, daß sie warteten?« gurgelte Aab-Waak. »Denn meine Brüder waren vorausgegangen, viele von ihnen, und es war nichts von einem Kampf zu hören. Wie konnte ich wissen, warum es keinen Kampflärm gab? Und ehe ich es wußte, legten sich zwei Hände um meinen Hals, so daß ich nicht rufen und meine Brüder warnen konnte, die hinter mir kamen. Und dann legten sich noch zwei Hände um meinen Kopf und zwei um meine Füße. Auf diese Weise hielten die Männer des Sonnenlandes mich. Und während die Hände meinen Kopf festhielten, drehten die Hände um meine Füße meinen Körper herum, und der Hals wurde mir umgedreht, wie wir einer Wildente den Hals umdrehen.

Aber es war nicht bestimmt, daß ich sterben sollte«, fuhr er mit einem schwachen Funken von Stolz fort. »Ich bin der einzige, der übrigblieb. Oloof und die andern liegen in einer Reihe auf dem Rücken, und ihre Gesichter sind hierhin und dorthin gedreht, und manche Gesichter sind dort, wo ihre Nacken sein sollten. Es ist kein schöner Anblick; denn als das Leben in mich zurückkehrte, sah ich sie alle beim Schein einer Fackel, die die Männer des Sonnenlandes zurückgelassen hatten, und ich war in eine Reihe mit den andern gelegt worden.«

»So? So?« grübelte Tyee, zu verblüfft, um mehr sagen zu können.

Es gab einen Ruck in ihm, und ihn schauderte, denn Bills Stimme ertönte aus dem Gange.

»Es ist gut«, sagte sie, »ich suche den Mann, der mit gebrochenem Hals fortkriecht, und siehe, ich finde Tyee. Wirf deine Büchse von dir, Tyee, daß ich sie auf die Steine fallen hören kann.«

Tyee gehorchte ohne Einwand, und Bill kroch ins Licht heraus. Tyee betrachtete ihn neugierig. Er war mager, mitgenommen und schmutzig, und seine Augen leuchteten wie glühende Kohlen in ihren tiefen Höhlen.

»Ich bin hungrig, Tyee«, sagte er. »Sehr hungrig sogar!«

»Und ich bin Schmutz zu deinen Füßen«, antwortete Tyee. »Dein Wort ist mir Gebot. Außerdem werde ich meinem Volke befehlen, dir keinen Widerstand zu leisten. Ich rate ihnen . . .«

Aber Bill hatte sich umgedreht und rief in den Gang hinein: »He! Charley! Jim! Kommt her und bringt das Mädchen mit!«

»Jetzt bekommen wir etwas zu essen«, sagte er, als seine Kameraden und Mesahchie sich ihm angeschlossen hatten. Tyee rieb sich entschuldigend die Hände. »Wir haben nur wenig, aber was wir haben, ist dein.«

»Und dann wollen wir südwärts über den Schnee wandern«, fuhr Bill fort.

»Möget ihr ohne Beschwer wandern, und möge der Weg euch leicht werden.«

»Es ist ein weiter Weg. Wir brauchen Hunde und Nahrung – viel!«

»Du kannst unter unsern Hunden wählen und so viel Nahrung nehmen, wie sie ziehen können.«

Bill ließ sich über den Felsrand gleiten und schickte sich an hinunterzusteigen. »Aber wir kommen wieder, Tyee. Wir kommen wieder, und unsere Tage werden lang sein hier im Lande.«

Und so reisten sie in den ungebahnten Süden, Bill, seine Brüder und Mesahchie. Und als das nächste Jahr kam, lag »Search II« in der Mandellbucht vor Anker. Die wenigen vom Mandellvolke, die noch lebten, weil ihre Wunden sie gehindert hatten, in die Höhlen zu kriechen, begannen auf Befehl der Männer des Sonnenlandes zu arbeiten und in der Erde zu graben. Sie jagen und fischen nicht mehr, sondern erhalten Tagelohn, für den sie sich Mehl, Zucker, Baumwollstoff und solche Waren kaufen, wie »Search II« sie alljährlich von den Männern des Sonnenlandes bringt.

Und diese Mine wird in aller Heimlichkeit ausgebeutet, wie so viele Nordlandminen ausgebeutet worden sind, und kein weißer Mann außerhalb der Aktiengesellschaft, die aus Bill, Jim und Charley besteht, weiß, wo an der Küste des Polarmeeres Mandell liegt. Aab-Waak trägt immer noch seinen Kopf schief auf der Schulter hängend, er ist zum Orakel geworden und predigt den jüngeren Generationen Frieden, wofür er eine Pension von der Aktiengesellschaft erhält. Tyee ist Vorarbeiter in der Mine und hat sich eine neue Theorie über die Männer des Sonnenlandes gebildet.

»Wer unter dem Pfade der Sonne lebt, ist nicht weichlich«, sagt er, während er seine Pfeife raucht und beobachtet, wie die Tagschicht nach Hause geht und die Nachtschicht sich zur Arbeit begibt. »Denn die Sonne dringt in ihr Blut ein und brennt sie mit einem starken Feuer, so daß sie von Lüsten und Leidenschaften erfüllt werden. Sie brennen immer, so daß sie es selbst nicht wissen, wenn sie besiegt sind. Dazu ist eine Unrast in ihnen, ein Teufel, der sie über die ganze Erde treibt, um unaufhörlich zu arbeiten, zu schleppen und zu kämpfen. Ich weiß es. Ich bin Tyee.«

»Brrr!« brüllte Kid den Hunden zu und warf sich mit seinem ganzen Gewicht gegen die Lenkstange, um den Schlitten zum Stehen zu bringen. Kid, genannt Alaska-Kid, der ehemalige Journalist, der in Alaska zum Manne herangereift war, zu einem der kühnsten Männer des wilden Nordens.

»Was willst du denn?« klagte Kurz, sein ständiger Gefährte. »Hier ist doch kein Wasser unter dem Schnee.«

»Nein, aber sieh dir mal die Fährte an, die hier nach rechts abschwenkt«, antwortete Kid. »Ich hätte nicht geglaubt, daß jemand hier in der Gegend überwinterte.«

Im selben Augenblick, als sie anhielten, legten sich die Hunde in den Schnee und begannen die kleinen Eisstücke, die zwischen ihren Zehen saßen, abzuknabbern. Noch vor fünf Minuten war dieses Eis Wasser gewesen. Die Tiere waren durch eine dünne, von Schnee bedeckte Eisschicht eingebrochen, und unter dem Eis verbarg sich die Quelle, die am Hang entsprang und auf der drei Fuß dicken Winterkruste des Nordbeskaflusses kleine Pfützen bildete.

»Das ist das erstemal, daß ich von Menschen hier in Nordbeska höre«, sagte Kurz und starrte die fast gänzlich verwischte Fährte an, die, von zwei Fuß tiefem Schnee verdeckt, das Flußbett in einem rechten Winkel verließ und nach der Mündung eines Baches führte, der von links geflossen kam. »Vielleicht sind es Jäger gewesen«, meinte er. »Jäger, die längst wieder abgezogen sind.«

Kid fegte den lockeren Neuschnee mit den in Fäustlingen steckenden Händen beiseite, blieb einen Augenblick stehen, um sich die Fährte anzusehen, fegte wieder, sah abermals nach.

»Nein«, entschied er dann. »Die Spuren laufen nach beiden Richtungen, aber die jüngere geht den Bach hinauf. Wer es auch sein mag, so muß er jedenfalls noch da sein. Es ist mehrere Wochen her, daß jemand hier ging. Aber was hält ihn noch dort? Das möchte ich wissen.«

»Und was ich wissen möchte, ist, wo wir heute nacht lagern werden«, sagte Kurz und betrachtete den Horizont im Südwesten mit mißtrauischen Blicken. Die Dunkelheit der kommenden Nacht begann bereits das Zwielicht des Nachmittags zu verdrängen. »Wir können ja der Fährte den Bach hinauf folgen«, schlug Kid vor. »Wir haben trockenes Holz genug hier. Wir können lagern, wann es uns beliebt.«

»Ja, natürlich können wir lagern, wann es uns beliebt. Aber wenn wir nicht hungern wollen, müssen wir marschieren, und es handelt sich auch darum, die rechte Richtung einzuschlagen.«

»Bachaufwärts werden wir schon etwas finden«, erklärte Kid.

»Aber schau dir doch den Proviant an! Schau dir die Hunde an!« rief Kurz. »Schau ... na, meinetwegen los ... du sollst deinen Willen haben.«

»Es wird die Reise nicht um einen Tag verlängern«, meinte Kid, »wahrscheinlich nicht einmal um eine Meile.«

»Es ist vorgekommen, daß Männer um weniger als eine Meile verreckt sind«, antwortete Kurz und schüttelte mit finsterer Miene den Kopf. »Aber nur los jetzt! Auf, ihr armen wundfüßigen Viecher. Auf jetzt ... Los, Bright ... Hüh!«

Der Leithund gehorchte, und das ganze Gespann schleppte sich müde weiter durch den lockeren Schnee. »Brrr ... halt!« schrie Kurz. »Hier müssen wir uns die Fährte selbst stampfen.«

Kid holte seine Schneeschuhe unter der Schlittenpersenning hervor, band sie an seine in Mokassins steckenden Füße und ging voraus, um die lockere Oberfläche für die Hunde festzutreten.

Es war eine mühselige Arbeit. Hunde und Männer hatten seit Tagen nur kleine Rationen erhalten, und die Kraft, die sie noch in Reserve hatten, war sehr begrenzt und armselig. Sie folgten dem Bachbett, welches aber so abfiel, daß der jähe, unzugängliche Hang ihnen viel Mühe machte. Die hohen Felswände zu beiden Seiten verengten sich schnell immer mehr zu einer Schlucht, in der es, da die hohen Berge die lang anhaltende Dämmerung nicht hereinließen, fast ganz dunkel war.

»Das ist ja die reine Falle«, sagte Kurz. »Verdammt eklig ist es überhaupt hier. Es ist ein Loch im Boden. Hier wird das Pech nur so herausquellen.«

Kid antwortete nicht. Und die nächste halbe Stunde zogen sie wortlos weiter. Dann brach Kurz wieder das Schweigen. »Das Unheil marschiert schon«, murrte er. »Es ist schon an der Arbeit ... und ich will es dir erzählen, wenn du es hören magst.«

»Nur los«, sagte Kid.

»Gut, meine Ahnung sagt mir ganz offen und einfach, daß wir nie und nimmer aus diesem verdammten Dreckloch herauskommen, jedenfalls erst nach vielen, vielen Tagen. Wir werden verflucht viel Pech haben und sehr lange Zeit und noch einige Tage dazu hierbleiben müssen ...«

»Sagt deine Ahnung nichts von Proviant?« fragte Kid unfreundlich. »Denn wir haben ja nicht Proviant für Tage und Tage und noch einige Zeit dazu.«

»Nee ... kein Wort von Proviant. Ich glaube ja noch, daß wir die Sache deichseln werden, aber ich will dir was sagen, Kid, offen und ehrlich, ich esse jeden Hund hier im Gespann, aber Bright nicht. Bei Bright mache ich halt.«

»Hör jetzt auf«, schalt Kid. »Meine Ahnung ist auch an der Arbeit, und zwar ganz gewaltig. Sie sagt mir, daß es kein Essen aus Hundefleisch geben wird und daß wir uns fett und dick fressen werden, mag es nun an Elch- oder Rentierfleisch oder Kaviar sein.«

Kurz gab seinen Widerwillen nur durch ein verächtliches Grunzen kund, und wieder verging eine Viertelstunde in tiefem Schweigen.

»Jetzt beginnt dein Unheil schon«, sagte Kid und machte halt. Dann starrte er auf einen Gegenstand, der neben der alten Fährte lag. Kurz verließ die Lenkstange und trat zu ihm. Gemeinsam starrten sie auf den Körper eines Mannes, der im tiefen Schnee lag.

»Er ist gutgenährt«, sagte Kid.

»Sieh dir mal seine Lippen an«, sagte Kurz.

»Steif wie ein Besenstiel«, erklärte Kid, als er den einen Arm der Leiche hob. So steif war der Arm, daß der ganze Körper der Bewegung folgte.

»Wenn du ihn aufhebst und wieder fallen läßt, zerbricht er in Stücke«, sagte Kurz.

Der Mann lag auf der Seite und war völlig gefroren. Aus dem Umstand, daß er nicht mit Schnee bedeckt war, schlossen sie, daß er erst ganz kurze Zeit hier lag.

»Vor drei Tagen hat es ja mächtig geschneit«, erinnerte sich Kurz.

Kid nickte, dann beugte er sich über die Leiche, drehte sie halb um, so daß sie das Gesicht sahen, und zeigte auf eine Schußwunde in der einen Schläfe. Er untersuchte den Boden zu beiden Seiten und zeigte nickend auf einen Revolver, der im Schnee lag.

Einige hundert Meter weiter fanden sie eine zweite Leiche, die mit dem Gesicht nach unten im Schnee lag. »Zweierlei ist klar«, sagte Kid. »Sie sind gutgenährt. Es handelt sich also nicht um Hungersnot. Aber sie haben auch nicht viel Gold gefunden, sonst hätten sie nicht Selbstmord begangen.«

»Wenn sie das getan haben«, wandte Kurz ein.

»Das haben sie ganz sicher. Es sind ja keine Spuren außer ihren eigenen vorhanden, und sie sind beide vom Pulver verbrannt.«

Kid zog die Leiche beiseite und grub mit der Spitze seines Mokassins einen Revolver aus dem Schnee, wo er unter der Leiche gelegen hatte. »Damit hat er es getan. Ich sagte dir ja, daß wir etwas finden würden.«

»Es sieht sogar aus, als ob wir kaum erst beim Anfang wären. Aber warum haben die beiden dicken Kerle sich wohl erschossen?«

»Wenn wir das erst entdecken, dann wissen wir auch, wie es mit dem Unheil zusammenhängt, das du uns prophezeit hast«, antwortete Kid. »Komm. Wir müssen weiter ... es ist schon verflucht dunkel.«

Es war wirklich schon sehr dunkel, als Kid mit seinen Schneeschuhen über eine dritte Leiche stolperte. Dann fiel er quer über einen Schlitten, neben dem eine vierte lag. Und als er den Schnee, den er im Fallen in den Kragen bekommen, entfernt und ein Streichholz angezündet hatte, sahen er und Kurz noch eine Leiche, die, in Decken gehüllt, neben einem halbfertigen Grab lag. Ehe das Streichholz erlosch, hatten sie noch ein halbes Dutzend Gräber daneben entdeckt.

»Pfui Teufel!« erklärte Kurz schaudernd. »Ein Selbstmörderlager. Alle dick und gutgenährt. Ich vermute, daß die ganze Gesellschaft tot ist.«

»Nein ... sieh dort!« Kid starrte auf einen schwachen

Lichtschimmer in der Ferne. »Und dort ist noch ein Licht ... und dort ein drittes ... Komm ... schnell!« Sie fanden keine weiteren Leichen, und wenige Minuten später hatten sie auf einem festgetretenen Weg das Lager erreicht.

»Das ist ja eine Stadt!« flüsterte Kurz. »Es müssen mindestens zwanzig Hütten sein. Und nicht ein einziger Hund. Ist das nicht seltsam?«

»Und damit ist auch die ganze Geschichte erklärt. Es ist die Expedition Laura Sibleys«, flüsterte Kid sehr erregt zurück. »Erinnerst du dich noch? Die Leute kamen letzten Herbst mit der »Port Townsend« Nummer sechs den Yukon herauf. Sie fuhren an Dawson vorbei, ohne anzuhalten. Der Dampfer muß sie an der Mündung des Baches an Land gesetzt haben.«

»Ich weiß schon ... es waren Mormonen.«

»Nein, Vegetarier«, sagte Kid und grinste in der Dunkelheit. »Sie wollten kein Fleisch essen und die Hunde nicht arbeiten lassen.«

»Ist ja alles Jacke wie Hose ... der Allweise hatte ihnen selbst den Weg zum Gold gezeigt. Und Laura Sibley wollte sie spornstreichs dorthin führen, wo sie alle Millionäre werden sollten.«

»Ja, sie war ihre Seherin ... hatte Visionen und ähnliches. Ich dachte, sie wären den Nordenskjöld hinaufgezogen.«

»Pst ... hör mal ...«

Kurz tippte Kid warnend gegen die Brust, und beide lauschten auf ein tiefes, langgezogenes Stöhnen, das aus einer der Hütten kam. Bevor es verstummte, kam ein neues aus einer andern Hütte und dann wieder aus einer andern ... es war wie das furchtbare Stöhnen einer leidenden Menschheit ... es wirkte unheimlich wie ein Alpdruck.

»Pfui Deibel!« Kurz erschauerte. »Mir wird ganz übel davon. Wir wollen hingehen und sehen, was los ist.« Kid klopfte an die Tür einer Hütte, in der Licht brannte. Und als von drinnen »Herein!« gerufen wurde – offenbar von der Stimme, die vorher gestöhnt hatte –, traten beide ein.

Es war eine ganz einfache Hütte aus rohen Balken, die Wände mit Moos gedichtet, der lehmige Boden mit Hobelspänen und Sägemehl bestreut. Das Licht rührte von einer Öllampe her, und in seinem Schein konnten sie fünf Betten sehen. In dreien davon lagen Männer, die sofort zu stöhnen aufhörten, um die Neuankömmlinge anzustarren.

»Was ist los?« fragte Kid einen Mann, dessen breite Schultern und mächtige Muskeln die Bettdecke nicht zu verbergen vermochte. Seine Augen waren jedoch von Schmerz verdunkelt und seine Wangen ausgehöhlt. »Pokken? Oder was sonst?«

Statt zu antworten zeigte der Mann auf seinen Mund und öffnete mit großer Mühe die schwarzen und geschwollenen Lippen. Kid erschauerte, als er ihn ansah. »Skorbut«, flüsterte er Kurz zu. Und der Mann nickte, um die Richtigkeit der Feststellung zu bestätigen.

»Lebensmittel genug?« fragte Kurz.

»Jawohl«, antwortete der Mann. »Aber ihr müßt euch selber helfen. Es ist massenhaft da. Die nächste Hütte auf der andern Seite steht leer. Das Depot liegt daneben. Geht nur hin.«

In allen Hütten, die sie in dieser Nacht besuchten, fanden sie dasselbe Bild. Das ganze Lager war vom Skorbut ergriffen. Es waren auch ein Dutzend Frauen da, aber die bekamen sie nicht gleich zu sehen. Ursprünglich waren es im ganzen dreiundneunzig Männer und Frauen gewesen, aber zehn waren gestorben und zwei kürzlich verschwunden. Kid erzählte, wie sie die beiden gefunden hatten, und drückte sein Erstaunen darüber aus, daß es keinem eingefallen war, die Fährte eine so kurze Strecke zu verfolgen und selbst Untersuchungen anzustellen. Was aber ihm und Kurz besonders auffiel, war die völlige Hilflosigkeit dieser Leute. Ihre Hütten waren unordentlich und unsauber. Die Teller standen ungewaschen auf den roh gezimmerten Tischen. Sie halfen sich auch nicht gegenseitig. Die Sorgen einer Hütte waren nur ihre Sorgen allein, ja, die Leute hatten sogar schon aufgehört, ihre Toten zu begraben.

»Es ist wirklich ganz unheimlich«, sagte Kid zu Kurz. »Ich habe viele Gauner und Taugenichtse in meinem Leben getroffen, aber noch nie so viele auf einmal. Du hörst ja selbst, was sie sagen. Sie haben die ganze Zeit keine Hand zur Arbeit gerührt. Ich wette, sie haben sich nicht einmal die Gesichter gewaschen. Kein Wunder, daß sie Skorbut bekommen haben.«

»Aber Vegetarier sollten doch eigentlich gar nicht Skorbut bekommen können«, wandte Kurz ein. »Man glaubt ja immer, daß nur Leute, die Salzfleisch essen, Skorbut bekommen. Und die Leute hier essen ja gar kein Fleisch, weder frisches noch gepökeltes, weder rohes noch gekochtes oder sonst irgendwie zubereitetes.«

Kid schüttelte den Kopf. »Ich weiß schon. Und mit vegetarischer Kost heilt man Skorbut, was keine Medizin vermag. Pflanzen, namentlich Kartoffeln, sind die einzigen Gegenmittel. Aber vergiß eines nicht, Kurz: Wir haben es hier nicht mit einer Theorie, sondern mit der Wirklichkeit zu tun. Es ist eine Tatsache, daß diese Grasfresser alle Skorbut bekommen haben.«

»Es ist vielleicht ansteckend.«

»Nein, soviel wissen die Ärzte jedenfalls. Skorbut ist

keine ansteckende Krankheit. Man wird nicht angesteckt. Er entsteht im Organismus selbst. Soviel ich weiß, ist die Ursache das Fehlen irgendeines Stoffes im Blut. Es kommt nicht davon, daß sie etwas gekriegt haben, sondern daß ihnen etwas fehlt. Ein Mensch bekommt Skorbut, wenn ihm gewisse Chemikalien in seinem Blut fehlen, und diese Chemikalien zieht man nicht aus Pulvern und Flaschen, sondern nur aus Pflanzen.«

»Und diese Leute haben nichts als Gras gefressen«, stöhnte Kurz. »Und sie sind bis über die Ohren damit vollgestopft. Das beweist, daß du auf einem falschen Gleis bist, Kid. Du hast wieder mal so eine Theorie, aber die Tatsachen schlagen deiner Theorie den Boden aus. Skorbut steckt an, und deshalb sind sie alle angegriffen, und das sogar ganz niederträchtig! Und wir beide werden auch krank werden, wenn wir in dieser Gegend bleiben. Pfui Deibel, ich kann schon merken, wie der Dreck mir durch den ganzen Körper dringt.«

Kid lachte spöttisch und klopfte an die Tür einer Hütte.

»Ich denke, daß wir hier ganz dieselbe Lage vorfinden werden«, sagte er. »Komm, wir müssen sehen, wie die Geschichte zusammenhängt.«

»Was wünschen Sie?« rief eine scharfe Frauenstimme.

»Wir möchten sehen, wie es mit Ihnen steht«, antwortete Kid.

»Wer sind Sie?«

»Zwei Ärzte aus Dawson«, rief Kid ohne zu überlegen. Sein Leichtsinn bewog Kurz, ihm mit dem Ellbogen einen Rippenstoß zu geben.

»Ich will keinen Arzt sehen«, sagte die Frau. Ihre Stimme klang abgerissen und heiser vor Schmerz und Ärger. »Gehen Sie! Gute Nacht. Wir glauben nicht an Doktoren.«

Kid drückte die Türklinke nieder und öffnete die Tür. Drinnen drehte er die kleingeschraubte Öllampe hoch, so daß sie sehen konnten. Die vier Frauen in den vier Betten hörten mit Stöhnen und Seufzen auf, um die Eindringlinge anzustarren. Zwei von ihnen waren junge Geschöpfe mit ausgemergelten Gesichtern, die dritte war eine ältere, sehr kräftige Frau, und die vierte, die Kid an der Stimme wiedererkannte, war das magerste und gebrechlichste Exemplar der menschlichen Rasse, das er je gesehen. Er erfuhr bald, daß es Laura Sibley selbst war ... die Seherin und berufsmäßige Wahrsagerin, die die Expedition in Los Angeles auf die Beine gebracht und nach dem Todeslager in Nordbeska geführt hatte. Die Unterredung, die jetzt stattfand, war recht ungemütlich. Laura Sibley glaubte nicht an Ärzte. Zu ihrer Entschuldigung muß gesagt werden, daß sie auch schon fast aufgehört hatte, an sich selbst zu glauben.

»Warum haben Sie nicht nach Hilfe geschickt?« fragte Kid, als sie erschöpft und atemlos einen Augenblick schwieg. »Unten am Stewart ist doch ein Lager, und Dawson selbst können Sie im Laufe von achtzehn Tagen erreichen.«

»Warum ist Amos Wentworth denn nicht hingegangen?« fragte sie in einem an Hysterie grenzenden Wutanfall.

»Ich habe nicht die Ehre, den Herrn zu kennen«, gab Kid zur Antwort. »Was macht er denn?«

»Nichts, gar nichts ... aber er ist der einzige, der keinen Skorbut hat. Und warum hat er ihn nicht bekommen? Das will ich Ihnen erzählen ... nein ... ich will es lieber nicht ...« Die dünnen Lippen, die so ausgezehrt waren, daß sie fast durchsichtig erschienen, preßten sich so fest zusammen, daß Kid sich einbildete, die Zähne nebst ihren Wurzeln sehen zu können. »Und was hätte es auch genützt? Was weiß ich? Ich bin nicht so blöd! Unsere Depots sind voll von Fruchtsäften und eingekochten Gemüsen. Wir sind besser gegen den Skorbut geschützt als alle anderen Lager in ganz Alaska. Es gibt keine Sorte von Gemüsen, Obst und Nüssen, die wir nicht in Mengen hätten . . . und wie!«

»Da hat sie dir eins ausgewischt, Kid«, rief Kurz eifrig. »Hier geht es aber um eine Tatsache und nicht um Theorien. Du sagst, Gemüse heilt! Hier ist Gemüse genug . . . aber wo bleibt die Heilung?«

»Es gibt anscheinend keine Erklärung, das räume ich ja ein«, gestand Kid. »Aber dennoch gibt es kein Lager in ganz Alaska wie dieses. Ich habe früher schon Skorbut gesehen . . . vereinzelte Fälle hie und da. Aber ich habe nie ein ganzes Lager angegriffen gesehen und auch nie so furchtbare Fälle wie hier. Damit kommen wir jedoch nicht weiter, Kurz! Wir müssen jedenfalls für die Leute tun, was wir können, aber zuerst wollen wir uns selber einrichten und für unsere Hunde sorgen. Wir werden Sie morgen wieder besuchen . . . Frau Sibley.«

»Fräulein Sibley«, fauchte sie. »Und nun hören Sie, junger Mann, was ich Ihnen sage! Wenn Sie hier herumlungern, den Idioten spielen und uns so eine Doktormixtur geben wollen, dann werde ich Sie mit Kugeln durchlöchern, daß Sie wie ein Sieb aussehen.«

»Sie ist wirklich reizend, die göttliche Seherin«, lachte Kid, als er und Kurz durch die Dunkelheit nach der leeren Hütte tappten, die sie zuerst betreten hatten. Sie konnten hier feststellen, daß sie bis vor kurzem von zwei Männern bewohnt gewesen war. Vermutlich waren es die beiden Selbstmörder gewesen, deren Leichen sie gefunden hatten. Sie untersuchten das Depot und fanden, daß es mit ungeahnten Mengen von Lebensmitteln versehen war, die alle eingemacht, pulverisiert, gedämpft, kondensiert oder gedörrt waren. »Wie in aller Teufel Namen haben die

Leute sich den Skorbut geholt?« fragte Kurz und zeigte auf die kleinen Pakete mit pulverisierten Eiern und italienischen Champignons.

»Sieh dir mal das an . . . und das da!« Er zog Büchsen mit Tomaten und Mais und Gläser mit gefüllten Oliven hervor. »Und dabei hat selbst die göttliche Lenkerin Skorbut bekommen. Was sagst du dazu?«

»Lenkerin . . . wie kommst du darauf?« fragte Kid.

»Na, ganz einfach«, antwortete Kurz. »Hat sie nicht ihre Schafe nach diesem verdammten Loch gelenkt?«

Am nächsten Morgen, als es hell geworden war, sah Kid einen Mann, der ein mächtiges Bündel Brennholz trug. Es war ein kleiner Kerl, aber er war sauber gekleidet und sah recht keck aus. Trotz der schweren Bürde bewegte er sich rasch und leicht. Kid fühlte unwillkürlich einen gewissen Unwillen gegen ihn.

»Was ist mit Ihnen los?« fragte er.

»Gar nichts«, antwortete der Kleine.

»Das dachte ich mir schon«, erklärte Kid. »Eben deshalb habe ich gefragt. Dann sind Sie also Amos Wentworth. Aber sagen Sie mir, warum in aller Welt haben Sie keinen Skorbut gekriegt wie alle andern?«

»Weil ich mir tüchtig Bewegung gemacht habe«, lautete die rasche Antwort. »Die andern hätten ihn auch nicht zu kriegen brauchen, wenn sie sich nur ein bißchen Bewegung gemacht und gearbeitet hätten. Warum haben sie das nicht getan? Sie haben nur gemurrt, gemeckert und geschimpft, weil es kalt und die Nächte zu lang und das Leben zu schwer war, haben über ihre Schmerzen und Leiden und über alles mögliche geklagt. Sie haben tagsüber in ihren Betten gepennt, bis sie so aufgedunsen waren, daß sie sie überhaupt nicht mehr verlassen konnten. Das ist die ganze Geschichte. Sehen Sie mich an!

Ich habe geschuftet. Kommen Sie nur mit in meine Hütte.« Kid folgte ihm.

»Schauen Sie sich nur ruhig um! Alles blitzblank, nicht? Was sagen Sie nun? Alles pikfein und sauber! Ich würde auch die Späne und das Sägemehl nicht auf dem Boden liegenlassen, wenn es nicht warm hielte ... aber es sind saubere Späne und sauberes Sägemehl, kann ich Ihnen sagen. Schauen Sie sich mal den Fußboden in den andern Hütten an, Verehrtester! Sauställe, sag' ich Ihnen. Ich pflege auch nicht von ungewaschenen Tellern zu futtern. Nee, besten Dank, Verehrtester. Aber es heißt arbeiten, und gearbeitet hab' ich wie ein Vieh, und deshalb hab' ich auch keinen Skorbut gekriegt! Darauf können Sie sich verlassen, Verehrtester!«

»Da haben Sie offenbar den Nagel auf den Kopf getroffen«, gab Kid zu. »Aber ich sehe, daß Sie hier nur ein Bett haben ... Warum sind Sie so ungesellig?«

»Weil es mir lieber so ist! Es ist leichter, nach einem sauberzumachen als nach zweien. Die stinkfaulen Pennbrüder! Kein Wunder, daß sie Skorbut gekriegt haben.«

Das klang ja alles sehr überzeugend, aber Kid konnte sich dennoch nicht von einem Gefühl des Unbehagens dem Mann gegenüber befreien.

»Was hat Laura Sibley eigentlich gegen Sie?« fragte er plötzlich.

Amos Wentworth warf ihm einen raschen Blick zu. »Die ist ja verrückt«, antwortete er. »Im übrigen sind ja alle verrückt ... aber der Himmel bewahre mich vor Leuten, deren Verrücktheit darin besteht, daß sie die Teller, von denen sie gefressen haben, nicht abwaschen wollen, und von der Sorte sind all die Trottel hier.«

Wenige Minuten später sprach Kid mit Laura Sibley. Auf zwei Stöcke gestützt, humpelte sie im Lager herum und war vor Wentworth' Hütte stehengeblieben.

»Was haben Sie eigentlich gegen Wentworth?« fragte er ganz unvermittelt, als er sich mit ihr unterhielt. Die Frage kam so unerwartet, daß sie nicht darauf vorbereitet sein konnte.

Ihre grünen Augen blitzten erbost auf, ihr ausgemergeltes Gesicht verzerrte sich vor Wut, und ihre wunden Lippen konnten nur mit Mühe einen unbeherrschten, unbesonnenen Ausbruch zurückhalten. Aber sie gab nur ein hörbares Stöhnen und einige unverständliche Laute von sich. Dann gelang es ihr, sich durch eine furchtbare Willensanspannung zu beherrschen.

»Weil er gesund geblieben ist«, ächzte sie. »Nur weil er keinen Skorbut gekriegt hat! Weil er keinem von uns die geringste Hilfe leisten will! Weil er uns verrecken läßt, ohne einen Finger zu rühren, um uns Wasser oder Brennholz zu bringen! So ein Biest ist er. Das ist alles. Aber er soll sich in acht nehmen.«

Stöhnend und ächzend humpelte sie weiter. Als Kid aber fünf Minuten später aus seiner Hütte trat, um die Hunde zu füttern, sah er, wie sie sich in die Hütte von Amos Wentworth schlich.

»Hier stimmt etwas nicht, Kurz, das ist todsicher«, sagte er und schüttelte düster den Kopf, als sein Kamerad zur Tür herauskam, um einen Eimer mit Abwaschwasser auszugießen.

»Zweifle gar nicht daran«, antwortete Kurz gutgelaunt. »Und wir beide werden den Dreck auch noch kriegen – du wirst schon sehen.«

»Ich meine gar nicht den Skorbut.«

»Ach so, du meinst die göttliche Lenkerin. Die würde selbst einen Toten ausziehen, wenn sie was davon hätte! Sie ist das gierigste Frauenzimmer, das ich je gesehen habe.«

»Es ist nur die Bewegung, Kurz, die uns beide gesund hält. Und dadurch ist auch Wentworth gesund geblieben. Du siehst ja, wie es den andern ergangen ist, weil sie nicht für Bewegung gesorgt haben. Jetzt müssen wir also den Patienten hier Bewegung verordnen. Ich ernenne dich hiermit zur Oberschwester.«

»Was sagst du? Ausgerechnet mich?« rief Kurz entgeistert. »Ich lege das Amt nieder.«

»Nein, das tust du nicht. Ich werde dir schon behilflich sein, denn es wird ja wahrscheinlich keine Sinekure werden. Wir wollen sie schon springen lassen. Zuallererst müssen sie ihre Toten begraben. Die kräftigsten stecken wir in die Begräbnisschicht. Die zweitstärksten kommen in die Holzfällerschicht ... Sie sind in ihren Betten geblieben, um Brennholz zu sparen ... und so geht's weiter. Dann kommt der Fichtentee. Den darfst du um Gottes willen nicht vergessen. Die Leute hier haben nie davon gehört.«

»Da werden wir ja genug zu tun haben«, grinste Kurz. »Aber ich glaube, daß wir selbst doch vorher ein paar Kugeln in den Bauch kriegen werden.«

»Du könntest recht haben ... zuerst wollen wir uns also damit beschäftigen«, sagte Kid. »Nur los.«

Im Laufe der nächsten Stunde machten sie die Runde durch sämtliche zwanzig Häuser. Die gesamte Munition, alle Stutzen, Schrotbüchsen und Revolver wurden beschlagnahmt.

»Hört mal, ihr Invaliden«, rief Kurz den Kranken zu, »her mit den Schießprügeln! Wir brauchen sie.«

»Wer sagt denn das?« wurde gleich in der ersten Hütte gefragt.

»Zwei Ärzte aus Dawson«, gab Kurz zur Antwort. »Und was die sagen, wird getan. Nur her damit! Her mit eurer Munition!«

»Was wollt ihr denn damit?«

»Einen kleinen Feldzug gegen Büchsenfleisch unternehmen, das den Cañon heraufmarschiert ... Und ich rate euch, gut aufzupassen, denn es steht eine Überschwemmung von Fichtentee bevor. Also los.« Und das war nur der Anfang des ersten Tages. Mit Hilfe von Überredungskunst und Kommandieren, und hin und wieder auch mit Gewalt, gelang es ihnen, die Männer aus den Betten zu jagen und sie so weit zu bringen, daß sie sich anzogen. Kid suchte sich die leichtesten Fälle für die Beerdigungsschicht heraus. Eine zweite Schicht erhielt den Befehl, Holzscheite herbeizuschaffen, mit denen die Gräber durch den Schnee bis zur gefrorenen Erde gebrannt wurden. Eine dritte Schicht mußte Brennholz schlagen und es unparteiisch in den Hütten verteilen. Wer zu schwach war, um ins Freie zu gehen, mußte die Hütten säubern, Fußböden schrubben und Kleider waschen. Eine besondere Schicht mußte Fichtenzweige in Mengen sammeln; sämtliche Öfen wurden geheizt, damit man genügend Fichtentee zubereiten konnte.

Aber was Kurz und Kid auch taten, die Lage blieb doch äußerst ernst und unbehaglich. Mindestens dreißig schlimme und offenbar unheilbare Kranke mußten sie in den Betten liegenlassen, nachdem sie mit Grauen und Ekel ihren Zustand geprüft hatten. In Laura Sibleys Hütte starb eine der Frauen. Aber strenge Maßnahmen waren ja unter den gegebenen Verhältnissen unvermeidlich.

»Es geht mir gegen den Strich, kranke Leute zu verhauen«, erklärte Kurz und ballte drohend die Fäuste. »Aber ich würde ihnen den Kopf abschlagen, wenn ich sie dadurch heilen könnte. Und was euch Taugenichtsen not tut, ist Dresche! Also los! Heraus aus den Decken und etwas willig, oder ich mache eure schönen Gesichter zu Apfelmus.«

Alle Arbeitsschichten stöhnten, seufzten und schluchzten. Und die Tränen strömten ihnen aus den Augen und gefroren noch während der Arbeit auf den Wangen zu Eiszapfen.

Als die Arbeiter dann gegen Mittag in die Hütten zurückkehrten, fanden sie anständig zubereitetes Essen, das die schwächeren Leute inzwischen unter Kids und Kurz' Fuchtel und Anleitung gekocht hatten, auf den Tischen vor.

»Und jetzt genug für heute«, sagte Kid gegen drei Uhr nachmittags. »Jetzt ist Schluß! Geht zu Bett! Ihr fühlt euch natürlich sehr schlecht, aber morgen wird es schon besser gehen. Selbstverständlich ist es kein Spaß, wieder gesund zu werden, aber ich werde euch schon zurechtkriegen.«

»Zu spät«, erklärte Wentworth mit einem leisen Lächeln, als er Kids Bemühungen betrachtete. »Sie hätten schon letzten Herbst auf diese Weise anfangen müssen.«

»Kommen Sie mal mit«, antwortete Kid. »Nehmen Sie die beiden Eimer hier. Ihnen fehlt ja nichts.«

Dann gingen die drei Männer von Hütte zu Hütte und flößten jedem einen ganzen Liter Fichtentee ein. So ganz leicht ging das freilich nicht.

»Ihr könnt sicher sein, daß wir nicht spaßen«, erklärte Kid dem ersten Widerspenstigen, der in seinem Bett auf dem Rücken liegenblieb und mit zusammengebissenen Zähnen ächzte. »Pack an, Kurz!« Kurz faßte den Patienten an der Nase und gab ihm mit der andern Hand einen Stoß in das Zwerchfell, daß er den Mund öffnen mußte. »So, und jetzt hinunter damit.«

Und hinunter kam der Fichtentee, wenn der Patient auch die unvermeidlichen prustenden und röchelnden Laute von sich gab.

»Nächstes Mal wird es schon besser gehen«, tröstete Kurz

das Opfer, während er den Mann im Nebenbett an der Nase packte.

»Ich für mein Teil würde ja lieber Rizinus nehmen«, gestand Kurz vertraulich, bevor er die eigene Portion hinunterwürgte. »Lieber Gott!« war alles, was er laut sagen konnte, als er den bitteren Trank eingenommen hatte. »Klein wie ein Mäuschen, aber stark wie ein Elefant ... das hat's in sich.«

»Wir werden diese Fichtenteerunde viermal täglich machen, und jedesmal müssen achtzig Personen betreut werden«, teilte Kid Laura Sibley mit. »Wir haben also keine Zeit, Allotria zu treiben ... Wollen Sie den Tee schlucken, oder soll ich Sie an die Nase fassen?« Er hob Daumen und Zeigefinger in sehr beredter Weise. »Er ist ja aus Fichtennadeln hergestellt, der Tee, so daß Sie sich keine Gewissensbisse zu machen brauchen.«

»Gewissensbisse!« prustete Kurz. »Bei Gott, nein ... es ist eine himmlische Medizin.« Laura Sibley zögerte immer noch. Sie verschluckte jedoch, was sie sagen wollte.

»Na? Wird's?« fragte Kid barsch.

»Ich werde ... werde es ja schon nehmen«, sagte sie zitternd. »Aber machen Sie schnell.«

Als es Abend wurde, krochen Kid und Kurz ins Bett, müder, als sie selbst nach den längsten Schlittenfahrten und Wanderungen je gewesen.

»Es macht mich ganz krank«, gestand Kid. »Es ist furchtbar, wie sie dabei leiden. Aber Bewegung ist wirklich das einzige Mittel, das ich weiß, und wir müssen es natürlich gründlich versuchen. Ich möchte nur, wir hätten einen einzigen Sack Kartoffeln.«

»Sparkins kann nicht mehr Teller abwaschen«, sagte Kurz. »Er hat solche Schmerzen, daß er schwitzt. Ich mußte ihn wieder ins Bett bringen, so hilflos war der arme Kerl.«

»Wenn wir nur rohe Kartoffeln hätten«, spann Kid seinen Gedanken weiter. »Das Entscheidende, das Wesentliche fehlt in dem eingemachten Fraß. Das, was Leben schafft, ist einfach herausgekocht.«

»Und wenn der junge Bengel, der Jones aus der Hütte von Brownlow, nicht abkratzt, ehe es Morgen wird, kannst du mich einen Affen schimpfen.«

»Um Gottes willen, sei doch nicht solch Schwarzseher!« rügte Kid.

»Wir werden ihn wohl begraben dürfen, nicht wahr?« fauchte Kurz entrüstet. »Ich sage dir, dem jungen Burschen geht es verdammt dreckig.«

»Halt's Maul«, rief Kid.

Nachdem Kurz noch ein paarmal entrüstet gegrunzt hatte, schlief er unter lautem Schnarchen ein.

Am nächsten Morgen zeigte es sich, daß nicht nur Jones tatsächlich im Laufe der Nacht gestorben war, sondern auch einer der Kräftigeren, der in der Brennholzschicht gearbeitet hatte. Er hatte sich aufgehängt. Und jetzt begann eine Reihe von Tagen, die ein wahrer Alpdruck waren. Eine ganze Woche gelang es Kid noch, seine Bestimmungen in bezug auf Fichtentee und Bewegung durchzuführen, obgleich er sich sehr hart machen mußte, um es erzwingen zu können. Er war aber doch genötigt, bald einen, bald mehrere der Kranken von der Arbeit zu befreien. Allmählich sah er ein, daß Bewegung ungefähr das schlimmste Mittel war, das man Skorbutkranken empfehlen konnte. Die Beerdigungsschicht, die täglich kleiner wurde, hatte unaufhörlich Arbeit genug und mußte jetzt immer ein halbes Dutzend Gräber in Bereitschaft halten, die auf ihre Opfer warteten.

»Sie hätten auch keinen schlechteren Platz für das Lager wählen können als diesen«, sagte Kid zu Laura Sibley.

»Sehen Sie sich nur um ... er liegt tief unten in einer engen Schlucht, die von Osten nach Westen geht. Die Mittagssonne steigt nie über den Rand der Schlucht empor. Es muß ja Monate her sein, daß Sie überhaupt die Sonne gesehen haben.«

»Aber wie konnte ich das wissen?«

Er zuckte die Achseln. »Ich weiß eigentlich nicht, warum Sie es nicht hätten wissen sollen, wenn Sie imstande waren, hundert Verrückte nach einer Goldmine zu führen.«

Sie warf ihm einen bösen Blick zu und humpelte weiter. Als er einige Minuten später von einem Spaziergang nach der Stelle zurückkehrte, wo eine Schicht ächzender Patienten Fichtenzweige sammelte, sah er die Seherin in die Hütte Amos Wentworth' treten und folgte ihr. Noch vor der Tür hörte er ihre Stimme wimmern und betteln.

»Nur für mich«, bat sie, als Kid eintrat. »Ich werde es keiner Seele verraten.«

Beide starrten den Ankömmling eigentümlich schuldbewußt an, und Kid hatte den Eindruck, daß er dicht vor einer Entdeckung stand, wenn er auch nicht wußte, um was es ging, und er fluchte sich, daß er nicht an der Tür gehorcht hatte.

»Heraus damit!« befahl er barsch. »Was ist los?«

»Was soll los sein?« fragte Amos Wentworth mürrisch.

Kid konnte aus guten Gründen keine nähere Erklärung geben, was los sein sollte.

Die Lage wurde immer unheimlicher. In der Tiefe der dunklen Schlucht, wo nie die Sonne hereinschien, stieg die Sterbeliste von Tag zu Tag. Und täglich untersuchten Kid und Kurz gegenseitig ihren Mund, aus Furcht, daß der Gaumen und die Schleimhäute anfangen sollten, weiß zu werden ... das erste sichere Zeichen, daß sie von der Krankheit befallen wären. »Jetzt hab' ich genug«, erklärte Kurz eines Abends. »Ich hab' mir die Sache genau überlegt. Ich hab' genug davon. Ich mache gern mit, wenn es gilt, Sklaven an die Arbeit zu treiben, aber Krüppel anzutreiben, ist mehr, als mein Magen verträgt. Es wird immer schlimmer mit ihnen! Es sind im ganzen kaum noch zwanzig Mann, die ich an die Arbeit treiben kann. Ich sagte heute abend zu Jackson, daß er ruhig wieder ins Bett kriechen sollte. Er stand am Rande des Selbstmords. Ich konnte es ihm direkt ansehen. Bewegung tut nicht gut.«

»Das hab' ich auch eingesehen«, antwortet Kid.

»Wir werden sie alle von der Arbeit befreien mit Ausnahme von einem Dutzend, die uns helfen müssen. Sie können sich ja ablösen. Und dann wollen wir mit dem Fichtentee aufhören. Der hilft auch nichts.«

»Ich bin fast derselben Ansicht«, seufzte Kid. »Aber er schadet ihnen jedenfalls nichts.« –

»Wieder ein Selbstmord«, berichtete Kurz am nächsten Morgen. »Philipps hat Schluß gemacht. Ich hab' es schon seit Tagen kommen sehen.«

»Ja, wir haben das Schicksal jetzt gegen uns«, klagte Kid. »Was würdest du vorschlagen, Kurz?«

»Wer? Ich? Ich gebe mich nicht mit Vorschlägen ab. Die Sache muß eben ihren schiefen Gang weitergehen.«

»Aber das würde bedeuten, daß alle sterben«, protestierte Kid.

»Mit Ausnahme von Wentworth«, knurrte Kurz ärgerlich, denn er teilte schon längst den Unwillen seines Partners gegen diesen Menschen.

Kid war ganz verblüfft über den immer noch guten Zustand Wentworth', der unter den gegebenen Verhältnissen das reine Wunder schien. Warum in aller Welt war er der einzige, der keinen Skorbut bekam? Und warum haßte Laura Sibley ihn ... während sie doch gleichzeitig winselte und bettelte und ihn anflehte, um irgend etwas Geheimnisvolles von ihm zu bekommen? Was war dieses Geheimnisvolle, das sie von ihm erhalten und das er ihr nicht geben wollte? Kid hatte sich daran gewöhnt, hin und wieder einen Besuch in der Hütte Wentworth' abzustatten, wenn der seine Mahlzeiten einnahm. Aber das einzige Verdächtige, das er feststellen konnte, war lediglich Wentworth' Mißtrauen gegen ihn. Bei der nächsten Gelegenheit versuchte er, Laura Sibley auszufragen.

»Rohe Kartoffeln würden ja die ganze Gesellschaft kurieren« bemerkte er zu der Seherin. »Das weiß ich. Ich habe schon früher gesehen, wie gut sie tun.«

In ihren Augen blitzte Zustimmung auf, wurde aber sofort von Haß und Bitterkeit verdrängt. Er merkte, daß er auf die richtige Spur gekommen war.

»Warum haben Sie keine rohen Kartoffeln auf dem Dampfer mitgebracht?«

»Das taten wir ja auch. Als wir aber den Fluß heraufkamen, verkauften wir sie in Bausch und Bogen in Fort Yukon. Wir hatten ja reichlich Eingemachtes und wußten, daß es sich besser hielt.«

Kid stöhnte. »Und Sie haben wirklich alle verkauft?« fragte er.

»Ja. Wie konnten wir denn wissen . . .«

»Nein . . . aber blieben nicht vielleicht ein paar Säcke übrig? . . . So ganz zufällig, wissen Sie . . . irgendwo auf dem Dampfer versteckt?«

Es kam ihm vor, als zögerte sie ein bißchen, ehe sie den Kopf schüttelte.

»Aber wäre das nicht doch möglich?« beharrte er.

»Wie soll ich das wissen?« fauchte sie wütend. »Ich hatte nicht das Amt eines Proviantverwalters.«

»Das hatte wohl Amos Wentworth . . .« Plötzlich fiel ihm die Möglichkeit ein. ». . . Gut, sehr gut . . . aber was meinen Sie denn rein persönlich über diese Sache? Ganz unter uns. Glauben Sie, daß Wentworth irgendwo rohe Kartoffeln versteckt hält?«

»Nein . . . sicher nicht . . . warum sollte er?«

»Warum sollte er nicht?«

Aber sie zuckte nur die Achseln.

»Wentworth ist ein Sauvieh«, gab Kurz seine Meinung von der Sache kund, als Kid ihm seinen Verdacht mitgeteilt hatte.

»Und das ist Laura Sibley auch«, fügte Kid hinzu. »Sie glaubt, daß er Kartoffeln hat, hält es aber geheim, weil sie hofft, daß er mit ihr teilen werde.«

»Und er will nicht?« Kurz fluchte der Schwäche des menschlichen Charakters mit ausgesuchten Verwünschungen, bis er kaum noch japsen konnte.

Als es Nacht geworden war und das ganze Lager schnarchte und ächzte oder stöhnte, ohne schlafen zu können, suchte Kid die bereits dunkle Hütte Wentworth' auf.

»Hören Sie mal, Wentworth«, sagte er. »Ich habe in diesem Beutel genau tausend Dollar in Goldstaub. Ich gelte als ein reicher Mann hier im Lande und kann es mir leisten. Ich fürchte, daß ich auch angesteckt worden bin . . . Geben Sie mir eine rohe Kartoffel, und der Staub gehört Ihnen. Hier . . . nehmen Sie.«

Es schauderte Kid, als Amos Wentworth wirklich die Hand ausstreckte und das Gold nahm. Kid hörte ihn in seinem Bett herumwühlen und dann merkte er, wie ihm . . . nicht das Gold, sondern eine richtige Kartoffel in die Hand gedrückt wurde.

Kid wartete den nächsten Morgen nicht ab. Er und Kurz fürchteten, daß die zwei am meisten angegriffenen ihrer Patienten jeden Augenblick sterben würden, und sie suchten deshalb deren Hütten auf. Sie zerrieben die Kartoffel im Werte von tausend Dollar mit der Schale und dem Schmutz, der daran klebte, in einer Tasse und träufelten von dieser breiigen Masse jede Stunde ein wenig in die furchtbaren Löcher, die einst Münder gewesen waren. Die ganze Nacht hindurch lösten sie einander ab, so daß sie den Patienten in regelmäßigen Zwischenräumen den Kartoffelsaft einflößen konnten.

Als der nächste Tag zu Ende ging, schien ihnen die Besserung im Zustande der Patienten fast wunderbar. Sie waren schon nicht mehr die Kränksten. Und als die Kartoffel nach achtundvierzig Stunden verbraucht war, waren die beiden Patienten außer Gefahr, wenn auch noch längst nicht geheilt.

»Ich will Ihnen sagen, was ich jetzt tun möchte«, sagte Kid zu Wentworth. »Ich besitze viele Grundstücke hier im Lande, und mein Kredit ist so gut wie nur einer. Ich gebe Ihnen fünfhundert Dollar für jede Kartoffel bis zum Gesamtbetrag von fünfzigtausend Dollar. Also für insgesamt hundert Kartoffeln.«

»War das aller Staub, den Sie hatten?« fragte Wentworth.

»Kurz und ich haben alles zusammengescharrt, was wir bei uns hatten. Aber, offen gesagt, er und ich sind zusammen mehrere Millionen schwer.«

»Ich habe keine Kartoffeln mehr«, sagte Wentworth schließlich. »Es ist wirklich schade. Die Kartoffel, die ich Ihnen gab, war die einzige ... Ich habe sie den ganzen Winter über aufbewahrt, aus Angst, daß ich Skorbut kriegen würde. Ich habe sie nur abgegeben, um mir eine Fahrkarte kaufen und das Land verlassen zu können.«

Obgleich die beiden Patienten keinen Kartoffelsaft mehr bekamen, hielt die Besserung noch am dritten Tage an. Die Fälle aber, die nicht behandelt worden waren, wurden unterdessen immer schlimmer. Am vierten Morgen wurden vier gräßlich aussehende Leichen begraben. Kurz machte alles geduldig mit, aber dann wandte er sich zu Kid und sagte:

»Du hast jetzt deine Methode versucht. Jetzt bin ich an der Reihe.«

Er ging direkt in die Hütte Wentworth'. Er hat aber später nie – nicht einmal Kid – berichtet, was dort vor sich ging. Er kam jedoch mit zerschlagenen, wunden Knöcheln wieder zum Vorschein, und das Gesicht Wentworth' wies nicht nur alle Anzeichen einer ziemlich unfreundlichen Behandlung auf, er trug auch längere Zeit den Kopf schief und hatte einen steifen Hals. Diese eigentümliche Haltung war zum Teil verständlich, wenn man die vier blauen und schwarzen Flecke auf der einen und einen blauschwarzen Fleck auf der andern Seite seiner Kehle bemerkte. Es waren ganz deutliche Spuren von Fingern.

Hierauf begaben Kid und Kurz sich nach der Hütte Wentworth'. Ihn selbst warfen sie in den Schnee hinaus, während sie alles in seiner Hütte auf den Kopf stellten. Laura Sibley half ihnen mit dem Eifer einer Verrückten beim Suchen.

»Du kriegst nicht so viel, wie auf meiner Hand liegen kann, altes Mädchen, und wenn wir eine ganze Tonne finden«, versicherte Kurz ihr.

Aber sie sollte ebenso enttäuscht werden wie Kid und Kurz. Sie fanden nicht das geringste, obgleich sie sogar den Boden aufbrachen.

»Ich bin dafür, ihn über einem langsamen Feuer zu rösten, bis er nachgibt«, schlug Kurz vor.

Kid schüttelte abweisend den Kopf.

»Er ist doch ein Mörder«, erklärte Kurz. »Er tötet ja all die armen Trottel ebenso, wie wenn er ihnen mit einer Keule den Kopf zerschlüge.«

Und wieder verging ein Tag, an dem sie alle Bewegungen

Wentworth' überwachten. Mehrmals näherten sie sich wie zufällig seiner Hütte, wenn er mit seinem Eimer ausging, um Wasser aus dem Bach zu holen, und jedesmal eilte er zurück, ehe er Wasser geschöpft hatte.

»Die Kartoffeln sind offenbar in seiner Hütte versteckt«, sagte Kurz. »So sicher, wie Gott das Mistzeugs geschaffen hat. Aber wo, zum Teufel, hat er sie denn? Wir haben doch wirklich alles auf den Kopf gestellt.« Er stand auf und zog sich die Fäustlinge an. »Ich werde sie finden, und wenn ich die Hütte abreißen sollte.«

Er sah Kid an, der mit einem abwesenden, nach innen gewandten Ausdruck dasaß und gar nicht zugehört hatte.

»Was ist denn mit dir los?« fragte Kurz empört. »Du wirst mir doch nicht erzählen wollen, daß du Skorbut gekriegt hast?«

»Ich versuche mich an etwas zu erinnern.«

»An was denn?«

»Das weiß ich eben nicht. Das ist ja das Verfluchte. Es war etwas sehr Gutes, wenn ich mich nur entsinnen könnte.«

»Nun hör aber mal, Kid! Du vertrottelst doch wohl hier nicht allmählich?« sagte Kurz eindringlich. »Denk auch ein bißchen an mich! Laß deinen Gehirnapparat etwas schneller arbeiten. Komm und hilf mir die Hütte abreißen. Ich würde sie anzünden, wenn wir nicht riskierten, die Kartoffeln dabei mitzubraten.«

»Ich hab's«, rief Kid und sprang auf. »Das war es eben, an das ich mich zu erinnern suchte. Wo steht die Petroleumkanne? Ich bin dabei, Kurz. Die Kartoffeln kriegen wir schon.«

»Was ist es denn?«

»Warte nur ab, mein Junge, dann wirst du schon sehen«, neckte ihn Kid.

Kurz darauf schlichen die beiden Männer – im blaßgrünen Schein des Nordlichts – nach der Hütte von Amos Wentworth. Lautlos und vorsichtig gossen sie Petroleum über die Balken und besonders sorgfältig über Tür und Fensterrahmen. Dann strichen sie ein Zündholz an, blieben stehen und sahen zu, wie das brennende Öl sich ausbreitete.

Sie sahen, wie Wentworth aus der Hütte stürzte, mit wildem Schrecken die Feuersbrunst anstarrte und dann wieder hineinstürmte. Kaum eine Minute war vergangen, als er wiederkam ... diesmal aber ganz langsam und tief gebückt unter der Last, die er auf seinem Rücken trug. Es war ganz unverkennbar ein schwerer Sack. Kid und Kurz sprangen wie ein paar hungrige Wölfe auf ihn los. Sie trafen ihn gleichzeitig von links und rechts. Er brach zusammen unter dem Gewicht des Sacks, den Kid kräftig drückte, um den Inhalt mit Sicherheit festzustellen. Da merkte Kid, wie Wentworth' Arme seine Knie umfaßten, während der Mann ihm ein leichenfahles Gesicht zuwandte.

»Geben Sie mir ein Dutzend, nur ein Dutzend ... ein halbes Dutzend nur, dann überlasse ich Ihnen den Rest«, heulte er. Er bleckte die Zähne und wollte, halb verrückt vor Wut, Kid in die Beine beißen. Aber dann änderte er seinen Entschluß und begann zu betteln: »Nur ein halbes Dutzend«, wimmerte er. »Ich wollte sie Ihnen ja sowieso morgen geben. Ja, ja, morgen früh ... sie sind das Leben ... sie sind das Leben! Nur ein halbes Dutzend!«

»Wo ist der andere Sack?« bluffte ihn Kid.

»Den habe ich aufgegessen«, lautete die zweifellos aufrichtige Antwort. »Nur dieser Sack ist übriggeblieben. Geben Sie mir doch ein paar ... Sie können den ganzen Rest behalten.«

»Du hast sie aufgegessen?« brüllte Kurz. »Einen ganzen

Sack voll! Und die armen Schlucker da drüben sterben, weil sie keine haben! Da hast du ... und hier ... und hier ... und da ... du verfluchtes Dreckschwein ... du Lausebengel!«

Der erste Hieb riß Wentworth von Kids Beinen fort, die er noch immer umklammert hielt. Der nächste schlug ihn in den Schnee. Aber Kurz hieb immer wieder auf ihn los.

»Nimm deine Zehen in acht«, war das einzige, was Kid sagte.

»Ich brauche ja auch nur die Absätze«, antwortete Kurz. »Hol mich der Teufel! ... ich schlage ihm den Kopf in den Bauch hinein, daß er zwischen den eigenen Rippen herausguckt und glaubt, er sitze hinter schwedischen Gardinen. Ich schlage ihn zu Spinat ... Da ... und da ... Nur schade, daß ich Mokassins und keine Stiefel anhabe. Du stinkiges Mistschwein!«

Diese Nacht wurde im Lager wenig geschlafen. Stunde um Stunde machten Kid und Kurz die Runde und gossen den lebenserneuernden Kartoffelsaft in die kranken Schlünde der Bevölkerung. Jedesmal wurde nur ein viertel Löffel voll gegeben. Und den ganzen folgenden Tag setzten sie diese Arbeit fort, doch wechselten sie jetzt miteinander ab, um auch selbst etwas Schlaf zu bekommen.

Todesfälle gab es nicht mehr. Selbst die am schwersten Angegriffenen begannen sich zu erholen, und zwar kam die Besserung so plötzlich, daß man staunen mußte. Am dritten Tage waren Männer, die viele Wochen lang nicht das Bett verlassen hatten, imstande, aufzustehen und herumzugehen, wenn auch nur auf Krücken. Und an diesem Tag war die Sonne, die schon seit zwei Monaten auf dem Anmarsch war, so liebenswürdig, zum ersten Male einen freundlichen Blick über den Rand der Schlucht zu werfen.

»Nicht so viel Kartoffeln, wie auf meiner bloßen Hand«,

sagte Kurz zu dem wimmernden und flehenden Wentworth. »Sie haben ja gar keinen Skorbut. Sie haben einen ganzen Sack voll aufgefressen und sind also gegen Skorbut für die ersten zwanzig Jahre gefeit. Jetzt, nachdem ich Sie kennengelernt habe, verstehe ich erst den lieben Gott. Ich konnte nie begreifen, warum er den Teufel am Leben ließ. Jetzt weiß ich aber, warum. Er ließ ihn am Leben, genau wie ich Sie am Leben lasse. Aber es ist eigentlich ein Mordsskandal.«

»Nur einen freundschaftlichen Rat«, flüsterte Kid Wentworth zu. »Die Leute werden jetzt schnell gesund sein. Und Kurz und ich können nur noch eine Woche hierbleiben – dann gibt es keinen mehr, der Sie beschützen kann, wenn die Leute sich für Sie interessieren sollten. Dort geht der Weg! Nach Dawson sind es nur achtzehn Tage . . .«

»Ja, machen Sie sich lieber dünne«, stimmte Kurz ihm bei, »sonst befürchte ich, daß das, was ich Ihnen so freundlich gegeben habe, nur ein bescheidener Vorgeschmack von dem sein wird, was Ihnen die andern Herren hier zuteilen werden.«

»Meine Herren, ich bitte Sie, schenken Sie mir doch Gehör«, heulte Wentworth. »Ich bin ja ganz fremd in diesem schrecklichen Land. Ich weiß nicht einmal den Weg! Ich kenne die Sitten hier nicht! Lassen Sie mich mit Ihnen gehen! Ich gebe Ihnen tausend Dollar, wenn Sie mich mit Ihnen reisen lassen.«

»Glaub’ ich ja gern«, grinste Kid boshaft. »Aber meinetwegen, wenn Kurz nichts dagegen hat.«

»Wer? Ich?« Kurz erstarrte wie in einer ungeheuren Anspannung. »Ich? Ich bin ein Herr Garnichts. Ich bin nur ein Wurm, eine Made, ein bescheidener Bruder der kleinsten Kröte, das jüngste Kind von einem Brummer . . . ich fürchte freilich weder, was kreucht noch was fleucht . . . und bin auch sonst nicht sehr schüchtern. Aber mit einer solchen Mißgeburt reisen . . . geh weg, Mann . . . daß ich nicht kotze!«

Und Amos Wentworth mußte allein abreisen. Und allein mußte er seinen Schlitten ziehen, der mit genügend Proviant für die Fahrt nach Dawson beladen war. Eine Meile von dem Lager entfernt wurde er von Kurz eingeholt.

»Du . . . komm mal her«, lautete Kurz' Gruß . . . »Komm mal her . . . ein bißchen fix! Her mit der Pinke!«

»Ich verstehe nicht, was Sie meinen«, erklärte Wentworth zitternd, denn er hatte die beiden Portionen Prügel noch nicht vergessen, die Kurz ihm gegeben hatte.

»Ich meine die tausend Dollar, verstanden, mein Herr? . . . Die tausend Dollar, die Kid Ihnen als Bezahlung für die lausige kleine Kartoffel gegeben hat. Das war Wucher . . . heraus damit!«

Wentworth warf ihm den Sack mit dem Goldstaub zu. »Hoffentlich wirst du von einem Stinktier gebissen, du Schwein . . . und kriegst echte Tollwut!« so lautete Kurz' letzter Abschiedsgruß an Amos Wentworth.

JACK LONDON

Beste Geschichten

318 Seiten · Leinen · DM 9,80

Jack Londons ganze Meisterschaft zeigt sich in seinen
Kurzgeschichten. In ihrer Frische und Lebendigkeit, strotzend von Abenteuerlust und vollgepackt mit Handlung,
begründeten sie seinen Ruhm.
Schon früh lernte er das Leben aus erster Hand kennen,
kreuzte mit sechzehn Jahren als »König der Austernräuber« in der Bai von San Francisco, heuerte als Schiffsjunge auf einem Dreimastschoner an, durchstreifte als
Tramp den amerikanischen Kontinent, zog nach Alaska,
um nach Gold zu suchen, entdeckte für sich und für uns die
Atolle der Südsee. Die in ihrer Fülle einmaligen Erlebnisse
widerspiegeln sich in strahlendem Glanz in seinen Kurzgeschichten. Meere und Schneewüste, Urwald und tropische Inseln, Leben und Tod werden in Jack Londons blutvoller farbiger Schilderung zu suggestiver Realität.
Ein prachtvolles Abenteuerbuch, das in seiner Unmittelbarkeit alles vereint, was wir an Jack London lieben.

UNIVERSITAS VERLAG BERLIN

JACK LONDON

Der Seewolf – Joe unter Piraten –
Ein Sohn der Sonne

480 Seiten · Leinen · DM 16,80

Die Zusammenstellung dieses Bandes folgt der berühmt gewordenen ZDF-Fernsehfolge mit Raimund Harmstorf als Kapitän Larsen und Edward Meeks in der Rolle des Schriftstellers Humphrey van Weyden.

Was die drei Romane verbindet, ist das Abenteuer und die Seefahrt. Kernstück ist DER SEEWOLF, eine der besten Seegeschichten der Weltliteratur, im Mittelpunkt die Darstellung einer erbitterten Rivalität zweier Männer, zwischen denen eine junge Frau steht – eine Rivalität, die nur mit dem Tod eines der beiden Männer enden kann.

JOE UNTER DEN PIRATEN, das abenteuerliche Erlebnis eines Jungen, und EIN SOHN DER SONNE, in der exotisch-bunten Welt der Südsee spielend, bilden den Rahmen für Jack Londons Meisterroman. Hier erlebt der Leser Jack London auf der Höhe seines Schaffens und in einer Intensität der Darstellung, die beispiellos ist.

UNIVERSITAS VERLAG BERLIN

Jack London

Fischpiraten

144 Seiten · Leinen · DM 9,80

Das Polizeipatrouillenboot *Reindeer* mit Le Grant und Jack als Besatzung hat einen schweren Stand, denn die Fischpiraten, zumeist Chinesen, Griechen, Italiener, sind harte Burschen. Mit verbotenen Fischnetzen, auf Schonzeiten pfeifend, plündernd in fremden Fanggründen und auch mit dem Schießeisen nicht gerade zimperlich, machen sie den Männern der *Reindeer* in der San-Francisco-Bai und auf den Flüssen das Leben schwer. Aber immer wieder gelingt es, sie zu überlisten, oft unter lebensgefährlichen Umständen, zuweilen zum Gelächter der ganzen Küste und fast immer mit Sportsgeist und im Fair play. Jack London hatte als Sechzehnjähriger selber eine Zeitlang zu den Austernräubern gehört und die vielfältigen Tricks aus erster Hand gelernt; später trat er in den Dienst der Fischereischutzbehörde. In diesen sieben Erzählungen schildert er nun – unverwechselbar, lebendig, farbig, spannend – seine aufregendsten Abenteuer im Kampf gegen die Fischpiraten: ein echter Jack London.
Das Buch galt lange Zeit als verschollen. Der Verlag schätzt sich glücklich, es jetzt in neuer Übersetzung wieder herausgeben zu können.

UNIVERSITAS VERLAG BERLIN

JACK LONDON

Westwärts um Kap Hoorn

192 Seiten · Leinen · DM 6,–

Jack London, Abenteurer und Vollbluterzähler mit gesell-
schaftskritischen Tendenzen, hat Romane und Erzählungen geschrieben, die prall angefüllt sind mit Handlung
und Leben, mit Dramatik, mit explosiver Spannung, die
hart und gnadenlos sind, die strotzen vor ungebändigter
Abenteuerlust und die dabei eine eigenartige rauhe Poesie
besitzen.

Dieser Band enthält eine Auswahl von Erzählungen aus
der Welt der Seeleute, der Arbeiter, der Armen, der Ver-
brecher – Erzählungen, bei denen man spürt, der Autor
kennt das Meer und die Armut und auch die Unterwelt
aus eigener Erfahrung ...

Der große Abenteuerschriftsteller Amerikas wurde 1876
in San Francisco geboren. Sein kurzes, bewegtes Leben
führte ihn durch die ganze Welt, durch alle Höhen und
Tiefen. Er verdiente mit seinen Büchern ein Vermögen
und verschleuderte es. 1916 starb er tief verschuldet.

Die Faszination von Jack Londons Erzählungen in ihrer
bildhaften Unmittelbarkeit ist heute noch genauso stark
wie vor fünfzig Jahren; sie ist zeitlos.

HERBIG